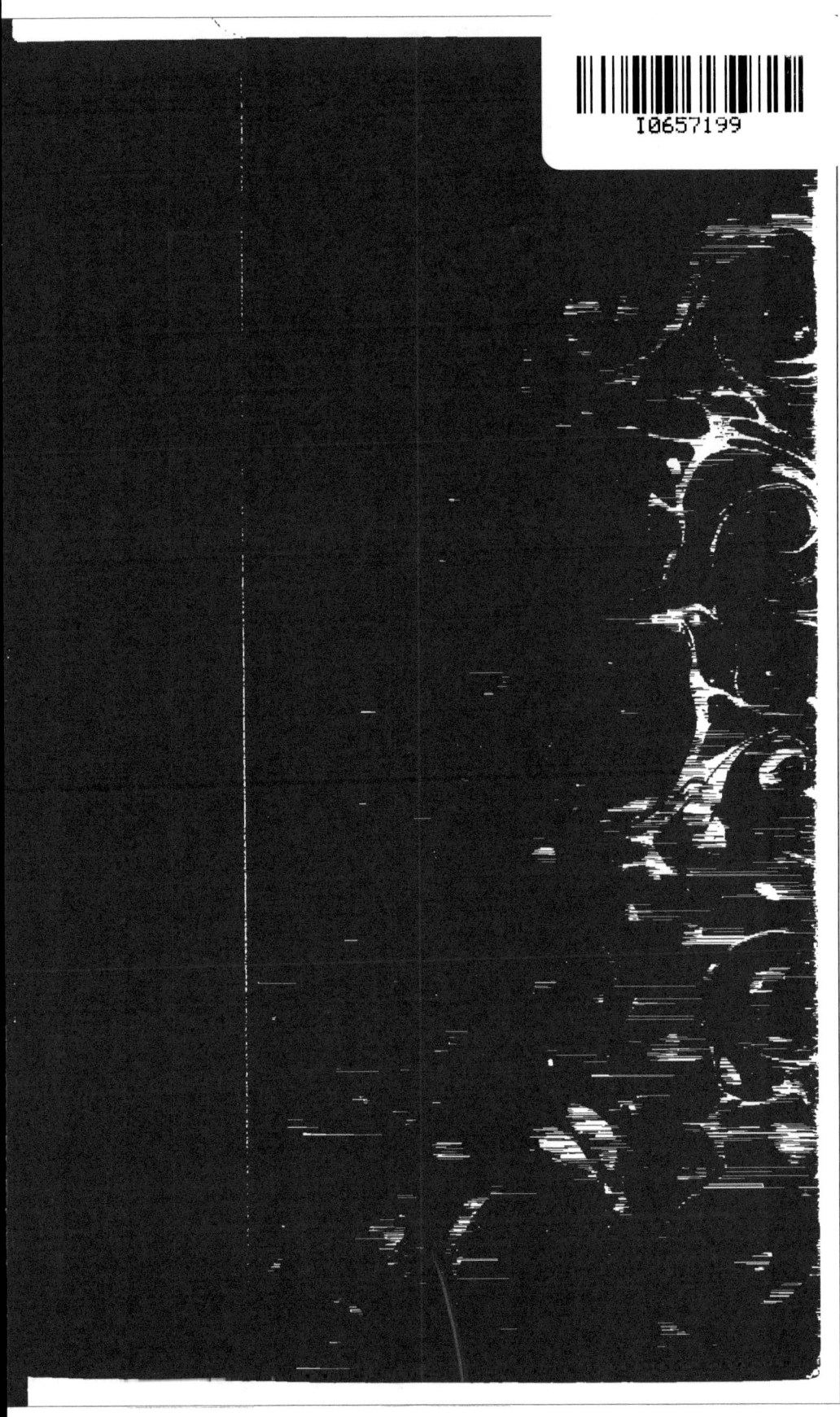

EXPOSÉ

DES TRAVAUX

DE L'ASSEMBLÉE - GÉNÉRALE

DES REPRÉSENTANS

DE LA COMMUNE DE PARIS,

Depuis le 25 Juillet 1789, jusqu'au mois d'Octobre 1790, époque de l'organisation définitive de la Municipalité;

FAIT par ordre de l'ASSEMBLÉE;

Rédigé par M. GODARD, Avocat, ancien Président de l'Assemblée des Représentans de la Commune;

Et imprimé aux frais des Représentans.

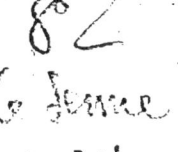  

A PARIS,

De l'Imprimerie de LOTTIN l'aîné, & J.-R. LOTTIN, Imprimeurs Ordinaires de la VILLE,

1790.

L'Assemblée des Représentans de la Commune ayant nommé, par son Arrêté du 6 Août (sur la demande de M. Godard) dix Commissaires, pour revoir l'Exposé des travaux de cette Assemblée, & ayant invité MM. Moreau de S.-Méry, Député à l'Assemblée Nationale, & de Blois, anciens Représentans, à vouloir bien s'adjoindre aux Commissaires; ayant décidé de plus qu'elle s'en rapportoit définitivement à eux pour l'approbation, la clôture & l'impression de cet Ouvrage; les Commissaires soussignés ont jugé que le Compte rendu, dont l'Assemblée avoit fréquemment interrompu la lecture par ses applaudissemens, répond parfaitement à l'opinion qu'elle a eu des talens du Rédacteur, & qu'il est très-propre à faire connoître les sentimens dont les Représentans de la Commune ont toujours été animés, & que M. Godard a exprimés de manière à convaincre que l'Assemblée a choisi en lui un organe digne d'elle & de ses Commettans.

Signé, *Moreau de S.-Méry*, ancien Président des Electeurs de 1789, & des Représentans de la Commune, Membre de l'Assemblée Nationale.

De Blois, ancien Représentant de la Commune.

L'Abbé *Fauchet*, Electeur de 1789, Président actuel de l'Assemblée des Représentans de la Commune.

Vermeil, Electeur de 1789, ancien Président de l'Assemblée des Représentans de la Commune.

Bertolio, Electeur de 1789, ancien Président de l'Assemblée des Représentans de la Commune.

Ballin, Secrétaire actuel de l'Assemblée des Représentans de la Commune.

Chanlaire,
Guillot de Blancheville,
Charpentier,
Quatremère,
Mennessier,
Pelletier,
} anciens Secrétaires.

MOTION

DE M. MOREAU DE S.-MÉRY,

Du Lundi 4 Octobre 1790.

Monsieur le Président et Messieurs,

L'Assemblée Générale des Représentans de la Commune de Paris, dont je n'ai été séparé que par un devoir impérieux, mais à laquelle je suis resté toujours uni par mes sentimens, m'a donné une preuve très-flatteuse de sa confiance, en me nommant l'un des douze Commissaires chargés de l'examen définitif du Compte rendu de son Administration. Cet examen est terminé ; & il n'a consisté , en quelque sorte, que dans le renouvellement des justes applaudissemens que vous aviez donnés au Rédacteur de ce travail.

C'est un bel exemple, Messieurs, que celui de Fonctionnaires publics , qui, non contens de laisser parler leurs actions , consignent encore dans un compte rendu, leurs vues & leurs principes, afin que , dans toutes les circonstances, leurs Commettans puissent juger & les unes & les autres.

A une époque où vous aviez à faire de nombreux sacrifices, votre patriotisme vous a suggéré la pensée de gérer gratuitement les affaires publiques. Persuadé qu'une conséquence de cette résolution est que le Compte rendu de votre Administration soit imprimé à vos frais, je fais la motion expresse, (ayant eu le bonheur d'être associé à cette Administration) que le Compte rendu des opérations des Représentans de la Commune soit imprimé à leurs frais, & qu'il en soit envoyé un exemplaire à chacun des Départemens & des Districts du Royaume (1).

En conséquence, je demande que MM. du Bureau soient chargés de recevoir de chaque Membre une contribution de 9 liv., qui sera employée à payer cette impression, & qu'ils soient aussi chargés de l'envoi aux Départemens & Districts.

Et s'il arrive que la contribution excède la dépense, je demande, puisque votre Administration a commencé avec l'Amour de la liberté, qu'elle se termine par un acte qui exprime ce sentiment, en appliquant l'excédant en faveur des Prisonniers détenus pour mois de nourrice.

L'Assemblée a adopté cette Motion à *l'unanimité.*

---

(1) L'Assemblée avoit arrêté précédemment qu'il en seroit envoyé un exemplaire à chacun des Membres de l'Assemblée Nationale.

Tout raconter n'eût été qu'une copie fastidieuse des Procès-verbaux ; ne jetter les objets qu'en masse, en ne parlant que des opérations majeures, n'eût pas été un compte fidèle de nos travaux ; il a fallu prendre un juste milieu entre ces deux extrêmes. C'est ce que nous avons tâché de faire. (Exposé des Travaux de l'Assemblée, &c. page 104).

ERRATA.

Page première, ligne 7, au lieu de ces mots, *mois d'Août,* lisez *mois d'Octobre.*

EXPOSÉ

DES TRAVAUX

DE L'ASSEMBLÉE - GÉNÉRALE

DES REPRÉSENTANS

DE LA COMMUNE DE PARIS,

*Depuis le 25 Juillet 1789, jusqu'au mois
d'Août 1790, époque de l'organisation
définitive de la Municipalité;*

FAIT par ordre de l'ASSEMBLÉE;

*Et rédigé par M. GODARD, Avocat, ancien
Président de l'Assemblée des Représentans de
la Commune.*

Lorsqu'au milieu des agitations de la liberté
& des désordres de la licence, nous avons été
placés à la tête de la plus vaste Cité de l'Empire, une carrière immense a été ouverte à notre
zèle, & de grands devoirs nous ont été imposés.
Ces devoirs se sont multipliés avec les circonstances; & nous croyons avoir satisfait à la fois,
& à ceux qui nous étoient prescrits, & à ceux

A

même que les circonstances nous ont commandés. Aujourd'hui, c'en est un qui ne nous est imposé que par nous-mêmes, & dont notre seule délicatesse nous a donné le conseil, que nous entreprenons de remplir.

Nos Procès-verbaux sont publics; la plupart de nos Séances l'ont été; aucune de nos opérations n'a échappé à la surveillance générale; & cependant, nous avons cru que nous devions, à la fin de notre carrière, présenter à nos Concitoyens le tableau universel de ces opérations. Nous avons pensé qu'après avoir reçu ou dû recevoir, en qualité de Conseil – Général de la Commune, les différens comptes de ses administrateurs, nous devions, à notre tour, rendre en quelque sorte les nôtres à la Cité entière, que nous regardons, en ce moment, comme le Conseil-Général de ses Représentans.

Mais, avant d'entrer dans le détail de nos travaux, il est utile de faire observer la différence incalculable de notre position, & de celle des hommes qui vont bientôt nous succéder.

Transportés tout-d'un-coup, & dès le commencement de la Révolution, à la tête d'un nouvel ordre de choses; ne trouvant plus aucune trace de l'ancien Régime, & obligés nous seuls d'en créer un nouveau; assiégés à la fois par tous les genres de calamités, la pénurie des subsistances, la disette du numéraire, l'arrivée perpétuelle d'une foule de Déserteurs déguisés sous le titre de Patriotes , & de Brigands infâmes sous celui de Mendians ; forcés de pourvoir à tous ces maux , & d'entendre en même-temps les réclamations , de juger les différends , d'établir les régles qu'une nouvelle organisation civile & militaire entraînoit avec elle ; voilà quelle a été notre position pendant une année entière. Seroit-il étonnant qu'au milieu de tant de difficultés & d'orages , il nous fût échappé quelques fautes ; nous , étrangers alors à tous les détails de l'Administration , presqu'étonnés de notre nouvelle existence , & qui ssemblions , pour ainsi dire , à des voyageurs timides , jettés par la tempête sur des plages inconnues , au milieu d'une foule d'Etrangers comme eux.

Nos successeurs, au moins, n'auront plus qu'à maintenir l'ordre que nous avons ramené ; ils agiront d'après la marche qui leur est tracée , tandis que nous avons été obligés de nous tracer la nôtre ; ils n'auront plus qu'à faire exécuter des régles qui sont établies par le pouvoir législatif ; tandis que, jusqu'à présent , il nous a fallu les établir nous-mêmes, pour les faire exécuter ensuite ; enfin , depuis une année d'observations & d'études, & au milieu de la salutaire publicité des discussions, ils ont acquis une expérience, qui nous a manqué , & qui fera leur force ; ensorte que la sévérité sera un devoir envers eux , comme l'indulgence, si nous la demandions, en seroit un envers nous.

Mais ce n'est que de justice que nous avons besoin; & c'est elle seule que nous réclamons.

Nous remonterons, dans l'histoire de nos travaux, jusqu'à l'époque à laquelle des Représentans légalement élus ont succédé aux Electeurs; à ces Electeurs qui, n'ayant reçu d'autre mission que de leur zèle & des circonstances, se sont toujours montrés supérieurs aux circonstances elles mêmes; qui doivent être regardés comme les premiers conquérans de la liberté Françoise; que cependant, huit jours seulement après leur victoire, on voyoit avec tant d'impatience occuper encore les siéges d'où ils avoient dicté les loix qui ont sauvé la Capitale; envers qui maintenant on commence à devenir juste; mais qui ne seront traités avec la reconnoissance qui leur est due, qu'à mesure qu'ils s'éloigneront du moment présent; & que la postérité seule, exempte de partialité & d'envie, saura placer à leur véritable rang.

Depuis la retraite de ces généreux Citoyens, trois Assemblées de Représentans de la Commune se sont succédées.

Mais la seconde, connue ordinairement sous le nom de l'Assemblée des CENTS QUATRE-VINGTS, n'étoit qu'un supplément à la première.

La troifiéme, connue fous celui de l'Affemblée des TROIS-CENTS s'eft trouvée compofée de la
plus grande partie des Membres qui formoient
les deux autres; enforte que ces trois Affemblées n'en font véritablement qu'une, & que
leurs différentes formations marquent feulement
trois époques diftinctes dans l'hiftoire des Repréfentans provifoires de la Commune.

C'eft le 23 Juillet, dans le moment où la
Capitale commençoit à refpirer des troubles qui
ont précédé fa victoire, & des agitations qui l'ont
fuivie, que M. le Maire écrivit aux Diftricts
pour les inviter à nommer chacun deux députés,
qui fe réuniroient à l'Hôtel-de-Ville.

Ces Députés y arrivèrent le 25, au nombre de
120; &, dès leur première féance, ils fe confti-
tuèrent fous le titre d'*Affemblée des Repréfentans
de la Commune de Paris*.

Les Electeurs étoient alors dépofitaires de toute
l'autorité que le Prevôt-des-Marchands, le Lieutenant de Police, & l'Intendant exerçoient chacun féparément. La confiance publique l'avoit
tout d'un coup tranfportée dans leurs mains; &
ils répondoient, par leur fageffe, à l'étendue de
cette confiance.

Les Repréfentans de la Commune fentirent
combien les lumières, & l'expérience des Electeurs leur feroient utiles; & leur premier objet,

dans leur première séance, fut d'envoyer une députation à ces dignes Citoyens, afin de les prier
de continuer leurs fonctions, jusqu'à ce qu'il eût
été pris des mesures, pour les délivrer d'un fardeau, dont eux-mêmes avoient reconnu qu'ils
n'étoient chargés que provisoirement.

En même-temps, ils repartirent quelques uns
de leurs Membres dans le Bureau de la Police,
dans celui des Subsistances, & dans le Bureau
Militaire, parce que c'étoit dans l'exercice des
devoirs attachés à chacun de ces Bureaux que
résidoit la sûreté de la Capitale ; & ils nommè-
rent seize de leurs Collégues, pour dresser un
Plan d'organisation Municipale.

Il falloit aussi se hâter de régler les droits du
pouvoir civil & ceux du pouvoir militaire, afin
d'empêcher ces deux autorités de se combattre,
& de se détruire. Mais un homme (1) qui à l'ex-
cellence du commandement, réunit la plus haute
sagesse dans les vues & dans les principes, dis-
pensa l'Assemblée de faire à cet égard le réglement qu'il lui appartenoit de promulguer, en
venant lui même professer hautement cette maxime, sans l'existence de laquelle il faudroit
renoncer à la liberté, que l'*autorité Militaire doit
toujours être dépendante du pouvoir civil.*

Tous ces objets, quelques nombreux & im-

---

(1) M. la Fayette.

portans qu'il foient, furent traités & fixés, dès la première Séance.

Bientôt les Repréfentans de la Commune, qui avoient été répartis dans le Bureau de la Police & dans celui des Subfiftances, eurent pris connoiffance des fonctions attachées à ces Départemens; ils continuerent néanmoins à les exercer conjointement avec ceux de MM. les Electeurs qui leur avoient fervi de guides.

Mais deux Affemblées génerales, celle des Electeurs & celle des Repréfentans de la Commune auroient fini par nuire à la chofe publique, fi l'une & l'autre fuffent reftées plus longtemps en activité; &, le 29 Juillet, lorfque l'Affemblée des Repréfentans de la Commune eut conftaté que la plus grande partie des Députés avoit des pouvoirs abfolus & généraux, lorfqu'elle eut arrêté, en conféquence, qu'elle réuniffoit le double pouvoir d'adminiftrer provifoirement la Commune, & de travailler à la formation d'un plan d'Adminiftration municipale, elle arrêta que, le 30 Juillet, elle fe rendroit dans la falle des Electeurs, & qu'après leur avoir exprimé toute la reconnoiffance publique pour les grands fervices qu'ils avoient rendus à la France, elle leur déclareroit qu'elle ne trouvoit plus aucun obftacle à fe charger ellemême des fonctions qu'elle les avoit priés de continuer; mais que, pour leur donner une preuve des fentimens dont elle étoit animée pour eux,

A 4

8

pour marquer à jamais la confiance dont ils étoient dignes, & pour cimenter l'union de la Cité entière avec tant de braves Citoyens, elle les inviteroit à délibérer avec elle fur tous les objets qui fe préfenteroient à fon examen dans la première féance.

On n'oubliera jamais que ce fut le 30 Juillet, que le Miniftre, dont le départ précipité doit être confidéré comme le premier fignal de la Révolution, à qui l'Affemblée a donné, plus d'une fois, des marques fignalées de fon attachement, & dont elle a voulu que le bufte fût placé dans la falle de fes Délibérations (1), vint à l'Hôtel - de - Ville, précédé de la vertueufe & inféparable

_____

(1) « Au moment où M. Necker fe difpofoit à fortir, (dit le procès-verbal du 30 Juillet) un des Membres, preffé par tous les fentimens qui agitoient l'Affemblée, a propofé de lui élever une ftatue dans l'enceinte de l'Hôtel-de-Ville ; l'Affemblée, défirant donner à ce Miniftre les témoignages les plus marqués de l'admiration & de l'amour qu'infpirent fes talents & fes vertus, manifeftoit fes difpofitions par des acclamations multipliées. M. Necker n'eft parvenu qu'avec beaucoup de peine à faire entendre l'expreffion de fa reconnoiffance : vivement pénétré de l'honneur qu'on vouloit lui faire, le vœu feul, a-t-il dit, eft déjà plus que fuffifant pour mettre le comble à fon bonheur, & il a fupplié l'Affemblée de borner à cette offre les bontés qu'elle daignoit lui accorder; mais l'Affemblée a arrêté que le bufte de M. Necker feroit placé dans la falle qu'elle occupe en cet inftant ».

Compagne de fa deftinée, environné de tous les
objets chers à fon cœur, ayant pour efcorte
un peuple nombreux, qui fe preffoit avec amour
fur fon paffage ; & qu'il fe rendit fucceffivement
dans l'Affemblée des Repréfentans de la Commune,
& dans celle des Electeurs. On n'oubliera pas non
plus la fermentation que produifit, dans les Diftricts, la permiffion folemnelle accordée par les
premiers à M. de Bézenval de retourner en Suiffe,
& l'amniftie générale prononcée par les feconds.
On n'oubliera pas, enfin, que c'eft dans la foirée
du 30 Juillet, que les Repréfentans de la Commune
réunis aux Electeurs, révoquèrent enfemble les
ordres qu'ils avoient donnés féparément fur la
perfonne du Général étranger, & s'emprefsèrent
ainfi de donner un grand exemple de leur foumiffion à la volonté générale; ce fut-là le dernier
acte public de l'Affemblée des Electeurs.

Alors, les rênes de l'Adminiftration fe trou-
vérent fans partage entre les mains des Repréfentans de la Commune (1).

Quel fardeau, dans un moment où les convois
étoient expofés au pillage des brigands ; où le
Peuple, encore irrité contre fes oppreffeurs, fe

---

(1) Dans quelques bureaux feulement, ainfi qu'il
a été dit plus haut, un certain nombre d'Electeurs
adminiftroit encore la chofe publique, conjointement
avec les Repréfentans de la Commune, à qui l'expérience
des premiers étoit d'un grand fecours.

laissoit agiter par tous les mouvemens, & crioit
tumultuairement vengeance; où la Ville de S.-De-
nys, dont le Maire venoit d'être assassiné, & où les
Officiers-Municipaux avoient été forcés de proclamer le pain à *deux sols*, réclamoit l'assistance
de l'Assemblée, & les secours de la Ville de
Paris; où l'Assemblée, enfin, étoit obligée d'envoyer plusieurs de ses membres dans différentes
Villes, pour acheter les grains nécessaires à la
subsistance de la Capitale; car, il faut le dire
ici, nous avions cru qu'un objet d'une telle importance, & dans des circonstances aussi difficiles,
ne devoit être confié qu'à des hommes dont les
intentions étoient assurées, & le zèle garanti par
le suffrage de leurs Concitoyens.

Il falloit, dans ces conjonctures critiques, se
hâter de délibérer pour agir efficacmeent; il falloit
aussi que l'Assemblée doublât ses forces, en dou-
blant le nombre des membres qui la composoient:
l'immense complication de ressorts nécessaires à
l'Administration de la Capitale; le service perpétuel de l'Assemblée, tant le jour que la nuit;
ses députations fréquentes, soit à l'Assemblée-
Nationale, soit dans les Villes qui réclamoient
ses secours, soit dans les pays & sur les routes
où il étoit urgent d'aller protéger les convois;
tout cela rendoit insuffisant le nombre, en apparence considérable, des Représentans de la Commune.

Un Bureau perpétuel de *Paſſeports* avoit été formé dès le commencement de la révolution, & ne ceſſoit, ni le jour ni la nuit, d'être en activité, tant que la choſe publique parut être en péril (1). Un Comité d'*Adminiſtration* étoit établi (2); un autre Comité pour les *Travaux pu-*

---

(1) L'Aſſemblée avoit arrêté que tour-à-tour dix-huit de ſes Membres feroient, dans les vingt-quatre heures, le ſervice de ce Bureau. 6 devoient arriver à 7 heures du matin, & reſter juſqu'à 3 heures; 6 depuis 3 heures juſqu'à onze heures du ſoir; & 6 depuis onze heures du ſoir juſqu'à 7 heures du matin.

Le 9 Septembre, l'Aſſemblée avoit arrêté qu'à compter du 10 de ce mois, il ne ſeroit plus délivré de Paſſe-Ports à l'Hôtel-de-Ville, attendu que les motifs qui avoient introduit cette formalité ne ſubſiſtoient plus, & que l'entière circulation du commerce devoit être rétablie, elle écrivit même à toutes les Municipalité pour les inſtruire du parti qu'elle avoit crû devoir prendre. Mais, le 20 Septembre, ſur les réclamations de pluſieurs villes, elle arrêta que, pour faciliter la circulation dans l'intérieur du Royaume, elle continueroit à délivrer des paſſe-ports à ceux qui voudroient voyager dans les Provinces. Enfin, le 7 Octobre, on ſuſpendit la délivrance des Paſſeports; &, le 17, l'Aſſemblée crut devoir arrêter qu'on continueroit à en délivrer. Cette conduite de l'Aſſemblée, relativement à la néceſſité ou l'inutilité des paſſe-ports, marque les différentes & principales époques de ſes craintes & de ſes eſpérances.

(2) Il avoit été enjoint, par l'Aſſemblée, à ce Comité, de veiller à toutes les opérations de l'Adminiſtration. Le Tréſorier de la Ville ne pouvoit payer la plus

blics (1), ne tarda pas à l'être. Le Comité de *Police* (2) qui, pendant quatre mois entiers, a rendu à la Capitale & à la France des services

---

légère somme que sur un mandat signé de quatre Membres du Comité. Aucune dépense ne pouvoit être ordonnée qu'elle n'eût d'abord été communiquée à ce Comité, & approuvée par deux de ses Membres pour les objets de détails, & par quatre, au moins, pour les objets importans. Le rapport de ses opérations fut fait à l'Assemblée le 30 Septembre. L'Assemblée entendit, le même jour, les Commissaires nommés pour examiner les états de recette & de dépense du Trésorier de la Ville (M. de Villeneuve); elle en fut extrêmement satisfaite, & ordonna qu'ils fussent imprimés & envoyés aux Districts.

(1) Le Comité des *Travaux publics* avoit été établi dans un moment où l'on redoutoit les malheurs que pouvoit occasionner l'insubordination des Ouvriers répandus dans les atteliers des environs de la Capitale. Il exerça sur ces Ouvriers une grande influence, en déterminant tous ceux qui n'étoient pas de Paris à accepter les passe-ports qui leur étoient nécessaires pour s'en retourner dans leurs Provinces.

(2) Au lieu d'expliquer nous-même ce que c'étoit que le Comité de Police, nous préférons de rendre publics les éclaircissemens que nous avions demandés à cet égard à M. l'Abbé Fauchet, qui a été Membre de ce Comité dès le moment de sa création, & qui en a été long-temps Président. Voici une partie de la Note intéressante & énergique qu'il a bien voulu nous communiquer :

« Le Comité de Police, dit-il, étoit composé de » Citoyens élus par le peuple lui-même, dans sa grande

ineftimables, avoit été créé le 14 Juillet. La formation de tous ces Comités auroit fini par réduire
l'Affemblée à un beaucoup trop petit nombre de

» & tumultueufe Affemblée de l'Hôtel-de-Ville , au
» premier moment de la Révolution , & de quelques
» Repréfentans de la Commune , qui lui furent en-
» fuite adjoints pour partager leurs difficiles & conti-
» nuels travaux. Les Membres de ce Comité étoient
» en petit nombre, & toujours les mêmes ; ils ont conf-
» tamment, pendant quatre mois , paffé les jours & les
» nuits, au milieu des plus grands périls , à réprimer
» tous les défordres, à calmer les effervefcences terribles
» & toujours renaiffantes, à exercer une police univer-
» felle, non-feulement dans Paris , mais à dix lieues
» à la ronde, où aucune autre autorité que la leur ne
» pouvoit avoir d'effet. Ils jugeoient tous les différends
» avec une extrême promptitude, commandée par le
» torrent des circonftances, & avec une juftice impar-
» tiale, qui obtenoit la foumiffion. Les Comités de
» Diftricts ne prononçoient alors fur rien , & leur ren-
» voyoient tout. Leur bureau étoit affailli, & à chaque
» minute, par vingt affaires de différens genres, &
» toutes auffi inftantes les unes que les autres. Il falloit
» juger foudain, au milieu d'un tumulte affreux, & être
» impaffible aux plus infolentes menaces. La rectitude
» naturelle, les droits de l'homme, & les befoins urgens
» d'une Société qui a rompu tous les liens de fon an-
» cienne fervitude, pour s'organifer dans les principes
» d'une conftitution nouvelle, étoient les feules régles
» de leur jugement. C'étoit la juftice des peuples Sau-
» vages, exercée par des hommes éclairés, à qui on
» ne laiffoit pas un inftant pour la réflexion, & à qui

membres, & diminuer la force qui lui étoit nécessaire.

Dès le premier Août, elle se vit donc obligée

» l'on n'auroit pas pardonné la plus légère incertitude
» & le moindre délai. Ils ont éteint cent fois des in-
» cendies prêts à dévorer la Capitale & la France ; ils
» ont été au-devant de tous les complots qui se suc-
» cédoient avec une inconcevable rapidité. On leur dé-
» nonçoit de toutes parts des conspirateurs. Ils alloient
» eux-mêmes, au milieu de la nuit, avec de foibles
» escortes, saisir les personnes & les papiers suspects ;
» ils faisoient subir les interrogatoires, relâchoient avec
» des précautions attentives ceux qui n'étoient qu'impru-
» dens, faisoient emprisonner ceux qui étoient réelle-
» ment coupables, étendoient leur surveillance jusques
» sur les frontières du Royaume, & chez l'Etranger.
» A combien d'infortunés, soupçonnés trop légèrement,
» & prêts à subir les plus terribles vengeances du peu-
» ple, ils ont sauvé la vie, souvent au péril de la leur !
» Quel heureux ascendant ils exerçoient au nom sacré
» du patriotisme & de la liberté, sur les plus fou-
» gueux caractères, au point de rendre des hommes,
» qui ne respiroient que violence, les agens les plus
» dévoués de l'ordre & de la tranquillité publique !
» quel calme profond régnoit, par leurs soins, dans
» la Capitale, durant les nuits qui succédoient aux
» journées les plus orageuses ! On ne sait pas, on ne
» saura jamais apprécier tout ce que doit la Patrie à une
» douzaine d'hommes qui, durant ces quatre mois, ont
» sacrifié pour elle tous les momens de leur existence.
» A peine avoient-ils l'instant de prendre, au milieu de
» leurs travaux, qui alors même ne se discontinuoient

d'arrêter que tous les Diftricts feroient invités à nommer chacun un troifiéme Député, qui fe rendroit, le 5, à l'Hôtel-de-Ville, & à en défigner d'avance un quatriéme, qui viendroit prendre féance dans l'Affemblée, fi l'augmentation du troifiéme n'étoit pas fuffifante.

L'organifation de la Garde-Nationale-Parifienne étoit d'une néceffité preffante. Le Réglement relatif à cette organifation lui est apporté par M. la Fayette, à la tête du Comité-Militaire. Elle fe hâte d'en ordonner l'impreffion, & de demander la Sanction des Diftricts;

Des jugemens arbitraires profcrivoient les Citoyens; des exécutions fanglantes fouilloient la Révolution; l'Affemblée envoye une députation à l'Affemblée-Nationale, pour la conjurer d'établir un Tribunal qui, fans délai, prononce fur les crimes de lèfe-Nation, prévienne ainfi tous jugemens arbitraires, & ne laiffe agir déformais que la feule juftice Nationale;

La fixation du pain à 2 fols auroit affamé bientôt la Ville de S.-Denys, & y auroit occafionné de nouveaux maffacres. L'Affemblée publie un Arrêté, où elle déclare qu'il eft d'une

---

» pas, quelques mauvais alimens à leurs frais; ils paf-
» foient fouvent les nuits dans des peines dévorantes,
» fans pouvoir fe procurer un verre d'eau; mais il
» fembloit que la nature ne leur faifoit plus fentir
» fes befoins, & qu'ils n'éprouvoient que ceux de la
» Patrie, &c. &c. »

impoſſibilité abſolue de vendre le pain de 4 livres
au-deſſous de 13 ſols 6 deniers ; conjure les vrais
Citoyens de ne pas exiger ce qu'il eſt impoſſible
d'accorder ; les invite a réunir tous leurs ſoins
pour maintenir la tranquillité, ſans laquelle la liberté ne ſeroit que la plus odieuſe licence ; &
dans l'eſpoir d'obtenir ce ſuccès important, uſant
de l'influence fraternelle qu'on vouloit bien lui
reconnoître, elle fait afficher cet Arrêté dans la
Ville de S.-Denys & dans tous les lieux cir-
convoiſins.

Paris étoit dépourvu de ſubſiſtances ; celles qui
lui étoient adreſſées étoient pillées par le peuple
ou arrêtées par les Municipalités ; l'Aſſemblée
établit ſur la route de Paris & de Rouen *une
chaine civile* (1), pour protéger les convois ve-
nans du Havre & de Rouen, qui étoient deſti-
nés à l'approviſionnement de la Capitale, & correſpondre jour par jour avec le Comité des Subſiſtances. Informée, en même-temps, par deux
Electeurs, envoyés à Vernon pour ſe procurer
des grains, que leur liberté eſt menacée dans
cette Ville, elle fait partir auſſitôt quatre Députés (2), dont la miſſion eſt de parler au nom

----

(1) C'eſt-à-dire des Officiers civils, dont la miſſion
différente de celle des corps militaires, conſiſteroit à trai-
ter avec les Municipalités & correſpondre avec elles.

(2) MM. de la Croix, de Sauvigny, Bourdon de la
Croſnière & de la Cheſnay.

de

de la fraternité & de la paix, d'affurer la liberté des deux Electeurs, & de fe faire délivrer les approvifionnemens réclamés par la Ville de Paris. Mais il avoit fallu prévoir le cas malheureux, où la Députation n'auroit pu parvenir à remplir fon objet. Alors, on entroit dans un véritable état de guerre ; & l'Affemblée s'étoit vu forcée d'employer la trifte précaution d'envoyer, à la fuite de fes Députés, 400 hommes & deux piéces de campagne.

Il étoit difficile qu'au milieu de tant d'embarras, d'anxiétés & de défordres, l'Affemblée trouvât le moment de reconnoître les fervices rendus à la liberté par les braves Militaires, dont le dévouement fut fi grand & le patriotifme fi énergique. C'eft d'ailleurs lorfque le péril n'exifte plus, qu'on fe livre avec plus de complaifance à un fentiment qui, lorfqu'il eft entier, réclame toutes les forces de l'âme, & dont l'expanfion eft affoiblie ou arrêtée par tant d'objets divers, qui appellent l'attention & commandent la prévoyance. Mais l'Affemblée s'efforçoit de concilier tous fes devoirs ; & c'en étoit un grand, c'étoit le premier de tous, que la reconnoiffance de la Patrie envers fes libérateurs. Elle arrêta donc, fur la demande de M. la Fayette, qu'il feroit donné aux Gardes-Françoifes un certificat national, portant témoignage de fenfibilité & d'eftime pour leur conduite dans la révolution, & que les

B

fommes reftantes à la maffe générale du Régiment, ainfi que le produit de la vente des
Magafins, formés par des retenues fur leur folde,
feroient mifes en réferve pour être diftribuées,
charges déduites, tant aux Soldats patriotes,
qui étoient dans la Garde-Nationale, qu'à ceux
qui préféreroient de quitter le fervice.

Ainfi, dans l'efpace de quelques jours, (car ce
dernier Arrêté eft du 4 Août), l'Affemblée prit
toutes les mefures néceffaires pour réprimer les
défordres, les empêcher de renaître, rendre le
calme à une Ville voifine, dont les malheurs
étoient extrêmes, afsûrer les fubfiftances de la
Capitale, & cimenter la plus inaltérable union
entr'elle & les Soldats de la Patrie.

Voilà les opérations de l'Affemblée des 120
Repréfentans de la Commune, depuis le 25
Juillet jufqu'au 4 Août inclufivement.

Deuxième Epoque.

Le 5, les 60 nouveaux Députés des Diftricts
fe rendent à l'Affemblée.

C'étoit un renfort, qui, tous les jours, lui devenoit plus néceffaire.

Dès le 6 Août, l'explofion la plus terrible fe
manifefte; & le principal théâtre s'en établit à
l'Hôtel-de-Ville.

Un Bateau chargé de dix milliers de poudre
de Traite, enlevés à l'Arfenal pour être portés

à Effonne, étoit près de partir. Il eft arrêté par
le peuple. On s'imagine que de coupables def-
feins font encore tramés contre la Capitale : les
foupçons fe propagent ; la fermentation augmen-
te ; la multitude fe précipite dans l'Hôtel-de-
Ville, demande à grands cris celui qui a figné
l'ordre de faire partir le bateau. C'étoit M. de
la Salle (1), qui, pour fauver fa tête, fut obligé
de fe conftituer prifonnier, & qui ne fortit des
Prifons qu'après un mois de captivité, lorfque
l'Affemblée Nationale eut elle-même déclaré qu'il
n'y avoit aucune charge contre lui & aucuns
motifs de prolonger fa détention. Il feroit difficile
de peindre quelle étoit la fureur de ce peuple,
qui croyoit qu'on vouloit lui ravir la liberté,
qu'à peine il venoit de conquérir ; & l'on auroit
peine à imaginer les excès auxquels il fut près
de fe porter. Ce ne fut que par les précautions
multipliées de l'Affemblée, par les vérifications
qu'elle ordonna, par les éclairciffemens dont elle
s'empreffa de faire part aux Citoyens, par le
parti qu'elle prit de difcuter l'accufation dans

_____

(1) M. de la Salle a été le premier Commandant de
la Garde-Nationale-Parifienne. C'eft lui qui, dans les
fameufes & terribles journées des 13 & 14 juillet, donnoit & faifoit exécuter tous les ordres qu'il recevoit de
l'Affemblée des Electeurs. Il étoit le chef du pouvoir
Militaire, comme M. Moreau de S.-Merry l'étoit alors
du pouvoir Civil.

une féance publique, qu'elle parvint à diffiper l'agitation qui l'environnoit. Le zélé, le courage, l'éloquence de M. le Commandant Général lui furent en cette occafion, comme en tant d'autres, d'un grand fecours. Et cependant malgré tant de moyens réunis, ce ne fut que bien avant dans la nuit qu'elle vit le calme renaître.

Il ne fut pas d'une longue durée. De féditieux attroupemens, enfantés par d'autres caufes, fe multiplioient par-tout. Des milliers d'Ouvriers, répandus dans les Atteliers de Mont-Martre, pouvoient devenir, à raifon des actes fréquens de leur infubordination, un inftrument funefte dans la main des ennemis de la Conftitution, & effrayoient d'autant plus les amis de la Liberté, que leur nombre s'accroiffoit avec une incalculable rapidité, & s'étoit élevé, dans l'efpace de huit jours, de treize à vingt-un mille. — Une foule de Militaires arrivoit journellement à Paris, & faifoit fufpecter leurs intentions. — Des inconnus fe procuroient des habits de Gardes-Françoifes & de Gardes-Suiffes; &, par leur feul travestif-fement, infpiroient toutes fortes de craintes. Il falloit que l'Affemblée arrêtât, dans leur fource, les divers malheurs qu'on redoutoit. C'étoit elle qui étoit véritablement la gardienne de la vie & de la propriété des Citoyens.

Elle défend de la manière la plus expreffe les attroupemens; & déclare qu'il ne doit être fait de motions que dans les foixante affemblées de Diftricts ouvertes au zèle de tous les Citoyens; — Elle ordonne que tous les ouvriers qui travail- loient dans les atteliers établis autour de la Ca- pitale, & dont le nombre exceffif étoit pour elle un fujet perpétuel d'alarmes, feront renvoyés dans leurs Provinces & dans leurs Diftricts ref- pectifs. — Elle fait les plus fortes défenfes de porter l'uniforme d'un Régiment auquel on n'appartient pas. — Elle arrête qu'il ne fera plus reçu dans la Garde-Nationale aucun des foldats qui s'y pré- fenteront; inftruite même que deux-cents cin- quante environ fe rendent dans la Capitale, elle envoye deux de fes Membres (1) à leur rencontre pour les arrêter, les retenir dans le lieu où ils les trouveront, pourvoir à leur fubfiftance, & les renvoyer à leurs divers Régimens, en payant les frais de leur retour. Mais, voulant concilier la juftice avec la prudence, elle établit la diffé- rence qui doit exifter entre les foldats qui ont quitté leurs Drapeaux avant la lettre d'amniftie écrite par le Roi, & ceux qui les ont quittés de- puis; voit dans les uns des Patriotes qu'elle doit recueillir, dans les autres des infubordonnés qui compromettroient la caufe de la Liberté; & mon- tre au Patriotifme des égards qu'elle refufe à l'infubordination.

---

(1) MM. Dières, Confeiller à la Cour des Aides, & Pantin.

Pour faire exécuter des délibérations fi juftes
& fi inftamment néceflaires, l'Affemblée avoit
befoin de forces extérieures ; & une Garde-Nationale, pleine de valeur & de zéle, s'organifoit
avec célérité fous les yeux & à l'aide de ce Général Patriote, dont la deftinée, unique dans le
monde, eft telle, qu'il eft à la fois chéri du parti
qui veut la liberté, & de celûi qui ne la veut pas,
pour les fervices qu'il a rendus à l'un, & la fauve-
garde qu'il a, pour ainfi dire, affûrée à l'autre.

Le plan d'organifation Militaire, renvoyé par
l'Affemblée à fes Commettans, avoit été adopté
par la prefque totalité des Diftricts. L'Affemblée
régle d'abord, par la voie du fort, le rang des
fix Divifions de la Garde-Nationale ; nomme les
places de l'Etat-Major fur la préfentation de
M. la Fayette ; charge fix de fes Membres (1) de
veiller à l'établiffement des Cafernes, en charge
d'autres de s'occuper de l'habillement & de l'é-
quippement des Troupes du Centre. Une garde
Nationale à cheval eft auffi établie conformément
au plan du Comité Militaire.

Puiffante alors, & par les principes qui la di-
rigent, & par les forces qui l'environnent, l'Affemblée fent accroître fon courage, & ne voit
rien d'impoffible à fes efforts.

---

(1) MM. Bofquillon, Thuriot de la Rozière, Du-
mont, Célérier, Buiffon & Charpentier,

C'étoient les Subsistances qui étoient le principal objet de ses inquiétudes & de ses soins. Il est difficile de se faire une idée de toutes les précautions que prenoit l'Assemblée pour écarter le fléau qui menaçoit la Capitale.

Elle ordonne des visites dans toutes les maisons Religieuses de l'un & de l'autre sexe, pour examiner les grains & farines qui pouvoient s'y trouver, & en faire faire le transport à la Halle, sous les yeux de Commissaires qu'elle nomme à cet effet;

Elle défend à tous les Meûniers, qui ont reçu de l'Hôtel-de-Ville des Bleds à moudre pour l'approvisionnement de la Capitale, de délivrer aucune farine sans un ordre exprès du Comité des Subsistances;

Elle nomme des Commissaires pour surveiller la mouture & protéger la rentrée des Farines;

Elle en nomme d'autres pour se transporter dans tous les Moulins qui environnent la Capitale, & hâter la mouture des Bleds. Les Municipalités voisines étoient elles - mêmes inquiétes sur leur sort; les achats de grains devenoient très-difficiles; l'Assemblée envoye dix Commissaires dans toutes ces Municipalités, pour concerter avec elles tout ce qui est relatif à l'approvisionnement de Paris. Elle envoie aussi des Commissaires à Vernon, à Rouen, au Hâvre, à l'effet de trouver les expédiens les plus sûrs & les plus prompts.

pour faire parvenir à la Capitale sa subsistance de première nécessité. Elle ordonne, enfin, que son Comité des Subsistances enverra, tous les matins, aux Présidens de l'Assemblée, un état exact de la situation de la Halle aux grains.

Ainsi, pendant que les Citoyens se reposant sur le zéle de l'Assemblée, recevoient, chaque jour, en plus ou moins grande abondance, les approvisionnemens nécessaires à leur existence, l'Assemblée perpétuellement inquiéte, & ne se reposant jamais, veilloit avec une infatigable activité au sort du lendemain ; ses membres exposoient leurs vies sur les grandes routes ; dans des villes défiantes &, pour ainsi dire, ennemies ; dans une halle homicide, où la fureur du peuple & celle des boulangers se manifestoient presque chaque jour ; & au milieu de ces orages sans cesse renaissans, elle faisoit en sorte de ne laisser en souffrance aucun des objets qui appelloient son attention.

Le recouvrement des droits dont la Ville avoit un si grand besoin, étoit interrompu ; elle arrête qu'il sera placé, à l'entrée des barrières, des Percepteurs pourvus d'une Commission de M. le Maire, pour recevoir & compter à la Ville des octrois & des droits établis par différentes Lettres patentes & par des décisions du Conseil qui ont eu jusqu'à présent force de loix. — Elle sent combien il est instant & nécessaire pour le bien public

que la Jurifdiction du Bureau de la Ville reprenne
fon activité; elle reconnoît cependant que les pouvoirs des Officiers qui le compofoient n'exiftent
plus; & elle arrête que, pour l'exercice de cette
Jurifdiction, M. le Maire fe retirera pardevers le
Roi, pour prêter le ferment accoutumé, & qu'en
outre il choifira, pour Affeffeurs, quatre Gra-
dués, conformément aux Ordonnances. — Elle
gémit de voir les récoltes fouragées, dans un moment où tout le monde fe plaignoit du défaut
de fubfiftances; & elle enjoint aux Gardes, aux
autres Officiers des chaffes de veiller à la confervation des récoltes; elle invite les Officiers-
Municipaux, les Syndics des Communautés, les
autres Citoyens de toutes les claffes à fe réunir
fraternellement pour faire ceffer le défordre &
les abus de la chaffe; elle charge le Commandant-Général de faire ufage à cet égard, dans
les environs de la Capitale, de toutes les forces
qui lui font confiées.

Son humanité & fa vigilance pénétrent auffi
le féjour des prifons; elle eft inftruite que, dans
celles de l'Hôtel-de-Ville & de la Force, il exifte
un grand nombre de prifonniers, arrêtés pour
des caufes légères, qui ne méritent pas une punition rigoureufe; & auffi-tôt elle nomme des Commiffaires (1) pour fe tranfporter dans les prifons;

_____

(1) MM. le Roi, Dubois, Blonde & Picard.

interroger les détenus, prendre connoiffance des faits qui ont occafionné leur emprifonnement ; mettre en liberté ceux qui ont été arrêtés pour des caufes peu graves, ou dont les fautes auroient été fuffifamment expiées par la durée de la détention ; vifiter & infpecter les prifons ; en rendre un compte exact, & mettre l'Affemblée en état de réformer les abus qui s'y font introduits. — Pouvoit-elle négliger les martyrs de la liberté, bleffés au fiége de la Baftille ? pouvoit-elle refufer des fecours aux veuves, aux enfans de ceux qui y avoient péri ? elle nomme des Commiffaires pour prendre des informations fur les Citoyens qui ont montré le plus de valeur à ce fiége fameux, & lui préfenter les moyens de fecourir ceux qui avoient des droits à fa bienfaifance. Mais c'eft fur les Gardes-Françoifes qu'elle arrête principalement fes regards. Dès le 5 Août, elle avoit décidé que, jufqu'à la formation de la Garde-Nationale-Parifienne, leur fort feroit fixé à vingt fols par jour, & qu'il feroit accordé fur-le-champ une certaine fomme, en forme de dédommagement, à ceux qui, depuis le commencement de la Révolution, n'avoient reçu aucun fecours des Diftricts où ils avoient fervi. Les demandes formées par les Gardes-Françoifes, les inftances de plufieurs Diftricts forcent l'Affemblée de manifefter plus amplement fa reconnoiffance ; &, conformément à une délibération du Comité des Gardes-Françoises, elle arrête qu'il sera prélevé, sur les deniers de leur Caisse, une somme de 150,000 livres, pour être distribuées par portions égales, & sans distinction de grade ni d'ancienneté, entre les Sergens, Caporaux, Canoniers & Soldats qui, le 14 Juillet, formoient le Régiment. Elle autorise, en même-temps, les Commissaires qu'elle avoit nommés dans cette partie (1) à poursuivre, conjointement avec quatre membres du Comité des Gardes-Françoises, le recouvrement de tous les deniers appartenans au Régiment, comme aussi à vérifier la propriété des immeubles qui peuvent lui appartenir, à procéder à la vente de tous les objets mobiliers & immobiliers, à liquider les dettes, & à faire ensuite le partage des deniers qui resteront. L'estimation de leurs lits & de leurs meubles, monte à la somme de 130,000 livres; l'Assemblée ordonne que cette somme leur sera payée sur le champ; & elle acquiert, pour la Commune, moyennant la somme de 900,000 livres, payable dans trois mois, tous leurs autres effets mobiliers & immobiliers.

Ce n'étoit pas assez pour l'Assemblée d'avoir terminé cette affaire d'intérêt avec des hommes dont les services avoient été utiles à la Chose publique. Si les Gardes-Françoises, satisfaits de leur conduite, & récompensés par leur succès,

---

(1) MM. d'Espagnac & Huguet de Sémonville.

n'avoient pas befoin d'être honorés par des dif-
tiactions, l'Affemblée avoit befoin de leur donner
une marque oftenfible de reconnoiffance. Elle
arrêta d nc qu'il feroit remis à chacun d'eux
une médaille en or; & cette médaille (1), quand
nous la voyons, nous rappelle plutôt, à nous, le
fouvenir de leur valeur, qu'elle ne rappelle à eux
les obligations qu'ils ont contractées envers la
Patrie; parce que c'eft au fond de leur âme que
leur devoir eft tracé en caractères ineffaçables, &
que le fentiment qui les y attache eft indépen-
dant de tous les fignes extérieurs.

Quand ces objets importans eurent été réglés,
quand plufieurs autres affaires de détail, également preffantes, eurent été ordonnées, l'Affemblée qui fentoit, chaque jour, le befoin urgent
d'organifer la Capitale, commença, le 28 Août, à
difcuter le plan de Municipalité. Mais fa difcuffion eft interrompue, comme fes travaux précédens l'avoient été plus d'une fois, par le compte qu'on vient lui rendre des défordres qui
mettent en danger la fûreté des Citoyens. Ces
défordres étoient extrêmes à la Halle. L'Affemblée

---

(1) Cette médaille, en forme de lozange, préfente
d'un côté, un faifceau de chaînes brifées avec cette
légende, LA LIBERTÉ CONQUISE; en exergue, 14 *Juillet*
1789; & de l'autre côté, une épée, furmontée d'une
couronne de laurier & de chaîne, avec cette infcription:
ignorant - ne datos, ne quifquam ferviat, enfes.

ordonné que M. le Commandant-Général prenne toutes les mesures nécessaires pour rétablir le calme.

Le lendemain, des agitations extraordinaires se manifestent dans le même lieu, avec plus de violence encore que la veille; l'un des Commissaires de l'Assemblée (1) est sur le point d'y périr victime de son zéle. L'Assemblée ordonne au Major-Général d'envoyer, à la Halle, un détachement capable d'en imposer à la multitude, & déploye la sévérité la plus énergique, dans un arrêté qu'elle s'empresse de publier, afin de prévenir désormais de pareils malheurs.

Elle se disposoit à reprendre sa discussion sur le Plan de Municipalité; & comme elle venoit de recevoir le serment de tous les Officiers de la Garde-Nationale, elle se livroit à l'espérance que cet acte civique & religieux intimideroit les pertubateurs de l'ordre; & que dans peu de jours peut-être, l'examen qu'elle avoit commencé seroit achevé. Mais, le 30 Août, elle apprend que M. le Maire, qui, en sa qualité de Chef de la Commune, étoit le centre auquel tous les rayons aboutissoient,

---

(1) M. Fondeur. Un homme qui a aussi couru de grands dangers à la Halle, est M. le Commissaire de Defresne. L'Assemblée arrêta, le 3 Septembre, *qu'il seroit fait des remercîmens à M. Defresne, dont le zèle, l'assiduité & la modération* (dit l'Arrêté) *méritent l'estime de tous les Citoyens honnêtes.*

& qui avoit eu plus d'une occasion de sentir la nécessité impérieuse d'une prompte organisation, venoit d'écrire une lettre aux Districts, pour leur représenter, que le 23 Juillet, ii leur avoit demandé des Députés & des Commissaires, à l'effet de dresser un plan d'Administration Municipale; que ce projet avoit été rédigé par seize Commissaires; qu'il étoit imprimé, envoyé aux Districts; mais que l'Assemblée des Représentans de la Commune devoit commencer par faire ses observations; que les Districts devoient faire les leurs; que tout cela entraîneroit des longueurs; que le tems étoit précieux, & l'organisation Municipale instante; qu'il seroit possible de la former très-promptement; qu'en nommant d'un côté huit Chefs de départemens, ou Lieutenans-de-Maire qui seroient les principaux coopérateurs de l'Administration, & de l'autre, les Echevins, le Procureur-Général, les deux Substituts & le Greffier qui formeroient le *Tribunal du Contentieux* ; en statuant que les Membres de ce Tribunal, réunis aux huit Chefs de Départemens ou Lieutenans, & présidés par le Maire, formeroient le Bureau, le Conseil où seroient portées les Affaires majeures & importantes, on auroit une Administration bien organisée ; que ce ne seroit en tout que vingt Elections à faire; que dans peu de jours, elle seroient faites; qu'il invitoit les Districts à envoyer chacun cinq Députés pour élire les vingt Officiers ci-dessus désignés.

L'Assemblée, il faut le dire, fut étonnée d'apprendre par la voie publique, plutôt que par l'organe de M. le Maire, avec qui elle avoit des rapports habituels, que cette Lettre existoit.

Mais cette Lettre étoit conforme aux intentions de l'Assemblée, quant à la nécessité d'une organisation provisoire ; elle ne s'en éloignoit que quant au mode de cette organisation, & pouvoit produire un effet opposé aux vues de M. le Maire. De malheureuses divisions n'avoient pas encore établi une funeste scission entre l'Assemblée & son Chef ; elle lui fit entendre ses motifs, entendit les siens ; &, en sa présence, de concert même avec lui, elle arrêta que « tous » les Districts seroient invités à accepter provi- » soirement le projet du Plan de Municipalité » à eux envoyé par l'Assemblée, dans la partie » qui concerne l'organisation de l'Assemblée-gé- » nérale des Représentans de la Commune, du » Conseil & du Bureau de Ville; — qu'ils seroient » invités à nommer, en conséquence, dans la » huitaine, cinq Députés, à l'effet, par l'As- » semblée de ces trois-cents Députés, de nom- » mer immédiatement le Conseil de Ville & ses » Officiers, & d'organiser les divers Départe- » mens; — que les Districts seroient pareillement » invités à adopter provisoirement la partie du » Plan de Municipalité qui les concernoit; &, » en conséquence, à nommer aussi-tôt leurs

» Comités & Officiers de Districts; — elle arrête
» auffi, que le falut de la Capitale exige que
» les Repréfentans actuels de la Commune conti-
» nuent leurs fonctions jufqu'à ce qu'ils foient rem-
» placés par l'Affemblée des trois-cents; — que
» chaque Repréfentant déclarera immédiatement
» à fon District la réfolution de fe démettre,
» auffi-tôt que le remplacement ci-deffus aura
» lieu; — que les Membres de l'Affemblée des
» trois-cents, qui refteront après l'élection des
» Officiers du Confeil, s'occuperont de l'exa-
» men du Plan, le modifieront, d'après les ob-
» fervations des Districts; &, après l'avoir ar-
» rêté, le préfenteront aux Districts pour avoir
» leur fanction; — que cette approbation étant ob-
» tenue, ainfi que celle du pouvoir légiflatif,
» le Plan fera mis alors à exécution définitive;
» que les Districts feront convoqués, à cet ef-
» fet, par l'Affemblée générale, & que les pou-
» voirs de cette Affemblée, ainfi que de celle du
» confeil des foixante, cefferont iminédiatement;
» — qu'enfin, les Repréfentans actuels, pour don-
» ner une nouvelle preuve de leur zèle, avertiroient
» les Districts de ne jamais perdre de vue, quel-
» que Plan qu'ils adoptent, que la Municipa-
» lité doit à la vérité diftribuer & concentrer
» le pouvoir exécutif dans peu de mains; mais
» que ce pouvoir, dans quelques mains qu'il
» foit placé, doit être fans ceffe furveillé & cir-
                                              » confcrit

» confcrit, dans fes limites légitimes, par un
» confeil affez nombreux pour prévenir toute oli-
» garchie ».

Ce dernier article étoit relatif à quelques phra-
fes de la lettre de M. le Maire, & entr'autres
à celle-ci, qui terminoit fa lettre : *Je crois que
le pouvoir légiflatif réuni, à certains intervalles,
pour fe faire rendre compte de l'exécution des loix,
ne doit point arrêter ni gêner le pouvoir exécutif
dans fa marche. Je crois que ce pouvoir doit être
un, & que, fi une partie peut être diftribuée entre
différens coopérateurs, il faut établir, dans le Chef,
une fupériorité d'influence qui conferve cette unité.*

Depuis cet Arrêté du 30 Août, dans lequel
refpirent à la fois l'amour de la Paix & l'attachement aux vrais principes, combien d'événemens extraordinaires ont marqué l'intervalle qui
a féparé l'envoi qui en a été fait aux Diftricts,
& la formation d'une nouvelle Affemblée !

Dans la foirée même du jour où cet Arrêté
fut pris, deux jeunes Citoyens viennent annoncer
à l'Affemblée qu'une fermentation effrayante s'eft
manifeftée au Palais-Poyal; qu'un grand nombre
d'hommes raffemblés propofe de s'armer & de
fe porter en force à Verfailles, pour empêcher
que le *Veto Royal* foit confacré par l'Affemblée-
Nationale, & pour donner une garde d'honneur
à M. de Mirabeau l'aîné, dont la vie, difent-
ils, eft en danger. Ce n'étoit point là de ces attrou-

C

pemens, que la crainte de la famine & le plus
impérieux des befoins rendoient, en quelque forte,
légitimes ou excufables ; c'étoit une violation
fcandaleufe des droits nationaux, une rébellion
facrilége à la loi. L'Affemblée, douloureufement
affectée d'un délit auffi grave, autorife le Commandant-Général à prendre provifoirement toutes les précautions néceffaires ; à faire même
arrrèter les auteurs & premiers moteurs du fou-
lévement ; & décidée, malgré le péril qui l'en-
vironne, à employer, tout ce qu'elle a de pouvoir & d'influence pour diffiper une auffi dan-
gereufe fédition, elle prolonge fa féance jufqu'à
trois heures du matin, & ne fe diffoud qu'a-
près avoir acquis la certitude que la tranquillité
eft rétablie tant au Palais-Royal que dans les
environs.

Mais le lendemain, les mouvemens s'étoient
renouvellés ; & l'agitation des efprits étoit au
comble. L'Affemblée délibéroit fur les moyens
d'arrêter efficacement de fi coupables excès, lorfqu'une députation de Citoyens, venant du Palais-Royal, fe préfente, pour propofer, difoit-
elle, un plan de conciliation. La première queftion qui s'éléve eft de favoir fi on la recevra.
Mais il eft des circonftances où il eft utile, pour
la chofe publique, de faire fléchir toute la
rigueur des principes. La députation eft reçue ;
& l'adreffe qu'elle préfente eft tellement extraor-

dinaire, elle attefte fi hautément le délire qui dominoit toutes les têtes, & l'embarras qu'auroit éprouvé l'Affemblée, fans l'énergique fentiment qu'elle avoit de fes devoirs, qu'il nous eft impoffible de ne pas la retracer ici toute entière :

» Nous fommes chargés (difent les Députés)
» de la part des Citoyens affemblés au Palais-
» Royal, de demander une affemblée générale
» des Diftricts, pour ce foir cinq heures, &
» qu'à cet effet, il foit envoyé, fur le champ,
» l'ordre à chaque Diftrict de battre la caiffe
» pour l'indication de cette affemblée ;

» A l'effet de délibérer, dans chacun des Di-
» ftricts, fur les queftions fuivantes :

» 1° L'opinion de la Commune affemblée
» par Diftricts, eft-elle que le Roi doit avoir le
» Veto ; c'eft-à-dire, le droit de refufer ou d'a-
» dopter les opérations du Corps légiflatif ; & la
» Commune le lui accorde-t-elle, ou le lui re-
» fufe-t-elle pour la portion qui lui appartient
» dans le pouvoir légiflatif ?

» 2° La Commune eft elle fatisfaite de fes
» Députés à l'Affemblée Nationale ? Leur accorde-
» t-elle la même confiance que lorfqu'elle les a
» nommés, & les confirme-t-elle ?

» 3° Si elle en révoque quelques-uns, qui
» nomme-t-elle Electeurs, pour nommer d'autres
» Députés à leur place ?

» 4° Ne convient-il pas de donner à ces nou-

» veaux Députés, ou d'accorder aux anciens un
» mandat exprès pour refuser le *Veto* au Roi,
» & laiffer à la Nation l'entier èxercice du pou-
» voir légiflatif ?

    » 5° Enfin d'arrêter que l'Affemblée-Natio-
» nale fufpendra fa délibération fur le *Veto*, juf-
» qu'à ce que les Diftricts, ainfi que les Pro-
» vinces, ayent prononcé ».

    Tel étoit, difoit l'orateur, le mandat dont
lui & fes co Députés étoient chargés par les habitués du Palais-Royal ; & tous, avant de fe
retirer, déclarèrent leurs noms.

    L'Affemblée délibère ; elle fait rentrer les Dé-
putés ; & le Préfident, au nom de l'Affemblée,
leur répond : « l'Affemblée avoit annoncé l'in-
« variable réfolution de ne recevoir aucune dé-
» putation que d'un Corps légalement conftitué ;
» elle ne vous a reçus que parce qu'on lui avoit
» annoncé que vous vouliez propofer des moyens
» de ramener la paix dans le Palais-Royal ; elle
» n'a rien de plus à vous répondre ».

    Et fur-le-champ elle délibère fur d'autres ob-
jets ; fans vouloir faire punir les geftes menaçans
que fe permettent contr'elle les Députés, & dé-
daignant même d'y arrêter, dans ce premier
moment, fon attention.

    Mais une feconde Députation, envoyée tou-
jours par les habitués du Palais-Royal, & à la tête
de laquelle un Capitaine de la Garde-Nationale

avoit été obligé de fe placer, vient réitérer les demandes que les premiers Députés avoient faites.

Une troifième, ayant pour Chef M. de S.-Huruge, fe préfente prefque en même tems. Les ordres, pour diffiper ces fcandaleufes factions, avoient été donnés ; l'Affemblée ne vouloit compromettre ni fa propre dignité ni celle de la Commune ; M. le Maire propofe de diffoudre l'Affemblée, & de ne recevoir qu'en Comité la nouvelle Députation. Son avis eft adopté ; & l'Affemblée fe fépare ; mais dans la plus ferme réfolution d'employer les mefures les plus efficaces pour étouffer les complots fecrets & pervers, dont on vouloit fouiller la révolution.

Le lendemain, en effet, un Arrêté, plein de la plus févère indignation (1) part de cette même

---

(1) L'Affemblée des Repréfentans de la Commune, profondément indignée de ce qui s'eft paffé, ces jours derniers, au Palais-Royal ;

Voyant, avec une nouvelle douleur, que, lorfque 60 Diftricts font ouverts au zèle des Citoyens, pour difcuter leurs vues fur le bien public, on continue à profaner, par des calomnies atroces & des motions fanguinaires, la demeure d'un Prince également chéri & honoré de la Nation ;

Voyant, dans ces mouvemens féditieux, les derniers efforts des ennemis de la Nation, qui effayent, par une fubverfion générale, de rous faire regretter l'affreufe paix du Defpotifme ;

Sentant combien il importe à la prompte regénération

C 3

Affemblée ; menace de faire arrêter & conftituer dans les prifons les perturbateurs du repos public. Cet Arrêté les glace d'eftroi ; le calme fe rétablit ; & l'Affemblée-Nationale , dans le fein de laquelle ce cri s'étoit élevé : *Les Chefs de la Commune de Paris peuvent-ils garantir aux Repréfentans de la Nation la tranquillité de leurs*

---

du Royaume , de s'en rapporter fur les grandes queftions qui s'agitent aujourd'hui dans l'Affemblée Nationale , aux grands principes qui l'ont dirigée , & au fincère dévouement d'un Roi citoyen , qui s'honore de concourir au bien général ;

Convaincue de la néceffité d'éteindre , dès fa naiffance , un incendie qu'on voudroit répandre dans tout le Royaume , & d'étouffer des complots fecrets & pervers dont les Citoyens honnêtes & trompés , pourroient devenir eux-mêmes les victimes , après en avoir été involontairement les complices ;

Perfuadée qu'il eft de l'honneur de la Ville de Paris , de préferver le Royaume de la crainte des troubles les plus défaftreux , après l'avoir fauvé des attentats de la tyrannie Miniftérielle ;

Egalement bleffée d'avoir vu la dignité de la chofe publique compromife par les menaces & les geftes que fe font permis , jufques dans fon fein , des Particuliers qui fe font dits *Députés par les Habitués du Palais-Royal* , & qui n'avoient été reçus dans l'Affemblée , que parce qu'ils s'étoient annoncés comme des amis de l'ordre & de la paix ;

Avertie par ce cri qui s'eft élevé dans l'Affemblée-Nationale : *les Chefs de la Commune de Paris peuvent-ils garantir aux Répréfentans de la Nation , la tranquillité de délibérations*, applaudiſſant à la fois à la fermeté de notre conduite & au ſuccès de nos efforts ; charge ſon Préſident de nous écrire, pour nous témoigner la plus vive approbation de notre Arrêté.

C'étoit un bonheur pour l'Aſſemblée, c'étoit la plus belle récompenſe de ſes travaux que les témoignages de ſatisfaction qu'on vouloit bien lui

---

leurs délibérations, qu'elle a un devoir ſacré à remplir, ſur lequel elle regarderoit un doute comme le reproche le plus humiliant ;

Déterminée par de ſi puiſſantes conſidérations,

L'Aſſemblée déclare qu'elle perſiſte invariablement dans ſes Arrêtés contre les attroupemens & les motions du Palais-Royal ;

Que rien ne pourra plus l'engager à ſuſpendre les meſures les plus ſûres, pour réprimer des déſordres qui pourroient enlever à la France les fruits de la plus heureuſe révolution, & déshonorer le caractère des François ;

En conſéquence, elle charge M. le Commandant-Général de déployer toutes les forces de la Commune, contre les Perturbateurs du repos public ; de les faire arrêter & conſtituer dans les priſons, pour leur procès être inſtruit ſelon la nature des délits ;

Elle ordonne que le préſent Arrêté ſera, ſur le champ, envoyé dans tous les Diſtricts, pour qu'ils ayent à veiller & à concourir à ſon exécution ; & elle invite tous leurs Membres à en ſigner un exemplaire, afin qu'il devienne un déſaveu authentique de tous les excès & déſordres dont la Ville de Paris auroit éternellement à rougir, ſi des vrais Citoyens pouvoient être ſoupçonnés d'y avoir eu part.

C 4

donner. Elle en reçut, dans plus d'une circonftance, qui excitèrent avec d'autant plus de raifon
fa fenfibilité, qu'elle appercevoit les conféquences
heureufes qui en réfulteroient pour la cité entière. Quand elle vit des Membres de l'Affemblée-Nationale venir eux-mêmes, au nom des
villes de Trévoux, de Rennes, de Nantes, la féliciter de fon courage & de fon patriotifme (1) ;
quand elle vit que fon influence, au dehors, étoit
telle, que les Commiffaires, envoyés par elle à
Monteffon, pour y rétablir le calme, l'y avoient
tout-à-coup rétabli ; quand elle apprit que ceux
qu'elle avoit députés à Provins, pour y demander
les bleds deftinés à l'approvifionnement de Paris,
& que la ville de Provins avoit jugé à propos de
retenir, avoient non-feulement obtenu tout ce
qu'ils pouvoient defirer, mais qu'ils avoient rendu
la tranquillité à une ville livrée à trois partis différens, & avoient infpiré à tous fes habitans une
confiance fi étendue, que fa Garde Nationale
voulut conduire elle-même, fous fon efcorte, les

---

(1) Le 14 Août, des Citoyens de Trévoux, Membres
de l'Affemblée Nationale, & le 16, deux Députés de
Rennes & deux de Nantes, ayant à leur tête M. le
Chapelier, alors Préfident de l'Affemblée Nationale,
vinrent complimenter l'Affemblée. Le 11 Novembre,
une députatation de Clermont-Ferrand, à la tête de
laquelle étoit M. Biozat, Membre de l'Affemblée Nationale, vint auffi nous offrir fes félicitations.

bleds qui appartenoient à la Capitale ; quand elle
vit, dès le 13 feptembre, la plupart des Bourgs
& Villages des environs de la Capitale, lui demander à être affiliés à la Garde-Nationale-Parifienne ; quand, le 17 du même mois, elle entendit le Bataillon entier de la Garde-Nationale
de Belleville, de cette généreufe milice qui nous
a rendu depuis de fi importans fervices, jurer,
entre fes mains, *d'être fidèle à la Nation, à la
Loi, au Roi, à la Commune de Belleville & à
la Commune de Paris* ; quand, à la même époque,
elle entendit une députation des Volontaires de
Rouen lui propofer une affociation fraternelle,
& lui promettre de défendre, de toutes leurs
forces, les convois deftinés à la capitale ; quand
elle apprit qu'Etampes, Orléans, toutes les villes
dans lefquelles fe tranfportoient fes Commiffaires,
pour y acheter des grains, donnoient l'affûrance
& les preuves de l'attachement le plus vrai ;
quand elle vit les Volontaires de la Bazoche,
les Membres du Collége de Chirurgie, ceux de
l'Arquebufe, qui formoient alors, dans cette
Capitale, des milices particulières, lui demander
avec empreffement l'honneur de fervir encore la
chofe publique ; quand elle vit les individus &
les Corps, les Corps de Finances en particulier,
joindre à l'hommage de leurs fentimens patriotiques, le don de plufieurs fommes confidérables,
pour le foulagement de ceux qui avoient fouffert

dans la révolution ; elle apperçut dans cet heureux accord de fentimems, dans cette réunion
admirable de forces, dans ce puiffant concours
de volontés, le falut de la Capitale & de la France;
&, fi on lui montroit encore, au loin, des factions,
des obftacles, des réfiftances, elle voyoit à côté
d'elle le reméde à tous ces maux, & ne douta
plus, qu'à force de courage & de foins, elle ne
parvînt à diffiper les factions, furmonter les obftacles, & vaincre les réfiftances.

Il fembloit cependant qu'à mefure qu'elle devenoit redoutable, une fatalité ennemie multi-
plioit autour d'elle tous les genres de contrariétés,
& fembloit défier fon zèle infatigable & fon active prévoyance. Jufqu'au moment où elle céda
fa place à l'Affemblée qui lui fuccéda, il n'y avoit
prefque pas de jour où, pour diverfes caufes,
le fauxbourg S. Antoine, la Halle, différentes
places de cette Capitale ne fuffent le théâtre d'attroupemens dangereux & de féditions alarmantes.
Quand on ne fe plaignoit pas de la difette des
farines, on fe plaignoit de leur qualité. Des gens
mal-intentionnés s'introduifoient dans les greniers
de la halle, y déroboient de ces farines avariées
& viciées qui y étoient à l'écart, qu'on ne ven-
doit pas, qu'il étoit défendu de vendre, & les
promenoient dans les rues, pour exciter la fermentation du peuple, & le porter à des foulève-
mens. L'Affemblée étoit donc, à la fois, obligée

de raſſûrer le peuple, de le contenir, de pourvoir à ſa ſubſiſtance; & elle employoit, à cet effet, & ſuivant les circonſtances, tantôt des paroles de perſuaſion & de paix, tantôt le langage ferme & ſévère du commandememt, tantôt enfin l'appareil terrible des armes.

C'étoient les ſubſiſtances qui attiroient princi-palement & qui devoient attirer ſon attention, parce que c'étoit de leur abondance ou de leur diſette, c'étoit des précautions de l'Aſſemblée, à cet égard, que dépendoient le retour du calme ou la continuation des déſordres. On a vu toutes les meſures que l'Aſſemblée avoit priſes dans le mois d'Août, pour afſûrer les approviſionnemens de la Capitale. Voici ce qu'elle fait dans le mois de Septembre, avant l'époque de ſa diſſolution.

Convaincue que tout ce qui regarde un objet auſſi important doit provoquer une ſurveillance habituelle & conſtante, elle arrête d'abord que le Comité des Subſiſtances donnera un compte précis, c'eſt-à-dire au moins un journal des avis de départ, un journal des arrivages, un jour-nal des envois aux moulins, un journal des re-tours de bleds ou farines, un journal de la halle, ou enfin un journal général, préſentant la com-paraiſon de tous ces différens articles. Elle appelle enſuite les Syndics des Boulangers, confère avec eux ſur les moyens d'aſſûrer les ſubſiſtances; nomme des Commiſſaires qu'elle charge ſpécia-

lement de concerter avec eux cet objet essén-
tiel ; invite les Citoyens éclairés à venir seconder,
par leurs lumières & leur expérience, les efforts
de la Commune ; arrête que l'*Assemblée-Nationale sera suppliée d'ordonner que, dans la distance
de 25 lieues de la Capitale, chaque Fermier sera
tenu de faire conduire au marché de son Arrondissement une certaine quantité de grains ; qu'après
les heures accordées dans chaque marché pour
l'approvisionnement des habitans & des Boulangers de l'endroit, il sera accordé une heure de pré-
férence, avant tous les autres Marchands, aux
Boulangers de Paris & aux Marchands qui doivent approvisionner cette Ville* ; elle arrête aussi
que le Ministre des Finances sera prié de faire
connoître, par détail, les achats qu'il a faits à
l'Etranger pour la provision de Paris ; les époques
où l'on peut espérer l'arrivage de chaque partie, &
les mesures prises & à prendre pour les assûrer ;
& elle autorise ses Commissaires à prendre avec
le Ministre des Finances, tous les moyens que
la prudence, le zèle & le patriotisme peuvent
leur inspirer. — Elle invite le Comité des Sub-
sisstances à s'occuper de tous les mémoires qui
lui sont chaque jour envoyés, & à proposer un
apperçu général des vues qu'il croyoit les plus
convenables pour favoriser l'abondance des approvisionnemens. — Elle se hâte de former un
Comité de Subsistances, conformément au plan

d'organifation provifoire de la Municipalité. —
Inftruite de la cupidité de quelques Propriétaires ou Fermiers qui déroboient leurs récoltes
aux approvifionnemens du peuple, & des violences
d'un grand nombre de Citoyens, qui, par leurs
coupables excès, repouffoient loin d'eux l'abondance qui leur étoit offerte par d'honnêtes Fermiers & Propriétaires, elle nomme des Commiffaires qu'elle charge de prendre, à cet égard,
les mefures les plus efficaces; elle leur donne la
miffion de fe tranfporter dans les différens Moulins, employés à l'approvifionnement de Paris,
afin de conftater la quantité de grains néceffaires
à chacun d'eux pour continuer fa mouture : leur
miffion eft auffi de fe tranfporter dans toutes les
Villes de l'arrondiffement où il y a marché, à l'effet
de fe concerter, avec chaque Municipalité, fur
les moyens d'établir le bon ordre dans les marchés, de veiller à leur approvifionnement, ainfi
qu'à la fûreté des Laboureurs, Fermiers, Boulangers & Marchands. — L'Affemblée, en outre,
les charge de fe tranfporter dans les Fermes de
l'arrondiffement, pour y faire battre, fans inter-
ruption, faire conduire chaque femaine, dans
les marchés, la quantité de grains que com-
portera chaque Ferme, aux termes de l'Arrêt
du Confeil, du 7 Septembre 1789; acheter le
furplus à mefure des battages, & le faire tranfporter dans les moulins de l'arrondiffement. —

Nous ne retraçons pas les autres difpofitions de cet arrêté, toutes analogues à celles que nous venons de faire connoître. Ce que nous en avons dit eft plus que fuffifant pour attefter toute la follicitude de l'Affemblée. — Elle mandoit auffi les Boulangers, accufés d'avoir de mauvaifes Farines, & improuvoit hautement leur conduite; elle menaçoit les Boulangers rébelles & perturbateurs de l'ordre, de les pourfuivre fuivant la rigueur des loix. Tant d'inquiétudes, de foins, de démarches, devoient avoir le fuccès que l'Affemblée ofoit en attendre. Auffi, le 18 Septembre, jour auquel l'Affemblée des trois-cents Repréfentans de la Commune fuccéda à celle des cent-quatre-vingt, la tranquillité publique étoit rétablie, & la diftribution des Farines à la Halle excédoit le taux de la confommation journalière.

Quand l'Affemblée n'eût pas produit d'autre bien, quand elle fe fût bornée à ramener l'ordre & à affûrer les Subfiftances, elle eût fait tout ce qu'en de pareilles conjonctures, on avoit le droit de lui demander; & l'on n'eût pas été affez injufte, pour exiger d'elle, au milieu des orages perpétuels auxquels elle étoit expofée, & privée de la plupart de fes membres par les commiffions importantes, dont elle les chargeoit continuellement, qu'elle fe fût confacrée à d'autres opérations & ait rendu d'autres fervices à la Capitale. Mais, en tenant chaque jour deux féances, & les prolongeant quelquefois jufqu'au milieu des nuits, elle trouvoit le tems de multiplier fes devoirs & d'atteindre tous les objets qui follicitoient fa vigilance.

Parmi ces objets, les uns n'intéreffoient que la Ville de Paris; & les autres, la France entière.

Elle envoie un de fes Membres à Compiégne, un autre à Château-Thierry, à la tête de détachemens nombreux de la Garde - Nationale, pour recevoir les dix mille fufils dont le Roi lui-même, qui vouloit écarter les défordres & défendre la conftitution, armoit la ville de Paris (1).

Elle prend les plus attentives précautions pour que la Capitale ait toujours dans fes magafins, la quantité de poudre dont elle a befoin pour fa fureté; & cependant, pénétrée de la néceffité d'aller au fecours des Villes qui manquent de reffources pour veiller à la leur, craignant, en même-tems, de condamner à une funefte oifiveté, par une prudence exceffive, les Ouvriers à qui une certaine provifion de poudre eft indifpenfable pour leurs travaux, elle fait diftribuer à ces Villes & à ces Ouvriers la quantité de poudre dont il lui eft poffible de difpofer, mais ce n'eft pas fans

_____

(1) M. de Maiffemy fut envoyé à Compiégne, & M. Daval à Château-Thierry. Outre ces 10,000 fufils, le Roi en a, depuis accordé, 6,000 aux inftances de l'Affemblée.

établir, pour cette diftribution, les plus rigoureu-
fes & les plus falutaires formalités (1).

Elle fixe une époque à laquelle tous les Soldats, qui ne font pas de la Garde-Nationale, &
qui, par conféquent, ont reçu des congés abfolus,
feront tenus de fortir de Paris, parce que leur
exiftence ne pourroit y être que fâcheufe pour
eux-mêmes, & inquiétante pour la fociété.

Elle fait, à deux reprifes différentes (2), une
Adreffe & une Députation à l'Affemblée-Nationale, pour lui demander qu'il fût permis à la
Commune de Paris de tranfporter M. de Befenval
dans une des prifons de la Capitale pour lui r
préfenter, en même-tems, que M. de Befenval,

---

(1) Le 9 Août, l'Affemblée arrêta qu'on pourroit
fournir aux maîtres Carriers la provifion de poudre qui
leur étoit ci-devant attribuée pour leur travaux, fous
condition qu'ils juftifieroient de la quantité qu'on étoit
ci-devant dans l'ufage de leur accorder à l'Arfenal de
Paris ; & qu'ils demanderoient aux Officiers de la Municipalité qu'ils habitent, un certificat qui conftate leur
nom & leur état.

Le 14 Août, pour prévenir tous les foupçons relativement à la diftribution de poudre faite aux Municipalités, elle arrêta que la publication fera faite, par affi-
ches imprimées, de la quantité de poudre qui aura été
délivrée à l'Arfenal de Paris, du nom des Municipalités
qui l'auront demandée, du certificat qu'elles auront
donné, &c.

(1) 3 & 30 Septembre.

devant

devant être considéré comme prisonnier de lèse-
Nation, les frais de sa garde doivent être sup-
portés par la Nation elle-même ; & pour supplier
l'Assemblée - Nationale d'indiquer les fonds sur
lesquels la ville de Paris pourra recevoir le rem-
boursement des dépenses faites jusqu'à présent
pour cet objet.

Effrayée des dépenses énormes & multipliées
que lui commande la révolution, & voyant, en
même tems, le Trésor-Royal déchargé, par cette
révolution même, de toutes celles qu'il faisoit
auparavant pour la ville de Paris, elle arrête que
le Roi sera supplié de vouloir bien avancer sur
les fonds qu'il faisoit jusqu'ici pour le Gouvernement de la Bastille, pour les Gardes- Françoi-
ses, pour la Milice de Paris, pour les frais de
Police, la somme actuellement nécessaire pour
fournir aux appointemens & solde de la Garde-
Nationale-Parisienne soldée.

Déjà le Roi avoit accordé au Maire, pour
son logement, l'hôtel de la Police. L'Assemblée
nomme des Commissaires chargés de veiller,
conjointement avec M. Bailly, à l'ameublement
de cet hôtel, dont elle change la dénomination
& qu'elle nomme l'*Hôtel de la Mairie*. Ainsi,
comme on le voit, les plus petits détails venoient
se mêler aux plus grands événemens, & appelloient également notre attention.

Il étoit aussi du devoir de l'Assemblée de con-

D

fidérer les obligations & les dépenfes qu'impofoient aux deux Chefs de la Municipalité, c'eft-
à-dire au Maire, & au Commandant-général, les
places éminentes dont ils étoient revêtus, &
de les indemnifer de tous les facrifices pécuniaires
qu'ils faifoient à la chofe publique. Elle crut
voir, dans la place de Commandant-général, un
affujettiffement habituel & forcé à des dépenfes
confidérables, par les rapports également habituels
& forcés qu'entraîne avec un grand nombre
d'individus, fa qualité de Chef effectif de trente
mille hommes ; elle penfa, au contraire, que le
Maire de Paris, quoique Chef de tous les Citoyens, n'étoit pas affujetti à une correfpondance
habituelle & forcée, auffi étendue que celle du
Commandant-général ; que fes dépenfes étoient
par conféquent moins fortes ; & elle ne lui offrit qu'une indemnité de 50,000 l., tandis qu'elle
en offrit une de 100,000 liv. au Commandant-
général. Elle fixa auffi le traitement de celui-ci
à 120,000 liv., & renvoya aux Diftricts la fixation de celui de M. le Maire. Peut-être eut-il
été plus conforme aux principes de l'Affemblée
d'y renvoyer également la première.

M. Bailly accepta l'indemnité qui lui fut offerte, & que l'état de fa fortune, déjà obérée
par fes dépenfes forcées, & fes aumônes volontaires, mais indifpenfables, dans la place qu'il
occupe, ne lui permettoit pas de refufer.

La pofition de M. le Commandant-général
étoit différente ; il écrivit à l'Affemblée pour la
prier de permettre qu'il ne reçût pas le traitement qui lui étoit offert ; mais de qu'elles graces
touchantes ce refus étoit accompagné ! Dans fa
Lettre , on remarquoit cette phrafe , qui peint fi
bien fon caractère & la confcience qu'il avoit
de fes devoirs ; *Ma fortune fuffit à l'état que je
tiens , & mon tems ne fuffiroit pas à plus de repréfentation.* Il obfervoit encore que c'étoit fur
ceux qui fouffroient & qui avoient fouffert dans
la révolution qu'il falloit verfer cette fomme ;
que , d'ailleurs , le traitement du Commandant-
Général étoit trop fort , non-feulement en lui-
même , mais dans fon rapport avec celui du
Maire , dont la fupériorité doit être marquée
par une repréfentation plus confidérable. Il prioit
l'Affemblée de remettre à une autre époque fa
délibération , fur le traitement du Commandant-
Général , parce que , dans un moment de trouble , la dépenfe à laquelle il eft obligé eft difficile
à régler. Enfin , il déclaroit que , *fi fa fituation
perfonnelle exigeoit un fecours pécuniaire , il l'auroit demandé , & qu'il fupplioit l'Affemblée de croire
qu'il ne mettoit pas plus d'importance à le refufer
qu'à le recevoir* (1).

_____

(1) Le 22 Février , l'Affemblée avoit arrêté qu'une
indemnité de cent mille livres feroit de nouveau pré-

L'Affemblée ne fut point étonnée, mais attendrie par la lettre de M. le Commandant-Général; & elle appliqua à d'autres objets la fomme qu'elle avoit cru devoir lui deftiner.

Les dépenfes étoient incalculables; la Baftille, conquife du tems des Electeurs, & détruite auffi-tôt par leur ordre, entraînoit, par fa démolition, des frais énormes. L'Affemblée s'apperçut qu'elle pouvoit les diminuer, en ordonnant que cette démolition ne s'exécuteroit à l'avenir que par entreprife, & que l'Adjudication s'en feroit au rabais. Elle voulut, d'un autre côté, compenfer une partie des frais de cette démolition par la vente des matériaux provenans de cette forterefle; & elle nomme des Commiffaires pour ces deux opérations.

Elle nomme auffi une commiffion, dont l'objet étoit bien noble, & avoit une haute importance. C'étoit de faire le dépouillement de tous les papiers trouvés à la Baftille, & d'en drefler un recueil qui devoit être inceffamment publié & vendu au profit des pauvres. Ce recueil eût été l'hiftoire la plus monftrueufe & la plus vraie du defpotifme; mais il eft encore à faire. Des trente membres nommés pour cette commiffion, les uns ont été

---

fentée à M. le Commandant-général. Il l'a refufée, par les mêmes raifons qu'il avoit fait valoir au mois de Septembre.

rappellés par leurs diftricts, les autres occupés à des travaux preffans, qui ne fouffroient pas de diftractions; aucun d'eux n'a pû fe rapprocher de fes collegues; & nous nous accufons de n'avoir pas rempli, dans fa totalité, le devoir que nous nous étions impofé, & l'obligation que nous avions contractée envers le public. Citoyens, qui nous fuccéderez, reparez cette inadvertance dont nous faifons l'aveu; c'eft une dette envers la liberté, c'en eft une envers les pauvres; nous vous léguons l'honorable foin de l'acquiter.

Si nous ne craignons pas de reconnoître ainfi ce qui manque à nos travaux, il nous fera permis, fans doute, de rappeller le bien que nous croyons avoir fait.

Les réformes de la légiflation criminelle étoient inftantes; elles l'étoient d'autant plus, qu'il exiftoit dans les prifons un grand nombre de citoyens détenus pour attroupement illégal & motions féditieufes; c'eft nous qui, par l'expreffion de notre vœu, provoquâmes ces réformes; & nous nous en applaudiffons avec d'aurant plus de franchife, que c'eft à M. le Commandant-Général, qui nous a toujours auffi bien fervis par fes lumières, qu'il a fervi le public par fes actions, que nous devons le confeil de la démarche que nous fîmes alors auprès de l'Affemblée-Nationale. Nous arrêtâmes, dès le 8 Septembre, que l'Affemblée-Nationale feroit fuppliée de décréter, 1.° que tout accufé

auroit droit de fe choifir un confeil, ou que, faute
par lui d'avoir pu s'en procurer, il lui en feroit
donné un d'office ; 2° que l'inftruction, foit en
premier, foit en dernier reffort, feroit publique ;
3° qu'il feroit inftruit fur les faits juftificatifs de
l'Accufé, en même-tems que fur les charges
produites contre lui ; 4° qu'aucune peine affli-
ctive ne pourra être prononcée que par la réunion des deux tiers des voix ; & toutes les bâfes
de notre Arrêté furent décrétées.

Quelques jours après qu'il eut été adreffé à l'Affemblée Nationale, nous fûmes inftruits qu'un
Jugement Prevôtal, rendu contre quelques particuliers, devoit s'exécuter inceffamment, & qu'il
avoit été donné des ordres pour la fûreté de l'e-
xécution ; alors, par une fuite des principes que
nous avions confignés dans la précédente délibération, nous arrêtâmes qu'il feroit écrit à M. le
Garde-des-Sceaux, pour lui demander un furfis
à l'exécution de tous Jugemens rendus contre
des perfonnes arrêtées & détenues dans les Prifons à l'occafion des émeutes populaires.

En général, l'Affemblée peut fe rendre à elle-
même le témoignage qu'elle a toujours propagé,
tant par fes arrêtés que par fes actions, les maximes les plus falutaires de la Conftitution ;
& que, rempliffant avec ardeur fes devoirs de
fidélité à la loi, elle a fervi, autant qu'il étoit
en elle, l'Affemblée Nationale, foit en préparant

ou fortifiant, par son opinion, quelques-uns des décrets les plus importans, soit en combattant vivement les résistances qu'on cherchoit à leur opposer.

Lorsque la Municipalité de Rennes lui fit parvenir une *Adresse* concernant le *Veto*, elle décida, malgré son amour religieux pour le civisme des Bretons, qu'il n'y avoit pas lieu à délibérer sur cette *Adresse* ; & lorsque plusieurs Districts de cette Capitale, entraînés par le mouvement qui les environnoit, lui apportoient des arrêtés tendants à suspendre les délibérations de l'Assemblée Nationale, sur le même objet, elle s'efforça constamment, par la sagesse & la fermeté de ses principes, de les ramener aux vraies maximes dont ils s'écartoient, & elle eut la consolante satisfaction d'y réussir.

Aussi, lorsque le terme qu'elle avoit cru devoir fixer à son existence arriva, & que se repliant sur elle-même, elle vit, par ses soins, les factions dissipées, l'abondance retablie dans la Capitale, la soumission due au pouvoir légiflatif devenue la profession de foi de tous les Citoyens ; une tendance, qui paroissoit universelle & uniforme, au bon ordre & à la tranquillité ; elle oublia ses fatigues, ses veilles, ses dangers multipliés ; & elle reprit, pour ainsi dire, un nouveau courage, en apprenant que la plupart des Districts

D 4

avoient confirmé l'élection dés membres qui la compofoient , & fe bornoient feulement à lui envoyer de nouveaux coopérateurs.

Troifiéme Epoque , 18 *Septembre.*

C'eft le 18 Septembre que fe forma la nouvelle Affemblée des trois-cents Repréfentans. Leurs pouvoirs avoient été vérifiés par la précédente Affemblée, comme celle-ci avoit décidé qu'elle avoit droit de le faire ; &, de cette vérification, il réfultoit que la majorité des Diftricts avoit donné, à fes Députés, le pouvoir d'adminiftrer la Commune , d'organifer provifoirement le corps des foixante Adminiftrateurs , qui devoient être chargés des fonctions Municipales , & de travailler à la rédaction d'un plan de Municipalité. C'étoit ce que l'Affemblée précédente avoit demandé par fon arrêté du 30 Août; & comme par cet arrêté , auquel quarante Sections avoient entièrement adhéré , les Diftricts étoient invités à accepter provifoirement, dans le plan de Municipalité qui leur avoit été envoyé, la partie qui concerne l'organifation de l'Affemblée générale des Repréfentans de la Commune , du Confeil & du Bureau de Ville ; comme, dans cette partie , la furveillance de l'Affemblée fur l'adminiftration eft formellement & expreffément établie , il eft bon qu'on fache , des-à-préfent , que nous n'avons exercé qu'un pouvoir qui nous avoit été confié ; & que , fi quelques perfonnes n'ont voulu que trop fouvent échapper à cette furveillance, nous l'avons toujours reffaifie; que du moins nous en avons toujours confacré le droit, & que nous le remettons à nos Commettans, tel que nous l'avons reçu d'eux.

Pendant les premiers jours de fa nouvelle organifation, l'Affemblée ne fut troublée par aucun événement malheureux; & elle fe livroit paifiblement à fes opérations, lorfque tout-à-coup, le 23 Septembre, il fe répand des bruits allarmans fur l'arrivée de plufieurs Corps de Troupes à Verfailles.

Il étoit du devoir de l'Affemblée de les vérifier promptement, foit pour les diffiper, s'ils étoient faux, foit pour prendre, s'ils étoient fondés, toutes les précautions que commanderoit la prudence. Auffitôt, elle envoye des Commiffaires (1) à Verfailles, pour s'affûrer, par euxmêmes, de l'exactitude des faits; & elle les charge, en même-tems, de fe tranfporter au Comité de l'Affemblée Nationale, chargé de la Légiflation ciminelle, pour folliciter les réformes inftantes qu'elle avoit demandées.

Les Commiffaires rapportent les détails les plus fatisfaifans; ils difent, entr'autres chofes, que c'eft

---

(1) MM. Duffaulx, de Condorcet, Moreau de S.-Mery & Lourdet.

fur la requifition de la Municipalité de Verfailles
& pour foulager la Garde - Nationale de cette
Ville, que le Régiment de Flandre étoit arrivé,
& l'Affemblée fe hâte de faire imprimer & afficher tous ces faits, afin de calmer la fermenta؛
tion des efprits.

Mais les Diftricts, dont l'infatigable vigilance
a rendu tant de fervices à la chofe publique,
viennent dépofer leurs allarmes dans le fein de
l'Affemblée; & fürs, difoient-ils, *des complots
qui fe tramoient*, ils repréfentent vivement la
néceffité d'augmenter les provifions de guerre,
& de faire venir une quantité confidérable de
poudre & de plomb. Les inquiétudes fe propagent; le trouble commence à fe manifefter; &,
par une fatalité inconcevable qui faifoit toujours
marcher de front tous les genres de fléaux, &
qui fembloit, dans toutes les circonftances, combiner le défaut des approvifionnemens avec les diverfes époques des infurrections ou des défordres,
dans le moment même où les plus grands malheurs
paroiffoient nous menacer, le Comité des Subfiftances vient dénoncer un complot formé par
quelque Boulangers, de ne pas lever de Farines
& de ne pas cuire le lendemain. Un mémoire
calomnieux, répandu depuis quelques jours par
les Boulangers contre les Repréfentans de la
Commune, avoit été fabriqué, dans l'intention de
mettre le comble à l'Anarchie, en nous ôtant la

confiance qui nous étoit due. Mais, c'est dans les conjonctures orageuses & difficiles, sur-tout, que l'Assemblée croit s'être montrée digne de sa mission. Elle commence par arrêter qu'il sera transporté, des magasins d'Essone, dans ceux de l'Arsenal, vingt milliers de poudre; qu'il sera acheté dix milliers de plomb; qu'on prendra les mesures les plus promptes pour se procurer, dans les Forges voisines, deux-cents boulets de 4 par Division (1); & elle nomme des Commissaires pour veiller à l'arrivée de toutes ces provisions.

Elle prend aussi toutes les précautions convenables, relativement aux approvisionnemens; & les Boulangers, étant venus avec un Arrêté indécent de leur Communauté, déclarer à l'Assemblée qu'ils persistoient dans les imputations que renfermoit leur mémoire, s'oubliant même jusqu'à vouloir lui dicter des loix, l'Assemblée sut tellement leur en imposer par sa fermeté, qu'après de courts momens de réflexion, & sur le lieu même, ils déclarèrent qu'ils se rétractoient.

Cependant, au bout de quelques jours, on vient dénoncer à l'Assemblée le pillage continuel

---

(1) Nous devons rappeller ici que, le 12 Octobre, M. Poulins de Boutancourt, Maître des Forges à Montcornet, & Membre de l'Assemblée Nationale, pria la Commune d'accepter l'offre qu'il lui faisoit de 1,200 boulets de 4.

qu'ils font des Farines qui arrivent à Paris, &
qui font deſtinées pour la Halle ; on l'informe,
en outre, qu'ils vont fur la route au-devant des
Voitures ; qu'ils les enlévent ; & que, pour faciliter leurs entrepriſes, ils fabriquent de fauſſes
Lettres-de-Voitures. Elle dénonce à fon tour tous
ces faits au Procureur du Roi du Châtelet ; l'invite à s'en faire rendre compte, & à faire tout
ce que l'activité de fon miniſtère lui commande,
pour aſſûrer la plus prompte punition des coupables. Bientôt elle eſt inſtruite que de pareils déſordres fe manifeſtent de toutes parts, dans les
marchés & fur les routes; que les Laboureurs,
les Boulangers, les Marchands éprouvent des
mauvais traitemens ; que les grains font pillés,
les voitures arrêtées; qu'un découragement abfolu
régne dans cette partie eſſentielle du Commerce;
qu'il eſt des Municipalités qui s'oppofent à la libre
circulation des Bleds & des Farines; elle voit la
Ville de Paris expoſée aux plus grands malheurs;
alors, elle fait une députation au Roi, elle en
fait une à l'Aſſemblée Nationale, pour fupplier
l'Aſſemblée Nationale & le Roi d'employer toutes
les mefures qui pourront procurer fûreté & pro-
tection dans les marchés & fur les routes, relativement à la circulation des grains & des farines; elle fait elle-même une Proclamation à
cet égard; elle nomme des Commiſſaires pour fe
tranſporter à l'École-Militaire, y prendre tous les

renseignems convenables sur la quantité des Subsistances tant en grains qu'en farines, ainsi que
sur le travail établi pour la mouture, & elle les
charge d'en dresser Procès-verbal ; elle arrête que
le pouvoir exécutif sera supplié de prendre tous
les moyens nécessaires pour annuller les taxes &
lever les prohibitions qui empêchent les grains de
sortir des marchés , pour anéantir les ordres contraires aux dispositions de l'Arrêt du Conseil obtenu par la Commune, & pour assûrer, enfin ,
la liberté de la vente & de la circulation , sans
laquelle on ne peut espérer ni repos ni abondance.
Elle s'apperçoit que différens Boulangers ne sont
pas en état, attendu la médiocrité de leur fortune , de profiter de la permission qui leur est
donnée d'aller au dehors acheter les grains &
farines dont ils ont besoin ; &, pour aider ceux
dont la situation arrête le zéle, elle décide qu'il
sera prêté à la Communauté des Boulangers une
somme de trois cents mille livres, pour être di-
stribuée à ceux d'entr'eux à qui un secours mo-
mentané est nécessaire.

Voilà l'ensemble de nos mesures pour l'approvisionnement de la Capitale , depuis le 18
Septembre, jusqu'au moment où nous acquîmes
la certitude qu'une explosion funeste se préparoit ,
ou à Versailles, ou dans la Capitale elle-même.
C'est le quatre Octobre, qu'il ne fut plus permis
de douter de quelque sinistre projet. Une fête ,

qui dégénéra en une véritable orgie, avoit été donnée à Versailles par les Gardes-du-Corps; la cocarde noire étoit portée par plusieurs individus, tant à Versailles qu'à Paris. L'Assemblée, dans sa séance du soir, recevant sans cesse des avis allarmans, se détermine à donner l'ordre à tous les Commandans de Bataillons de tenir sous les armes leurs Compagnies soldées, & de rassembler, dans leurs Corps-de-Garde, le plus grand nombre de Citoyens que le zéle & le patriotisme appelleroient autour d'eux. Elle fait en outre imprimer & afficher un arrêté qui défend toute autre cocarde que la cocarde Nationale; & elle se sépare, laissant, comme à l'ordinaire, à ceux qui devoient faire le service de nuit, le soin de veiller à la sûreté publique; elle se sépare, parce que chacun de ses Membres devoit, pour plus de célérité, porter lui-même dans son District les intentions ou les ordres de l'Assemblée; mais tous avoient fait le serment de se réunir le lendemain, dès le matin, quels que fussent les dangers qu'ils auroient à courir, & malgré les menaces qui avoient été faites d'incendier l'Hôtel-de-Ville.

La nuit fut assez calme; mais dès le point du jour, l'Hôtel-de-Ville est investi par la multitude; des troupes de femmes, réunies dans les différens quartiers, arrivent successivement, demandent à grands cris M. le Maire, les Repré-

fentans de la Commune; annoncent tout haut le
deſſein qu'elles ont d'aller à Verſailles, & ajoutent,
on ne ſait pourquoi, qu'elles ne ſouffriront aucun
homme avec elles. Il faut le dire ici, à la louange
de M. d'Hermigny, Aide-Major-Général (1); il
conſerve aſſez de préſence d'eſprit pour mettre à
profit les intentions que viennent de manifeſter ces
femmes, les engage à garder elles-ſeules l'Hôtel-
de-Ville; ces femmes, en effet, s'emparent de
tous les poſtes; ne permettent l'entrée de la Maiſon Commune qu'aux perſonnes de leur ſexe;
repouſſent les hommes, armés de piques & de
bâtons, qui vouloient les ſuivre; & font véritablement tous leurs efforts pour mettre de l'ordre
au milieu du plus grand déſordre dont on puiſſe
jamais être témoin. Mais bientôt les diſpoſitions
de ces femmes ſont en défaut; le tocſin qu'on
ſonnoit depuis long-tems avoit raſſemblé ſur la
place, & les bons Citoyens qui venoient au ſecours
de la choſe publique, & un bien plus grand nombre de ces ſcélérats & de ces brigands qui fomen-
tent les troubles & qui en profitent pour exercer

---

(1) M. le Coq, Aide-Major des Gardes de la Ville,
ſe trouva ſeul à l'Hôtel-de-Ville, avec M. d'Hermigny,
lors de l'invaſion des femmes. Plus de 800 perſonnes ſe
précipitèrent dans ſon appartement, ſans y rien enlever;
mais, dans le même moment, ſes caves furent pillées.
M. le Coq, à donné, dans cette occaſion, les plus
grandes preuves de zèle & de courage.

leurs rapines & fe livrer à tous les excès de leur
férocité. Une petite porte de l'Hôtel-de-Ville eſt
forcée ; la Maiſon Commune eſt en proie à une
populace effrenée (1) ; on enfonce les armoires ; on
abat les portes ; on commence le pillage ; des
torches ſont promenées dans les ſalles , & ſans
un Repréſentant de la Commune (2) qui en éteiꞬ-
gnit quelques-unes, ſans le courage du brave
Charles Monnoyer, qui en éteignit d'autres, &
qui ne voulut, pour prix d'un ſi grand ſervice,
qu'une place de Garde de la Ville, imitant,
par ſa modeſte demande & ſes refus généreux,
les reſpectables Héros de l'antiquité, pour qui
l'honneur de pouvoir encore défendre la Patrie,
étoit une récompenſe ſuffiſante de l'avoir déjà
défendue ou ſauvée ; ſans les Diſtricts qui envoyèrent des ſecours à l'Hôtel-de-Ville ; ſans le
détachement de la Garde-Nationale de Belle-

---

(1) M. l'Abbé Lefévre, qui a ſi hautement prouvé ſon
patriotiſme, en ſe chargeant, depuis le premier inſtant de
la révolution, de la diſtribution des armes, fut entraîné,
la corde au cou, juſqu'au haut du clocher de l'Hôtel-de-
Ville, par des femmes qui exigeoient des armes & de
la poudre : il auroit perdu la vie, ſans deux femmes
courageuſes qui le prirent ſous leur ſauve-garde.

En même-temps que M. l'Abbé Lefévre étoit ſi mal-
traité, M. Lacour, Repréſentant de la Commune, courut
auſſi les plus grands dangers.

(2) M. Lefévre, Repréſentant du Diſtrict des Carmes.

Ville,

Ville, qui arriva l'un des premiers & qui contribua le plus efficacement à la garde du Tréfor & de la Caiffe ; fans trois Compagnies de Grenadiers qui, dans l'efpace de cinq minutes, firent évacuer entièrement l'Hôtel-de-Ville (1), le Tréfor public qui contenoit, tant en argent qu'en effets, plus de deux millions cinq - cents mille livres, eût été pillé (2) ; toutes les armes euffent

---

(1) Dans cette fameufe journée, M. de Gouvion, Major-général, donna des preuves multipliées du zèle le plus actif & le plus intelligent ; & M. Charton, Chef de Divifion, qui, en l'abfence de M. le Commandant-général & de M. de Gouvion, donna tous les ordres pour la fûreté de la Capitale, mérita que l'Affemblée lui votât des remercîmens.

(2) M. Jacques-François *Pic*, Clerc chez M. de Pontcharaux, Procureur au Parlement, rue des Billettes, s'eft emparé, avec le zèle d'une probité non équivoque, d'un carton renfermant 100 billets noirs de la Caiffe-d'Efcompte, qu'un Particulier mal vêtu emportoit, & il a défendu ce dépôt avec un courage digne d'admiration.

Le fieur le Liévre, Brigadier de la Maréchauffée de la Cour des Monnoies de France, a pris les plus fages précautions, en plaçant des gardiens dans les différens bureaux. Il paroît qu'il a aidé M. *Pic* à fauver le carton dont il s'agit. Suivant le rapport de M. de la Crépinière, le fieur le Liévre & fes gardiens ont arraché des flambeaux allumés des mains des Particuliers qui, pour la deuxiéme ou troifiéme fois, venoient incendier l'Hôtel-de-Ville.

Malgré le zele attentif de ceux qui veilloient à la garde du tréfor, une fomme de 109,000 liv. en billets

E

été enlevées ; l'Hôtel-de-Ville mis en cendre, &
la Capitale exposée à toutes les horreurs de la
famine ; car, au milieu de ce défordre extrême,
& comme s'il n'eût pas fuffi pour abforber toute
l'attention, toute la vigilance, tous les efforts de

---

noirs de la Caiffe d'Efcompte fut enlevée : l'Affemblée
le fir publier, & promit des témoignages de reconnoiffance à ceux qui donneroient à cet égard quelques renfeignemens. Deux jours après, ceux des Membres de
l'Affemblée, nommés Commiffaires pour faire le fervice
de nuit, rapportèrent que le fieur Courtois, Garde du
Tréfor de la Ville, avoit trouvé, le matin, dans la
boîte des quittances, un papier contenant 94 billets de
la Caiffe-d'Efcompte de 1,000 liv. chacun. L'Affemblée, moins pour reconnoître cet acte de fidélité, que
fa conduite ferme & généreufe, & celle de fa femme,
lors de l'invafion de l'Hôtel-de-Ville, lui accorda une
gratification de 2,000 liv. Reftoit la fomme de 6,000 liv.
à recouvrer fur celle de 100,000 liv., qui avoit été enlevée : le 21 Octobre, un Commiffionnaire apporta un
papier cacheté à l'adreffe de M. de la Bonardière, contenant cinq billets de la Caiffe d'efcompte, de 1,000 liv.
chacun, avec cette note : *on vous remettra l'autre.*

Le 11 Mai, l'Affemblée voulant récompenfer hono-
rablement plufieurs Citoyens & Gardes-Nationales qui,
le 5 Octobre, ont fauvé du pillage l'Hôtel-de-Ville,
&, en particulier, le Tréfor public, a arrêté qu'il leur
feroit donné un ruban aux couleurs de la Ville, fur lequel feroit brodé une légende contenant ces mots : *Tréfor*
de la Ville, fauvé & confervé le 5 Octobre 1789 ; lequel
ruban pourra être porté par chacun de ceux à qui il
fera accordé.

l'Affemblée, on vient lui annoncer qu'un convoi
de farines, deftiné pour Paris, eft enlevé en partie.
Quelle fituation pénible & déchirante, que celle
où fe trouvoit alors l'Affemblée ! En s'occupant
des approvifionnemens qui appelloient fon entière
follicitude, le défordre s'accroiffoit & devenoit
irréparable ; en donnant fes premiers foins à la
ceffation du défordre, peut-être enfuite étoit-il
trop tard pour fonger aux approvifionnemens.
L'Affemblée, dont tous les Membres avoient couru
les plus grands dangers, & étoient venus, pour
ainfi dire, affronter les périls, à travers une foule
ennemie qui leur fermoit le paffage de l'Hôtel-
de-Ville, partage fa prévoyance entre deux objets
également urgens. Elle envoye deux de fes Membres prévenir M. le Maire de tous les événemens
qui font arrivés, de ceux qui fe préparent encore,
& l'invite à venir l'aider de toute l'influence de
fon caractère & de fes talens ; elle envoie auffi
un de fes Membres à Verfailles, pour prévenir
l'Affemblée-Nationale & le Roi de tout ce qui fe
paffe à Paris ; elle fait placer des troupes aux
barières S.-Martin, S.-Denys & d'Enfer, pour
protéger les convois ; elle charge le Commandant-
Général d'envoyer fur-le-champ des forces fuffifantes, pour recueillir, du convoi dont on a
enlevé une partie, ce qui peut en refter encore.
Elle arrête qu'à l'inftant il fera envoyé des détachemens dans tous les Villages circonvoifins,

E 2

pour prendre les bleds qui se trouveront chez les Fermiers, Décimateurs & autres propriétaires de grains, pour les faire battre, les distribuer dans les moulins des environs, & pour ramener les farines à Paris; elle autorise les Chefs de Division à mettre les Détachemens en mouvement sur les routes qui leur seront indiquées; elle arrête que des Officiers civils seront expédiés pour présider à ces diverses opérations; elle autorise les Commandans à payer le bled jusqu'à trente livres le septier, & n'oublie pas, malgré le péril qui l'assiége, de recommander le plus grand respect pour la subsistance des habitans des environs & pour les semences; elle ordonne aux Commandans de Bataillon d'envoyer dix Détachemens par Bataillon, de vingt hommes chacun; elle prend enfin toutes les mesures qui peuvent la conduire à un résultat heureux : mesures extraordinaires, il est vrai, que dans un tems calme elle se fût bien gardée d'adopter, mais que l'impérieuse nécessité des circonstances, l'affreuse perspective de sept à huit-cens mille hommes, prêts à manquer de pain, rendoient légitimes.

C'est au milieu de ces ordres de toute espèce, donnés aussi tôt que conçus, qu'une nouvelle fermentation éclate sur la place de l'Hôtel-de-Ville, & que ces cris répétés, *à Versailles*, *à Versailles*, se font entendre. M. le Commandant-général étoit sur cette place. Il essayoit de

calmer les efprits, en donnant connoiffance des
différents arrêtés relatifs aux fubfiftances ; mais
fon influence ordinaire l'abandonna dans cet inftant. Les cris fe renouvellent, avec plus de violence ; & il eft obligé. d'envoyer fucceffivement
plufieurs de fes Aides-de-Camp annoncer à l'Affemblée qu'il lui eft impoffible de réfifter aux
demandes preffantes qui lui font faites d'aller à
Verfailles. L'Affemblée eût elle-même réfifté en-
vain ; mais, fi dans ce moment, elle n'avoit pas
la force à fa difpofition, elle pouvoit en quel-
forte y fuppléer par la fageffe de fes mefures ;
elle favoit d'ailleurs, qu'une grande partie du
peuple s'étoit portée à Verfailles, & elle comp-
toit fur le zéle de la Garde-Nationale pour prévenir ou réprimer les excès. Il fembloit que cette
puiffante & formidable milice ne s'étoit réunie,
quelques jours auparavant, avec la totalité de fes
drapeaux (1) dans la première églife de cette Capi-

---

(1) C'eft le 27 Septembre, que la bénédiction générale
des Drapeaux de la Garde-Nationale-Parifienne a eu lieu.
M. l'Abbé Fauchet fut chargé, par l'Affemblée, de
prononcer un difcours analogue à la circonftance. L'O-
rateur prouva, dans la première partie de ce Difcours,
que nous pouvions tout pour la perfection de la liberté
Françoife, fi nous dirigions nos forces avec fageffe ; &
dans la feconde, *que nous ferions tout pour le bonheur*
des François, en appuyant nos efpérances fur la bâfe
des mœurs.

tale, que pour fe préparer, par un ferment fait en commun, à quelque grande opération , qui folliciteroit l'emploi prefque général de fes forces. L'Affemblée arrêta donc que, *vû les circonflances & le défir du peuple, & fur la repréfentation faite par M. le Commandant-général, qu'il étoit impoffible de s'y refufer, elle autorife M. le Commandant-général, & même lui ordonne de fe tranfporter à Verfailles.* En même-temps, elle lui recommande la sûreté de la Ville ; déclare que, pour le furplus, elle s'en rapporte à fa prudence ; nomme quatre Membres de l'Affemblée pour l'accompagner, & arrête qu'elle ne fe féparera que lorfqu'elle fera afsûrée de la tranquillité de la Capitale , & qu'elle aura reçu des nouvelles de Verfailles.

La tranquillité de la Capitale ne tarde pas à renaître, au moyen des foins réunis de l'Affemblée , des Diftriéts , & de l'Etat Major-général. C'étoient le fort de l'armée parifienne à Verfailles, les mouvemens du peuple qui s'y étoit porté , la deftinée du Roi & celle de l'Affemblée Nationale , au milieu de cet incompréhenfible défordre , qui étoient l'objet de toutes les inquiétudes.

Le Mardi 6 Oétobre , à une heure du matin , l'Affemblée n'ayant encore reçu aucune nouvelle , & impatiente d'en avoir , dépêche à Verfailles un Garde de la Ville , qu'elle charge de revenir auffi-tôt lui rapporter les détails qu'elle défire. — A trois heures du matin, on apprend enfin, que, fur le point d'arriver à Verfailles, M. de la Fayette a reçu un Courier du Roi qui lui annonçoit que lui & fa Troupe feroient bien reçus. — Deux députations de femmes arrivent une heure après, & annoncent que le Roi les avoit afsûrées qu'il alloit donner des ordres pour faire arriver des grains, & pour que le pain fût abondant. — Un Volontaire de la Baftille apporte, de la part de l'Affemblée-Nationale, des Décrets fur la libre circulation des grains dans l'intérieur de la France, & fur la défenfe d'exporter hors du Royaume, ainfi que des Lettres du Roi fur le même objet. — Enfin l'un des quatre Repréfentans de la Commune (1) chargés d'accompagner M. la Fayette à Verfailles, vient annoncer que le départ du régiment de Flandre a été ordonné ; que la Garde-Nationale-Parifienne occupe les poftes de l'intérieur & de l'extérieur du Château. Il étoit alors fix heures du matin; l'Affemblée étoit fatisfaite de tous les détails qu'elle venoit d'apprendre; elle avoit eu le bonheur de ramener le calme dans la Capitale; elle avoit pourvu à ce que les troupes du centre trouvaffent, à leur arrivée, les fubfiftances qui leur étoient néceffaires. Tous fes membres, après une auffi longue féance, & tant de mouvements qui les avoient fi vivement agi-

---

(1) M. Defmouffeaux.

E 4

tés : épuifés à la fois par les fatigues du corps, &
les inquiétudes de l'efprit, avoient befoin d'un
moment de repos. L'Affemblée fe fepara & décida que, quatre heures après, à dix heures du matin, elle reprendroit fa féance.

A dix heures, en effet, les membres de l'affemblée fe raffemblent : nos collégues, chargés d'accompagner M. la Fayette, avoient envoyé un rapport, contenant le récit le plus détaillé des faits.
M. la Fayette, à la fageffe & au zèle duquel ils
donnoient les éloges les plus complets, avoit eu
la précaution de faire prêter aux troupes le ferment
de refpecter la demeure du Roi. Introduit enfuite
avec deux Députés de la Commune de Paris,
auprès de Sa Majefté, il l'avoit affurée du plus ar-
dent amour pour fa perfonne, lui avoit dit que
vingt-mille hommes armés étoient dans l'avenue
de Verfailles; que la volonté d'un peuple immenfe
avoit commandé aux forces; mais que les troupes
nationales avoient prêté un ferment qui ne feroit
point violé, & qui garantiffoit la plus parfaite tranquillité. Le rapport rendoit compte auffi des queftions faites par le Roi aux Députés de la Commune,
& des réponfes de ceux-ci. Les Députés de la Commune avoient dit au Roi; 1° qu'on le fupplioit,
de ne confier la garde de fa perfonne qu'aux Gar-
des-Nationnaux de Paris & de Verfailles; 2° que
la Commune de Paris le fupplioit également de
faire communiquer par fes Miniftres, les états &

moyens de subsistances pour la ville de Paris, afin de rassûrer la multitude sur les craintes qui redoublent aux approches de l'hyver. 3° Que le peuple demandoit à grands cris une constitution & des juges pour vuider les prisons, & que le Roi daignât enfin hâter les travaux des Représentans de la Nation, & les sanctionner ; 4° que le Roi donneroit une grande preuve de son amour à la Nation Françoise, s'il vouloit venir habiter le plus beau palais de l'Europe, au milieu de la plus grande ville de son empire, & parmi la plus nombreuse partie de ses sujets.

L'Assemblée touchée des réponses du Roi à ces diverses questions, crut devoir en publier la substance, dans une Proclamation qu'elle fit afficher, & qu'on nous saura gré de retracer ici, parce qu'elle place des souvenirs consolans à côté d'une multitude de scénes horribles, qu'il est impossible de se rappeller sans frémir :

« Les citoyens sont avertis (porte cette Proclamation) » que la Garde-Nationale-Parisienne n'a » éprouvé aucun obstacle à Versailles ; que le Roi » l'a reçue avec bonté ; que Sa Majesté a accepté » les articles de la Constitution ; qu'elle a décidé » qu'un détachement de la Garde-Nationale-Parisienne contribueroit à sa garde personnelle ; & » que déjà nos troupes sont en possession de tous » les postes. L'Assemblée prévient les Citoyens » qu'elle prend les mesures les plus efficaces pour » assûrer la subsistance de la Ville ».

Cette Proclamation excita envers le Roi la reconnoissance des bons citoyens, & ouvrit toutes les âmes à l'espérance d'un heureux avenir.

Une autre Proclamation de l'Assemblée annonça, le même jour, que le Roi venoit habiter Paris avec la Reine & ses enfans ; & que les Gardes-du-Corps, qui avoient prêté, sur la place, le même serment que les troupes nationales, s'étoient confondus sous les drapeaux de la Garde-Nationale-Parisienne.

Que cette journée étoit différente de la précédente ! & de quel sentiment délicieux elle eût rempli tous les cœurs, sans l'horrible massacre de quelques Gardes-du-Corps (1), & les attentats sacriléges dont quelques infâmes brigands souillèrent la demeure royale.

---

(1) Les têtes encore sanglantes des malheureux Gardes-du-Corps furent apportées triomphalement au milieu de la Capitale ; & les excès furent portés si loin, qu'on vouloit venir en faire l'hommage à l'Assemblée. Elle donna les ordres les plus sévères pour faire enlever les têtes, & arrêter ceux qui les portoient.

Pour la grande exactitude des faits, nous devons rapporter ici que, dans la journée du 5 Octobre, une corde neuve fut substituée à celle qui tenoit suspendu le fatal réverbère placé vis-à-vis de l'Hôtel-de-Ville ; qu'un garçon boucher se plaça à côté de cette corde, attendant quelques victimes ; que l'un des premiers soins de l'Assemblée, lorsqu'elle fut instruite de ce fait, fut de faire enlever la corde, remonter le reverbère, & qu'elle prévint ainsi les nouveaux attentats qui se préparoient.

L'Affemblée ordonna les préparatifs néceffaires pour l'arrivée du Roi ; & en attendant qu'elle le poffedât dans fon enceinte, elle vota des remercî-mens, & à M. le Maire, pour les foins qu'il avoit apportés, & le zèle qu'il avoit mis au rétabliffe-ment de l'ordre dans la Capitale ; & à M. le Com-mandant-Général pour la prudence de fa conduite dans cet incompréhenfible voyage de Verfailles.

Nous ne rendrons pas compte des acclamations de joie & de reconnoiffance que fit naître au mi-lieu de nous la préfence d'un Roi qui venoit avec tant de loyauté , & entouré de tout ce qu'il avoit de plus cher, fe confier aux habitans de Paris (1). Mais nous parlerons de nos obligations que nous

---

(1) M. Moreau de S.-Méry, qui a préfidé avec tant de gloire les Electeurs, étoit alors Préfident de l'Affem-blée des Repréfentans de la Commune , & adreffa au Roi un difcours plein de fenfibilité & de patriotifme.

Peu de jours après cette féance mémorable , M. Mo-reau de S.-Méry fut obligé de quitter l'Affemblée, pour aller au milieu des Repréfentans de la Nation, repréfenter la Colonie de la Martinique , fa Patrie. L'Affemblée fentit toute la perte quelle faifoit ; elle configna dans fon Procès-verbal fes regrets ainfi que fa reconnoiffance, pour tous les fervices rendus par M. Moreau de S.-Méry ; & lui députa M. Bertolio, l'un de fes Scrétaires, & MM. Thuriot de la Rofière & Avril, deux de fes Membres, pour lui remettre une expédition en forme de fon Arrêté.

fentîmes, pour ainfi-dire, s'accroître en ce moment, de concourir de tout notre pouvoir à ramener l'abondance & la paix dans la Capitale. Si
nos efforts étoient un devoir, comme ce devoir
devenoit doux à remplir, en fe rappellant tous les
témoignages de bonté & de tendre intérêt qui
furent donnés par le Roi à la Commune, l'empreffement qu'il mit à connoître les précautions
prifes & à prendre fur les fubfiftances, les confé-
rences qu'il voulut avoir à ce fujet, tant avec le
Comité chargé de cette partie, pour conférer avec
lui fur l'objet des approvifionnemens, qu'avec des
Membres de l'Affemblée, afin de s'occuper avec
eux des moyens les plus efficaces pour afsûrer le
repos de la Capitale (1).

Hélas! toute l'énergie de notre volonté & toute
l'étendue de nos efforts ne purent arrêter le cours
des événemens. Le lendemain même de l'arrivée du
Roi, les défordres fe renouvellèrent à la Halle; deux
jours après, des attroupemens fe formèrent aux Tui-
leries & au Mont-de-Piété. (2) L'Affemblée, après
avoir pris toutes les mefures convenables pour les

_____

(1) Ces Commiffaires étoient MM. Perron, Delavigne,
de Condorcet, & Garran de Coulon.

(2) Les attroupemens fe formèrent au Mont-de-Piété,
relativement au bruit qui s'étoit répandu, que tous les
effets dépofés au Mont-de-Piété, & dont la valeur n'excé-
deroit pas la fomme de 24 liv., feroient rendus gratuitement aux propriétaires.

dissiper, après avoir nommé des Commissaires pour concerter avec le Roi & son Conseil toutes les pré-cautions que nécessitoient & la présence actuelle du Monarque dans la Capitale, & la certitude d'y voir bientôt l'Assemblée-Nationale, crut devoir arrêter que M. le Maire & quatre de ses Membres (1) se rendroient chez le Roi, pour obtenir de Sa Majesté une Proclamation qui, en déconcertant les ennemis de la chose publique, pût ramener l'union parmi les Citoyens; & elle en publia une, de son côté, par laquelle, marquant la plus profonde affliction des mouvemens qui se perpétuoient dans la Capitale, elle invita tous les Citoyens à se réunir pour établir l'ordre si instamment nécessaire au bonheur du Roi; & déclara qu'elle dévouoit à l'indignation des gens de bien, & livreroit à la vengeance des Tribunaux, tous ceux qui troubleroient la tranquillité générale.

Un des moyens les plus ordinaires qu'on employoit pour la troubler, étoit la distribution journalière, faite par des Crieurs publics, d'une multitude d'écrits incendiaires, où l'on outrageoit à la fois la vérité & la décence, & aux quels, pour frapper plus facilement les imaginations & obtenir un plus prompt débit, on don-

----

(1) MM. Minier, de Chabrillant, de Condorcet & Garran de Coulon.

noit des titres menteurs, qui feuls entretenoient ou renouvelloient la fermentation. L'Affemblée arrêta qu'il ne feroit crié, à l'avenir que les Décrets de l'Affemblée-Nationale, les Lettres-Patentes ou Ordonnances du Roi, les Arrêts ou Jugemens des Cours, les Arrêtés des Af-femblées légales, & déclara que les Procla-mateurs de tous autres écrits ou brochures, fe-roient arrêtés fur le champ, & remis entre les mains de la Juftice. Un autre objet attira l'at-tention de l'Affemblée. Plufieurs Soldats du Ré-giment de Flandre étoient à Paris, fans au-cune reffource pour fubfifter. Leur préfence pou-voit exciter des troubles fâcheux; ils pouvoient devenir l'inftrument d'une cabale ennemie. L'Af-femblée autorife le Major-général à fournir à l'Officier qu'il choifiroit les fonds néceffaires pour la fubfiftance de ces Soldats, jufqu'au moment de leur départ, & Arrête qu'ils fe rendront à l'Ecole Militaire, lieu fixe pour leur réunion.

Ainfi, comme on le voit, la vigilance de l'Af-femblée s'étendoit fur tous les objets; & le ré-fultat de tant de foins devoit néceffairement finir par être efficacement heureux.

Ce qui fortifioit à cet égard la confiance de l'Affemblée, c'étoit l'organifation des différentes branches de l'Adminiftration; car, il faut dire ici ce qu'on aura peine à croire; c'eft qu'au milieu des troubles qui ne ceffoient de l'agiter depuis fa nouvelle réconftitution ; elle s'occupoit fans relâche, dans les courts intervalles que lui laiffoit fa continuelle furveillance, de l'organifation fi néceffaire & tant défirée de la Capitale ; & qu'après avoir arrêté qu'il feroit établi un Confeil de 60 Adminiftrateurs, auquel feroit remife l'Adminiftration provifoire de la Commune ; après avoir décidé, conformément au vœu de la majorité des Diftricts, que les 60 Adminiftrateurs feroient élus par les Diftricts, dans le nombre de leurs cinq Députés ; après avoir confacré le principe de furveillance de l'Affemblée générale, & l'avoir entendu, non-feulement reconnoître, mais réclamer par les Adminiftrateurs eux-mêmes (1) ; après avoir décidé que ces Adminiftrateurs provifoires de la Commune exerceroient gratuitement leurs fonctions ; après avoir enfin, nommé, elle-même, le chef du Département des Subfiftances, & celui du Département de Police ; & avoir arrêté que, pour plus de célérité, les Adminiftrateurs choifiroient entr'eux les Chefs des différents Départemens ; (à l'exception du Procureur-Syndic, & de fes Adjoints qui furent, quelque temps après, nommés par l'affemblée) ; & que ces Adminiftrateurs procéderoient auffi entr'eux à la répartition des

---

(1) L'Affemblée arrêta que les comptes feroient rendus, tous les trois mois, par les Adminiftrateurs.

membres qui devoient compofer le Tribunal ; & tous les bureaux ; apès avoir réglé tous ces objets, l'Affemblée eut la fatisfaction d'annoncer le 9 Oct. aux Diftricts, que, le 8, les foixante Adminiftra-teurs s'étoient conftitués, & organifés ; & que c'étoit déformais à leurs divers départements, qu'il falloit s'adreffer pour les objets qui les concernent.

Toute entière alors à la furveillance générale, & embraffant dans fon active prévoyance, & les intérêts particuliers de la Capitale qui lui font confiés, & les intérêts généraux de la France dont elle va devenir, pour ainfi dire, la gar-dienne; puifqu'elle poffède déjà fon Roi, & quelle efpère y poffèder bien tôt l'Affemblée Nationale qui s'eft déclarée inféparable du Monarque; elle fait une députation au Roi, pour le fupplier de fixer fa réfidence habituelle dans Paris; elle en fait une à l'Affemblée - Nationale, pour lui témoigner la joie qu'elle a reffentie, en appre-nant, de la bouche même du Roi, que cette augufte Affemblée devoit venir inceffamment tenir fes féances dans la Capitale; elle fait une Adreffe aux provinces, pour les raffûrer fur les événe-mens des 5 & 6 Octobre; pour leur déclarer que l'Affemblée Nationale & le Roi ne pourront mieux travailler, de concert, à la félicité générale, que dans une Ville dont tous les habitans avoient donné tant de preuves de patriotifme, & fau-roient veiller, avec une infatigable ardeur, à préferver

ferver la Nation des nouveaux pièges qu'on pourroit lui tendre ; dans cette Adreſſe, les Repréſentans de la Commune s'engageoient, par un ferment inviolable à une fraternité ſincère & conſtante avec toutes les Communes du Royaume, & ſembloient préparer, de loin, ce Pacte général qui vient d'être juré avec tant de joye, entre tous les François, & qui fait à la fois notre force & notre bonheur.

Pendant que l'Aſſemblée s'occupoit ainſi des moyens de ramener la paix, non ſeulement dans la Capitale, mais dans le Royaume entier, les ennemis du bien public continuoient toujours à ſouffler le feu de la diſcorde. Les derniers déſordres que l'Aſſemblée étoient parvenus à diſſiper, étoient du 7 Octobre; le 9 il s'en manifeſta de nouveaux, tant au mont-de-piété que dans les différens quartiers de la Ville ; les boulangers vinrent dénoncer qu'il ſe préparoit une inſurrection, dont le but étoit de forcer de donner le pain à huit ſols les quatre livres, ſous prétexte que le Roi avoit promis cette diminution ; dans la nuit du 9 au 10 pluſieurs maiſon avoient été marquées ; &, d'après les renſeignemens qui furent pris, il parut que c'étoit celles des Repréſentans de la Commune & des principaux Officiers de la Garde Nationale. L'Aſſemblée fit publier une proclamation, par laquelle, déclarant hautement que c'étoit les

F

ennemis du bien public , qui défiroient armer
les habitans de la Capitale contr'eux mêmes, en
les excitant à des foulévemens par des récits
auffi faux qu'invraifemblables, elle défendit expreffément d'exiger des boulangers que le pain
fût diftribué au-deffous de douze fols les quatre
livres, fous peine d'être arrêté fur le champ ,
& puni comme perturbateur du repos public:
elle arrêta que toutes les troupes nationales fuffent
mifes fous les armes; & par toutes ces précautions, elle déconcerta les coupables projets des
ennemis de la révolution.

S'il y avoit une coalition pour la difcorde, il
y en avoit une auffi pour la liberté & pour la
paix. Les affiliations de différentes gardes Nationales du Royaume à celle de Paris fe multiplioient chaque jour; les volontaires nationaux
du Hâvre, de cette ville dont nous tirions des
fecours fi abondans, & qui s'eft montrée, dans
toutes les circonftances, fi généreufe envers nous,
nous faifoient auffi demander l'affiliation à notre
Garde Nationale, & nous promettoient d'efcorter
& de protéger les convois deftinés à l'approvifionnement de la Capitale. (1) Une claffe de

_____

(1) Il s'eft formé, dans la ville du Hâvre, un Club patriotique, qui ne fe borne pas à donner dans fes foyers la leçon
& l'exemple du refpect à la loi, mais qui répand au loin,
par fes écrits, les vrais & fains principes de la conftitution. C'eft de ce Club qu'on a vu fortir une réponfe

citoyennes, qui de tous temps, a exercé sur
le peuple une grande influence, se mettoit aussi
à la tête de la révolution; & en venant nous exprimer leur douleur de ce qu'on avoit pu les confon-
dre un moment avec les femmes qui, le 5 Octobre,
s'étoient portées aux plus violens excès; tant à
l'Hôtel-de-Ville que dans les différens quartiers
de la Capitale, nous supplioit de les autoriser
à demander par District quatre hommes de la
Garde-Nationale, avec lesquels elles s'engageoient
à faire rentrer toutes ces femmes dans l'ordre & la
subordination. On voit que c'est des dames de la

---

très-bien faite à la Lettre de *M. Bergasse sur les Assignats*;
cette réponse devoit avoir une influence d'autant plus
heureuse, que les paroles de Commerçans nombreux &
accrédités inspirent naturellement une grande confiance :
elle fut envoyée, le 14 Juin, à l'Assemblée des Représentans de la Commune par un des Corespondans de
ce Club. Ce Corespondant, entroit dans le détail de
toutes les preuves de patriotisme données par les Habitans du Havre : en rappelant ce qu'ils ont fait pour
les approvisionnemens de la Capitale, il renouvella tous
nos sentimens de reconnoissance; & l'Assemblée se hâta
de prendre un arrêté, par lequel déclarant que la réponse du Club patriotique du Havre étoit propre à
affermir la confiance due aux Assignats, à étendre &
propager cette confiance, & à dissiper les illusions de
ceux qui auroient pu concevoir des inquiétudes, elle
en accueilloit l'hommage avec le plus vif empressement,
& chargeoit son Président de transmettre les remercîmens
de l'Assemblée au Club patriotique du Havre.

F 2

Halle que nous voulons parler. M. le Maire, en leur répondant, leur promit que l'*adresse* qu'elles venoient de préfenter feroit mife le lendemain fous les yeux du Roi. L'Affemblée en vota l'impreffion & l'affiche ; elle leur fit diftribuer des cocardes aux couleurs de la nation ; elle arrêta qu'il leur feroit accordé une médaille ; & elle n'a eu depuis qu'à s'applaudir d'avoir recompenfé, par toutes ces marques d'eftime, le patriotifme des dames de la Halle. Il y avoit des femmes qui, profitant de l'état d'anarchie dans lequel on vivoit, fe préfentoient indifcrétement dans les maifons, & forçoient les citoyens à leur donner de l'argent. Les dames de la Halle les rencontrent, les arrêtent, les conduifent au Comité de Police, y font dépofer l'argent enlevé par ces femmes, demandent qu'il foit remis au Curé de S.-Paul & diftribué aux pauvres. Certes, il étoit du devoir de l'Affemblée d'encourager, par tous les moyens qui étoient en fon pouvoir, une conduite qui devoit avoir des réfultats auffi favorables à la tranquillité publique. Il eft des momens où l'intervention des Citoyens pour réprimer les défordres, a plus de puiffance que l'intervention même de la loi, puifqu'elle prouve plus manifeftement que la loi même, l'afcendant de la volonté générale ; auffi l'Affemblée n'a-t-elle manqué aucune occafion de donner des éloges publics ou d'honorables récompenfes, foit aux particuliers, foit aux corps, dont les actions avoient quelque grande influence, ou fur les progrès de la révolution, ou fur le retour de la paix.

Cette paix nous devenoit plus néceffaire que jamais ; l'Affemblée-Nationale étoit fur le point d'arriver dans la Capitale ; & nous devenions ref-ponfables du fort de la Révolution, & des def-tinées de la France.

Nous augmentons l'Armée Parifienne, confor-mément à la propofition qui nous en eft faite par le Comité Militaire, de fix compagnies de fufiliers foldées, & de deux compagnies de ca-valerie également foldées. — Nous établiffons un corps de fix-cents hommes affectés fpécialement à la fûreté des Ports, Quais, Ifles, & pour les autres fervices relatifs à la Police. — Nous fommes inftruits, par M. le Commandant général, que le Décret que nous avions tant follicité de l'Af-femblée-Nationale, fur les réformes provifoires de la Légiflation criminelle, vient d'être rendu ; & auffi-tôt, d'après l'invitation qu'il nous en fait, nous nommons des Commiffaires pour en-gager les Magiftrats du Châtelet à fe preffer de conformer leurs procédures à la nouvelle Loi : pour favorifer même, autant qu'il eft en nous, la célérité des jugemens qu'on attendoit, nous ne voulons pas nommer nous-mêmes, nous ren-voyons aux Diftricts le foin de nommer, chacun, un certain nombre de *Notables*, en réfervant feulement à M. le Maire & à la Commune le

droit de recevoir leur ferment. — Nous adreſſons
une lettre à toutes les Municipalités du Royaume
pour leur déclarer nos regrets de voir arriver tous
les jours, dans la Capitale, un grand nombre de
Soldats qui abandonnent les drapeaux de leurs
régimens, dans l'eſpoir d'être placés dans la Garde-
Nationale ; nous déclarons que, loin de favoriſer la
déſertion & l'émigration des Soldats, nous avons
donné & nous donnons les ordres les plus ſé-
vères pour arrêter & remettre les déſerteurs dans
les mains des différentes brigades de Marechauſ-
ſées, & les faire reconduire à la police de leurs
corps reſpectifs ; & nous invitons le Miniſtre de
la guerre à faire connoître à tous les régimens,
& à faire parvenir, dans toutes les garniſons,
l'arrêté que nous prenons à cet égard.

Ces moyens ne nous ſuffiſent pas encore pour
ramener à jamais la tranquillité. Nous ne voulons rien négliger de ce qui peut concourir à en
aſſûrer le retour ; &, inſtruits que, dans les Provinces voiſines de la Capitale, les Détachemens
de la Garde-Nationale que nous y avions envoyés
pour chercher des Subſiſtances & protéger les
convois, avoient cauſé des inquiétudes mal-
fondées, nous chargeons deux membres de l'Aſſemblée de concerter avec le Lieutenant de Maire
au Département des Subſiſtances, un Adreſſe à
ces Provinces, pour mettre fin à leurs alarmes,
& leur faire connoître toute la pureté de nos

intentions. Enfin, nous faifons publiet une Proclamation fur le féjour prochain de l'Affemblée-
Nationale à Paris; & cette Proclamation étoit
d'autant plus néceffaire, que plufieurs membres
du Corps Légiflatif, fur le fort defquels la France
entière nous ordonnoit de veiller, étoient compromis, calomniés, menacés dans une multitude
d'Ecrits féditieux dont la Capitale étoit inondée.
Elle étoit d'autant plus néceffaire, qu'il fe répan-
doit, dans quelques Provinces, que l'Affemblée-
Nationale feroit privée, au milieu du Peuple
immenfe de Paris, de la liberté de fes délibérations. Nous remplîmes donc, fous tous les points
de vue, notre devoir envers le Corps Légiflatif
& envers la France.

« Les Citoyens habitans de la Ville de Paris
» (porte cette Proclamation) font avertis que,
» demain Lundi 19 Octobre, l'Affemblée-Na-
» tionale tiendra fes féances dans cette Ville. Les
» Repréfentans de la Commune ayant annoncé
» à cette augufte Affemblée le refpect le plus
» profond pour elle, la plus entière foumiffion
» à fes Décrets, & l'engagement formel d'affûrer
» la liberté & la tranquillité de fes délibérations,
» & l'inviolabité de la perfonne de chacun de
» fes membres, déclarent que nul ne pourroit,
» fans s'expofer aux rigueurs d'un jugement
» févère, s'écarter du refpect profond qui eft dû
» à tous les Décrets de l'Affemblée-Nationale;

» ils déclarent que l'afyle de ces illuftres Citoyens
» doit être regardé comme inviolable & facré;
» & que ce feroit fe rendre coupable envers
» la Nation, attaquer la Nation elle-même,
» que manquer aux Repréfentans qu'elle a choifis
» pour établir fes droits, opérer fon bonheur,
» & défendre fa Liberté ».

Quelles étoient les difficultés de notre pofition! Dans le moment même où nous prenions
pour la fûreté individuelle & publique, toutes les
mefures que notre devoir & notre zèle nous
fuggéroient, une fédition violente étoit excitée
dans le fauxbourg S.-Antoine par des Boulangers; quelques individus de la Garde-Nationale
oubliant le patriotifme accoutumé, & la conduite,
toujours fi délicatement généreufe, de la Milice
Parifienne, fomentoient le tumulte au lieu de
l'appaifer; M. de Vauvilliers qui, au milieu de
la nuit, s'étoit tranfporté fur les lieux pour effayer
de calmer les efprits, & avoit montré le courage
le plus héroïque, étoit affailli par les menaces
les plus violentes, & les plus coupables outrages (1).

_____

(1) L'Affemblée fut fur le point de prendre un arrêté
févère, par lequel, en blâmant la conduite des Boulangers,
& celle des individus de la Garde-Nationale qui avoient
refufé le fervice que M. de Vauvilliers étoit en droit de
leur demander, elle auroit déclaré qu'elle étoit difpofée
à prendre les mefures les plus efficaces, pour livrer à
la rigueur des loix ceux qui fe rendroient coupables de

Il ne falloit pas un courage ordinaire pour réfifter à une conjuration, dont les funeftes effets
fe répétoient fi fréquemment, & pour ne pas
défefpérer, au milieu d'un défordre auffi complet,
du falut de la chofe publique.

Ce défordre n'étoit pas à fa fin; de nouveaux
malheurs étoient fur le point d'éclater; mais il
eft dans l'ordre focial, comme dans la nature, des
crifes violentes, qui follicitent des remédes extrêmes, & qui rendent la vie aux corps politiques
comme aux individus.

Le meurtre épouvantable d'un Boulanger in-
nocent; de cet infortuné *François*, calomnieufe-
ment accufé d'avoir caché quelques pains, excita
l'indignation de l'Affemblée, lui fournit l'occafion
de ramaffer toutes fes forces; de déployer toute
l'énergie de fa févérité; d'épuifer tous les moyens
qui étoient en fon pouvoir & dans celui de l'Affemblée Nationale, pour effrayer à jamais les coupables. Ce que fit l'Affemblée, dans cette trop mémorable journée du 21 Octobre, mérite d'être ra-
conté avec quelques détails, parce que c'eft de

---

délits pareils à ceux dont elle étoit inftruite. M. de Vauvilliers pria l'Affemblée de fufpendre toute délibération à
cet égard, & d'enfevelir dans le filence le nom des coupables; elle céda à fes inftances pour lui donner une preuve de fon eftime : mais elle déclara hautement qu'à
l'avenir toute efpéce d'infraction à fes Arrêtés feroit
févèrement punie.

cette époque que date la renaissance de la tranquillité publique.

Aussitôt qu'elle fut instruite, par ses Commissaires de service pendant la nuit, de l'impuissance
de leurs efforts pour sauver le Boulanger qui leur
avoit été amené ; des circonstances de l'assassinat,
des mauvais traitemens qu'on s'étoit permis contre
les Commissaires eux-mêmes (1) ; des menaces
qui leur avoient été faites de les pendre comme le
Boulanger; elle envoya une députation à l'Assemblée
Nationale (2) pour la supplier de s'occuper, sans
délai & dans le jour même, des moyens d'assûrer les Subsistances, tant de la Capitale que
du Royaume , & de vouloir bien rendre, en
même-tems , une Loi Martiale qui assûrât l'e-
xécution de ses Décrets. Elle ordonna à M. le
Commandant-Général de faire enlever de force

----

(1) C'étoient MM. Guillot de Blancheville, Dameuve
fils , & Garran de Coulon. Quarante ou cinquante
hommes du peuple, parmi ceux qui avoient amené le
Boulanger, ne voyant plus celui-ci, & croyant qu'il
avoit disparu, gardèrent à vue M. Guillot de Blancheville, firent un cercle autour de lui dans un des coins
de la salle, & le tenoient comme en otage, jusqu'à ce
que les autres qui cherchoient le Boulanger, l'eussent
retrouvé : dans le cas où on ne l'eut pas retrouvé, le
parti étoit pris de mettre à sa place M. Guillot de
Blancheville.

(2) Cette députation étoit composée de MM. Guillot
de Blancheville , Garran de Coulon & de la Colombe.

la tête du malheureux Boulanger, (1) que des gens féroces & ivres de rage promenoient dans la Capitale. Elle lui ordonna de faire arrêter ceux qui la portoient; de diſſiper, par la force, tous les attroupemens; de ne montrer aucune indulgence aux perturbateurs du repos public. Le même jour, elle envoya une nouvelle députation à l'Aſſemblée Nationale chargée d'inſiſter ſur la néceſſité d'une Loi Martiale, & obtint un Décret qui chargeoit le Comité de Conſtitution de rapporter, avant la fin de la ſéance, un projet de Loi contre les attroupemens; qui enjoignoit au Comité de Recherches de faire toutes les informations néceſſaires pour découvrir les auteurs des troubles dont la Capitale étoit affligée; qui enjoignoit au Comité de Police de l'Hôtel-de-Ville de fournir au Comité de Recherches de l'Aſſemblée Nationale, tous les renſeignemens qui pourroient lui être parvenus ou lui parvenir ſur cet objet; qui ordonnoit que le Comité de Conſtitution propoſeroit inceſſamment à l'Aſ-

---

(1) Lorſque l'Aſſemblée eut fait les diſpoſitions néceſſaires pour la ſûreté publique, elle nomma des Commiſſaires pour prendre des renſeignemens ſur l'événement du Boulanger; & lorſqu'elle ſe fut convaincue qu'il étoit la victime d'une erreur bien funeſte, ou d'un complot criminel, elle envoya une députation à ſa veuve pour lui offrir les ſecours de la Commune, & lui porter des paroles de conſolation.

femblée le plan d'établiffement d'un Tribunal
chargé de juger les crimes de Lèze-Nation , &
qui nommoit provifoiroment le Châtelet pour
remplir , en dernier reffort , les fonctions de ce
Tribunal ; qui enfin ordonnoit que les Miniftres
du Roi déclareroient pofitivement quels font les
moyens & les reffources que l'Affemblée Nationale pourroit leur fournir pour les mettre en
état d'affûrer les Subfiftances du Royaume , &
notamment de la Capitale , afin que l'Affemblée
Nationale, ayant fait tout ce qui étoit à fa difpofition pour cet objet, pût compter que les
Loix feroient exécutées, ou rendre les Miniftres
& autres agens de l'autorité, garans de leur in-
exécution.

La correfpondance qu'établiffoit l'Affemblée
Nationale , entre fon Comité des Recherches &
le Comité de Police de l'Hôtel-de-Ville (1) ,
nous donna l'idée de créer auffi un Comité de

---

(1) Indépendamment du Décret qui enjoignoit au
Comité de Police de l'Hôtel-de-Ville de fournir au
Comité des Recherches de l'Affemblée Nationale tous les
renfeignemens qu'il pouvoit avoir , une députation de
l'Affemblée Nationale à la tête de laquelle étoit M. le
Berthon, premier Préfident du Parlement de Bordeaux ,
fe rendit au Comité de Police , pour lui faire connoître que l'Affemblée defiroit que le Comité de Police
fit parvenir au Comité des Recherches de l'Affemblée
Nationale toutes les lumières qu'il pourroit fe procurer fur
les auteurs, fauteurs & coupables des troubles publics.

Recherches, dont les fonctions *se borneroient*, *& sans aucun autre pouvoir administratif*, *à re-* *cevoir les dénonciations & dépositions sur les* *trames, complots & conspirations qui pourroient* *être découverts* ; *à s'assûrer, en cas de besoin, des* *personnes dénoncées* ; *à les interroger* ; *à rassem-* *bler les Piéces & preuves qu'ils pourroient acquérir,* *pour en former un Corps d'instructions* ; & ce Co-mité, qui devoit être l'effroi des conspirateurs, fut créé (1) ; &, pour déconcerter, à l'instant, leurs projets criminels, l'Assemblée ordonna que son arrêté seroit affiché & publié à son de trompe. Ce n'étoit point assez de créer ce Comité ; il falloit mettre dans sa main tout ce qui pouvoit favoriser l'objet de son institution ; l'Assemblée invita tous les bons Citoyens à lui donner les divers renseignemens qui leur étoient parvenus ; elle crut devoir, en outre, promettre, aux dé-nonciateurs, une récompense depuis *cent écus*, jusqu'à *mille Louis*, selon la nature & l'impor-tance de la dénonciation, mais à condition que la preuve seroit administrée par eux. Enfin, pour atteindre plus efficacement son but, elle arrêta que M. le Maire se retireroit pardevers le Roi, pour supplier Sa Majesté de vouloir bien promettre la grâce de toute personne qui dénonceroit une trame

---

(1) Il fut composé de MM. Agier, Oudart, Lacre-telle, Perron, Brisfot de Warville & Garran de Coulon.

ou un complot, dont elle-même seroit auteur ou
complice.

Elle ne s'en tint pas à ces différentes dispofi-
tions, dont le Roi témoigna, le même jour, son approbation expreffe, par une lettre qu'il chargea son
Garde - des - Sceaux d'écrire à l'Affemblée. Elle
penfa qu'il étoit important que, jufqu'à la parfaite
renaiffance de l'ordre, elle ne ceffât pas un inftant
d'être en activité, afin de veiller elle-même à l'exécution des mefures qu'elle avoit prifes. Elle crut
d'ailleurs qu'elle en impoferoit aux perturbateurs
de la tranquillité générale par ce courage inébranla-
ble qu'elle leur montreroit à tous (1); & elle arrêta
que fa féance feroit continuée pendant la nuit. Le
lendemain, elle en fit autant. Il y avoit eu des attroupemens, des émeutes; il avoit même été queftion
de proclamer la loi martiale; & nous devons dire
ici, ce qui eft attefté par nos procès-verbaux, c'eft
que dans l'une & l'autre de ces journées, c'étoit à
qui auroit l'honneur d'être infcrit au nombre des
trente membres qui devoient faire le fervice extraordinaire de la nuit, & être relevés à fept heures
du matin par trente de leurs collégues; c'eft que
non-feulement les membres infcrits rempliffoient
l'honorable devoir qu'ils s'étoient impofé; mais

---

(1) M. de Lajard, Aide-Major-Général, montra une
conduite courageufe & prudente, qui lui valut de folemnels remercîmens de la part de l'Affemblée.

que plufieurs autres fe joignoient à eux pour partager leurs travaux , leurs fatigues & , s'il étoit
néceffaire , leurs dangers.

Les foins de l'Affemblée furent, cette fois, cou-
ronnés d'un fuccès durable. Les méchans furent
effrayés; ils fe virent contraints de renoncer à leurs
criminelles manœuvres; Paris ceffa d'être, comme
il l'étoit depuis trop long-temps , un théâtre de
factions & de révoltes; & , le premier Novembre
fût le premier jour, où l'Affemblée crut pouvoir fe
difpenfer de tenir une féance , quoique depuis le
vingt-cinq Juillet , elle en eût tenu conftamment
& ne fe fût jamais difpenfée d'en tenir deux , chaque jour ; elle décida même , le cinq Novembre ;
conformément à un réglement de difcipline qu'elle
s'étoit fait , qu'elle n'auroit plus que trois féances
par femaine , & le foir feulement , favoir les Lundi ,
Mercredi & Vendredi.

C'étoit là un figne non équivoque du retour de
la paix.

Si les circonftances , en effet , n'euffent pas
changé , l'activité continuelle & non interrompue
de l'Affemblée eût toujours été la même.

Mais les défordres qu'elle étoit parvenue à écarter
de fes foyers, menaçoient & compromettoient
ailleurs les intérêts de la Capitale. La ville de Rouen
arrêtoit les navires chargés de grains & de farines ,
achetés pour la ville de Paris , & s'en emparoit pour

son propre usage. Plusieurs autres Municipalités s'opposoient à la libre circulation des grains. L'Assemblée nomme des Commissaires, pour aller à Rouen & dans les autres Villes de Normandie, prendre des arrangemens définitifs sur les convois de grains & de farines destinés à l'approvisionnement de Paris. — La ville de Vernon étoit en proie à la plus horrible sédition; M. Planter, qui nous rendoit les plus grands services pour nos approvisionnements, & qui avoit ses magasins établis dans cette Ville, avoit couru deux fois le danger de perdre la vie. L'Assemblée donne des ordres à l'Etat-Major, pour envoyer des troupes à Vernon; elle arrête que le détachement de la Garde-Nationale sera assez fort pour sauver M. Planter, s'il en est encore temps, le protéger contre les séditieux, mettre à l'abri de toute invasion les magasins de Vernonnet, où étoient en dépôt les subsistances de la Capitale; & elle nomme des Commissaires, chargés de rendre compte à l'Assemblée-Nationale & au Roi des faits affligeants qui viennent de lui être dénoncés.

L'Assemblée-Nationale en étoit déjà instruite par M. le Maire; elle avoit chargé son Président d'écrire à la Municipalité de Vernon, pour lui ordonner de secourir M. Planter de toutes les forces qui étoient en son pouvoir; de faire arrêter les coupables; d'en faire une punition exemplaire; & elle avoit, en outre, décrété que son président se retireroi se retireroit pardevers le Roi, pour obtenir du pouvoir exécutif des forces capables de soutenir celles que l'Affemblée des Repréfentans de la Commune avoit déjà crû devoir envoyer à Vernon. Auffi-tôt que ces détails font parvenus à l'Affemblée, par une lettre que M. le Maire s'empreffa de lui écrire, l'Affemblée arrête que deux de fes membres (1) fe retireront, à l'inftant, auprès du Roi, pour fe joindre à M. le Préfident de l'Affemblée Nationale, concerter avec lui les mefures à prendre, recevoir les ordres de S. M., & partir fur le champ pour Vernon, où ils les feront exécuter.

Ils partent : M. Planter avoit eu le bonheur d'échapper à la férocité de fes bourreaux ; il avoit fui ; mais le foyer de la difcorde exiftoit encore ; & les fubfiftances de la Capitale n'étoient pas en fûreté. Deux municipalités rivales, élevées dans la ville de Vernon, prétendoient chacune avoir un droit exclufif à la confiance des habitans. L'Affemblée Nationale avoit ordonné que l'ancienne feroit rétablie ; & les commiffaires de l'Affemblée, devenus, en même temps, commiffaires du Roi, par les ordres qu'ils avoient reçus de S. M. étoient chargés de faire exécuter ce Décret.

Ils arrivent à Vernon ; mettent en fûreté les

_____

(1) MM. J.-J. Rouffeau & Grandin.

G

approvifionnemens de Paris; y mettent également
la perfonne de M. Planter ; publient, avec l'appareil le plus impofant, la loi martiale ; deftituent
le Comité établi contre le vœu de la plus faine
partie des citoyens ; convoquent la Commune,
à l'effet de procéder à l'élection d'un Confeil
de ville ; réintégrent dans leurs fonctions les
anciens Officiers Municipaux ; font arrêter les
coupables auteurs des troubles ; & , à l'aide de
M. Dières, nommé par le Roi pour commander
les troupes envoyées à Vernon , à l'aide d'un
détachement de la Bazoche, des Officiers du régiment de Flandre , des Dragons des trois Evê-
chés & de la Garde-Nationale-Parifienne , ils
ont le bonheur de fubftituer par tout l'ordre & le
calme à l'agitation & au défordre. Leur miffion ,
en un mot, a des réfultats fi heureux, qu'une
députation de la ville de Vernon vient remercier
l'Affemblée de toutes les mefures qu'elle a prifes
pour rendre la tranquillité à une Ville menacée
des plus grands maux ; la prie de vouloir bien continuer à lui donner des preuves d'une fraternité
dont elle a retiré de fi précieux avantages, &
rend le plus honorable hommage au zèle & à
la fageffe de fes Commiffaires.

Ce n'eft pas feulement dans la Ville de Vernon
que l'Affemblée peut fe féliciter d'avoir ramené
le calme. Une agitation extrême régnoit à Etampes. Le 13 octobre, l'Affemblée reçoit une adreffe

& une délibération de la Commune de cette Ville , qui annoncent qu'un détachement de Gardes-du-Corps , conduisant 200 chevaux, avec un train de fufils & de piftolets , a été arrêté dans fes murs : le Député qui apportoit cette adreffe & cette délibération , témoignoit à l'Affemblée le defir qu'on avoit de s'emparer des armes , pour le propre ufage des habitans, & & demandoit que la Commune de Paris voulût bien les accorder à ceux-ci. L'Affemblée répondit d'abord qu'elle n'avoit aucun droit fur les armes conduites par le détachement des Gardes-du-Corps; que d'ailleurs elle n'avoit ni ordre , ni confentement à donner à une Ville particulière ; qu'elle fe borneroit à écrire à la Commune d'Etampes, pour lui expofer les principes qui ont toujours dirigé la Commune de Paris , à l'égard des Troupes réglées, qui ne fe font point oppofées à la Révolution ; que, dans cette même Lettre , on auroit foin d'annoncer que les Gardes-du-Corps avoient prêté le Serment National , & fraternifoient avec la Garde-Nationale-Parifienne ; qu'au refte deux Membres de l'Affemblée fe rendroient à Etampes, pour tâcher de concilier les efprits. Ils s'y rendirent en effet ; & , deux jours après , la Commune d'Etampes écrivit à l'Affemblée, pour fe louer de l'efprit conciliant de fes Commiffaires. — Il s'éléve des divifions dans la Commune d'Iffy ; c'étoient deux Municipalités rivales qui en avoient écarté l'union;

deux Commiſſaires de l'Aſſemblée ſont envoyés ſur les lieux ; la paix eſt rétablie ; & la Commune d'Iſſy envoye une Députation à l'Aſſemblée, pour la remercier du zèle & des bons offices de ſes Commiſſaires. — La Commune de Vaugirard eſt auſſi affligée par des diviſions inteſtines. L'Aſſemblée y envoye deux de ſes membres, pour travailler de concert avec deux Commiſſaires de l'Adminiſtration proviſoire de l'Iſle de France, à rétablir la tranquillité dans cette Commune ; & ſes intentions ſont remplies.

L'Aſſemblée s'applaudiſſoit d'autant plus de ces ſuccès au-dehors, qu'ils garantiſſoient la conſervation de l'ordre dans la Capitale, en lui évitant le contrecoup toujours funeſte des troubles extérieurs ; & qu'ils lui promettoient en même-tems, dans les Villes qu'elle avoit ſi puiſſamment ſecourues, des amies fidéles, qui s'empreſſeroient, à leur tour, de la ſecourir & de la défendre.

Tout ſembloit ſe réunir alors en faveur de la paix, comme tout ſe réuniſſoit auparavant pour fomenter la diſcorde, & exciter, de toutes parts, la rébellion.

Les arrivages devenoient, chaque jour, aſſez conſidérables, pour calmer les inquiétudes du moment ; & l'on touchoit à l'inſtant de voir régner l'abondance, par l'arrivée des grains & des farines qu'on s'étoit procurés tant dans l'intérieur de la France que chez l'Etranger.

.Des Corporations nombreuses, & dont le patriotifme, folemnellement attefté, montroit aux
ennemis de la Révolution des forces toutes prêtes
à fe diriger contre eux, les *Forts de la Halle* &
ceux du *Port-aux Bleds* venoient jurer, entre
nos mains, leur refpect pour l'Affemblée - Nationale, leur confiance dans l'Affemblée des Repréfentans de la Commune, vouer à l'exécration
publique, & à la vengeance des Loix, les criminels auteurs de tous les défordres; & pour exécuter
plus facilement leurs projets, former entr'eux
une coalition plus puiffante, & éviter d'être
confondus, à l'avenir, par des dénominations
communes, avec une multitude de gens fans principes, & capables de tous les excès, ils deman-
doient la permiffion de porter une médaille aux
armes de la Ville, qu'ils offroient même de faire
battre aux frais de chacun d'eux; mais que l'Affemblée voulût faire frapper aux frais de la Commune, non pour fortifier leurs généreufes intentions, qui n'avoient pas befoin d'un autre aliment
que de l'énergie de leur confcience; non pour
les récompenfer de manifefter des fentimens qui
étoient des devoirs; mais pour leur donner un
témoignage public de fon contentement, &
cimenter le Pacte qu'elle formoit, pour ainfi
dire, avec eux, pour le bien général.

L'Affemblée éprouvoit la plus vive fatisfaction de cet heureux concours de moyens, qui,

tout d'un coup, avoit apporté le calme, & en promettoit la durée à la Capitale. Mais, si le zéle qu'elle avoit montré jusques-là se fût endormi un inftant, si elle eût ceffé de veiller à la Chofe publique avec une égale activité, les ennemis de la Révolution, qui s'étoient cachés, mais qui exiftoient encore, euffent excité de nouveaux troubles, & replongé la Capitale dans de nouvelles calamités. Il étoit donc de fon devoir de prendre déformais, pour le maintien de la paix, autant de précautions qu'elle en avoit prifes, jufqu'à préfent, pour la rétablir.

Elle devoit, par de grands exemples, effrayer les coupables, ou plutôt ceux qui pourroient être tentés de le devenir. Le Peuple avoit befoin d'étre vengé, & demandoit vengeance. Elle enjoint, en conféquence, au Procureur-Syndic de la Commune & à fes Adjoints de dénoncer, au Tribunal nommé par l'Affemblée-Nationale pour juger les Accufés du crime de lèfe-Nation, tous ceux qui, d'après la notoriété publique, font accufés de ce crime, & d'y dénoncer notamment le Prince *de Lambefc.*

Le fieur Gallet étoit accufé de mal-verfations dans le commerce des grains. On le dénonce à l'Affemblée. Il s'agiffoit-là d'une accufation qu'il étoit de la plus haute importance d'éclaircir; d'un délit qui, s'il étoit conftaté, méritoit, fur-tout à raifon des circonftances, la punition la plus

févère. L'Affemblée charge deux de fes Membres
de fe retirer pardevers le Procureur du Roi du Châtelet, pour l'inviter à preffer l'Inftruction & le
Jugement du Procès du fieur Gallet.

Elle voit, dans fon Comité de Recherches, tel
qu'elle l'a organifé, l'une des fentinelles les plus
vigilantes & les plus fûres de la Conftitution ;
&, pour qu'il rempliffe, dans toute fon étendue,
les devoirs qui lui font impofés, elle l'autorife à
retirer du Greffe de la Ville toutes les Piéces
que l'Affemblée des Electeurs y avoit dépofées.

Elle invite les Comités de Diftricts à faire,
chaque jour, régulièrement, la vifite chez tous
les Boulangers de leur arrondiffement, pour obtenir la déclaration exacte de la quantité de
pains que chacun d'eux a fait cuire depuis la
veille, conftater la quantité de farines & de grains
qu'ils ont foit chez eux, foit en des dépôts particuliers ; & fixe une amende de cent livres, pour
la première fois, & qui doit être plus forte, en
cas de récidive, contre tous les Boulangers qui
auroient fait de fauffes déclarations. Elle invite,
en outre, les Diftricts à envoyer, tous les foirs,
le double des Procès-verbaux qu'ils drefferont
fur cet objet, au Département des Subfiftances,
qui étoit chargé de le communiquer à l'Affemblée
générale, lorfqu'elle le requerroit ; & elle prend
encore d'autres mefures tant, pour affûrer les ap-
provifionnements, que pour empêcher les Bou-

langers d'interrompre ou de quitter leur com=
merce.

Le 19 Novembre, fur la propofition du pre=
mier Miniftre des Finances, & fur la demande
expreffe de M. le Maire, elle autorife la Compagnie d'Afrique à acheter, pour le compte de
la Ville de Paris, *quarante mille charges de bleds;*
&, comme cette Compagnie demandoit la ga-
rantie de la Ville de Paris, l'Affemblée s'oblige,
au nom de la Commune, à fournir le paîment
des quarante mille charges de bleds, au prix,
& dans les termes qui feront arrêtés par le premier Miniftre des Finances, à la fageffe duquel
elle déclare s'en rapporter entièrement.

Au moyen de toutes ces précautions, & des
mefures multipliées que l'Affembléé avoit mifes
en ufage, elle voyoit, chaque jour, les arrivages
devenir plus abondans. Et, lorfque, le 26 Novembre, elle apprit que vingt-huit navires chargés
de grains & de farines, deftinés à l'approvifionnement de Paris, étoient entrés dans les ports du
Havre & de S.-Valery, elle fe vit dès lors échap-
pée pour jamais du naufrage ; elle vit la Capitale
fauvée ; la Conftitution en fûreté ; elle chargea
deux de fes membres de porter au département
de fubfiftances les témoignages de fatisfaction de
l'Affemblée, fur l'activité & la conftance avec lefquelles il s'étoit livré à fes travaux ; & quatre
jours après, le 30 Novembre, elle fe réunit fous

les yeux du public, tant pour compoſer & diſcuter, en ſa préſence, le plan de municipalité, qui
étoit l'un des principaux objets de ſa miſſion, que
pour exercer, au conſpeĉt de tous les citoyens, la
ſurveillance qui lui avoit été expreſſément ordonnée par les Diſtriĉts, & que l'Adminiſtration,
comme nous l'avons déjà dit, avoit non-ſeulement
reconnue, mais réclamée.

Depuis long-temps, il tardoit à l'Aſſemblée de
remplir la miſſion qu'elle avoit reçue, au ſujet de
la confeĉtion du plan de Municipalité; & dès le
trente-un Oĉtobre, auſſitôt qu'elle avoit apperçu
quelque lueur de tranquillité, elle avoit reſolu de
commencer, le quatre Novembre, les travaux pré-
paratoires à ce plan.

Elle ſentoit déjà, & pluſieurs événemens le lui
ont bien appris depuis, qu'une Municipalité proviſoire ne peut avoir une influence toujours égale;
que ſes droits ſont perpétuellement conteſtés, &
quelquefois méconnus: une organiſation définitive, en un mot, étoit le ſeul moyen de faire
ceſſer toutes les rivalités de pouvoirs, & d'aſſeoir
l'adminiſtration publique ſur des baſes inébranla-
bles.

Tant que le danger, qui réunit tous les hommes, avoit en effet exiſté, l'intimité la plus fraternelle avoit régné entre les Diſtriĉts & leurs Repréſentans. Le danger ceſſe; & auſſitôt les réclamations, les conteſtations, les oppoſitions ſe multi-

plient contre l'Assemblée, qui néanmoins a résisté courageusement à tous les dégoûts dont a cherché à l'abreuver, & qui remet aujourd'hui saine & sauve, entre les mains de ses commettans, la chose publique, qui étoit en péril, lorsqu'on nous en fit dépositaires.

Dès le vingt-neuf Octobre, quelques jours seulement après l'abominable meurtre du Boulanger, cinq Districts réunis viennent ensemble à l'Hôtel-de-Ville, nous déclarer qu'ils s'opposent à la nomination des Officiers des nouvelles Compagnies créées pour remplacer celles des Grenadiers; que cette nomination ne peut être faite que par les Districts, & qu'ils y procéderont chacun dans leur sein.

D'autres Districts protestent contre la création du Corps des Chasseurs.

Le district de S.-Germain des Prés vient annoncer qu'il est dans la volonté de ne jamais regarder comme loi de la Municipalité, que ce qui aura été arrêté par la pluralité des Districts.

Un autre (1) fait à ses Députés à l'Hôtel de-Ville des *injonctio s*, leur prescrit une formule de serment, révoque ses Députés qui ne veulent pas s'assujettir à cette formule, & entre, pour ainsi dire, en état de guerre avec l'Assemblée. Il étoit impossible que nous ne défendissions pas avec force les droits de la Commune, que nous

---

(1) Le District des Cordeliers.

croyions voir compromis & bleſſés par ce Diſtrict.
Nous l'invitons à ne plus employer vis-à-vis de
ſes Députés le terme d'*injonctions*, & à ſe ſervir
déſormais d'expreſſions qui répondent mieux à la
confiance dont il a honoré ſes Repréſentans. Nous
ne voulons reconnoître ni l'Arrêté du Diſtrict qui
preſcrit le ſerment, ni la formule de ſerment
elle-même, ni la nomination des nouveaux Députés qui s'y ſont aſſujettis, ni la démiſſion donnée par ceux qui n'ont pas voulu s'y ſoumettre (1);
nous invitons même ceux - ci à venir reprendre
leurs fonctions; & tous les motifs de notre conduite ſont conſignés dans un Arrêté que nous
portons à l'Aſſemblée-Nationale, comme un hommage rendu par nous aux principes qu'elle avoit
elle même conſacrés. Pouvions - nous, en effet,
reconnoître un ſerment qui déclaroit que *les Dé-*
putés étoient révocables à la volonté de leurs Diſ-
tricts, ſans bleſſer le principe d'*unité communale*,
ſans donner à chaque Diſtrict en particulier des
droits qui n'appartenoient qu'à la majorité, ſans
expoſer par conſéquent la ville de Paris à tous
les déſordres de l'arnachie? N'étoit-ce pas d'ailleurs une maxime ſalutaire, à laquelle nous de-
devions prêter tout notre appui, que, du moment
où les Députés d'un Diſtrict ſont devenus Repréſentans de la Commune, ils n'appartiennent plus
à leurs Diſtricts en particulier, mais à la Com-.

(1) MM. Dupré, de Graville & de Blois.

mune entière ? Enfin, le ferment étoit injurieux
aux Repréfentans de la Commune ; il. prefcrivoit
aux Députés *de s'oppofer*, *autant qu'il feroit en*
eux, *à tout ce que les Repréfentans de la Commune*
pourroient faire de préjudiciable aux droits géné-
raux des Citoyens conftituans. Pouvions - nous
fouffrir qu'on nous fuppofât des intentions contraires à celles que nous avions toujours. manifeftées pour le bien public ?

Au milieu des contrariétés que nous éprouvions
de la part des Diftricts, nous. avions. cependant à
nous applaudir de leur zèle ; nous appercevions avec
joie les fervices qu'ils rendoient à la chofe publique;
& nous aimons à publier ci qu'il leur eft arrivé plus
d'une fois d'entrevoir, dans des événemens importans, des conféquences qui avoient échappé à notre
attention. Le 14 Novembre, nous fommes inftruits que les ennemis de la révolution répandent
dans les Provinces que c'eft à la follicitation &
fur les inftances de la Commune de Paris que
le Roi a éloigné fes Gardes. Cette nouvelle, fi
contraire à la vérité, nous afflige. Si nous avions
été reconnoiffans, comme nous devions l'être,
de la promeffe que nous avoit fait Sa Majefté
que la Garde - Nationale - Parifienne concour-
roit toujours à la garde de fa perfonne, jamais
nous n'avions formé un vœu pareil à celui qu'on
nous imputoit ; nous craignons qu'une telle im-

putation ne compromette l'Affemblée ; nous n'é-
coutons, dans le premier moment, que notre
indignation contre la calomnie & notre amour
pour le Monarque ; & nous arrêtons qu'une Députation fera faite au Roi, afin de le fupplier de
prendre les moyens des plus efficaces pour détruire une inculpation que la Commune de Paris
n'a jamais méritée. C'étoit, pour-ainfi-dire, inviter le Roi à reprendre fes Gardes. Le Roi, en
effet, répond que, d'après la démarche de la ville
de Paris, il va donner des ordres pour raffembler
ceux de fes Gardes-du-Corps qui fe trouveront à
portée de lui, en continuant néanmoins d'employer la Garde-Nationale-Parifienne dans fon
intérieur. Il faut l'avouer avec franchife ; les efprits
étoient encore trop agités ; le moment du rap-
pel des Gardes-du-Corps n'étoit pas encore venu ;
les Diftricts ne craignirent pas de le déclarer ; &
le Roi, qui a toujours mis tant de loyauté dans
fes démarches, & qui ne vouloit, fous aucun prétexte, faire douter de la pureté de fes intentions,
prit le parti de manifefter le deffein où il étoit
de furfeoir encore pendant quelque tems au rap-
pel de fes Gardes-du-Corps.

Il raffermit, par la manifeftation de ce deffein,
la tranquillité dont on jouiffoit déjà depuis quel-
que-tems ; & lorfque, le 30 Novembre, l'Affemblée tint fa première féance publique, il n'y avoit
plus aucune apparence de troubles dans la Capitale.

Nous voici donc arrivés à l'époque, où toutes les opérations de l'Assemblée sont exposées aux regards de ses concitoyens. Elle auroit désiré, comme nous l'avons déjà dit, pouvoir hâter le moment de cette publicité. Mais l'habitude qu'on avoit prise de la regarder comme une Assemblée administrative, & de s'adresser indistinctement à elle pour tous les objets, quels qu'ils fussent; les députations fréquentes qu'elle recevoit, la multitude d'affaires de détail qu'elle avoit encore à expédier, & qui absorboient la plénitude de son temps; tout cela retarda jusqu'au 30 Novembre la publicité des séances.

Dans la première, le Président de l'Assemblée rendit compte de l'état des procès instruits par le Châtelet, sur la dénonciation du Procureur-Syndic de la Commune, contre le prévenus de crime de lèse-nation. Le Comité des recherches, de son côté, entra dans le détail de tous les travaux auxquels il s'étoit livré depuis sa création, des dénonciations qui en avoient été le fruit (1); & ces deux rapports attestent à la fois la sollicitude du Procureur-Syndic de la Commune, & le zèle infatigable du Comité des recherches (2). Dans

_____

(1) Ce rapport fut fait par M. Agier.

(2) Le Procureur-Syndic de la Commune avoit dénoncé, le 30 Octobre, le Prince de Lambesc & M. Augeard;

Le 5 Novembre, l'affaire des sieurs Comte d'Aftourg,

cette même séance, l'Assemblée remit au sieur

Dureynier, Douglas, de Rubat de Livron, & demoiselle de Bissy ;

Et le 19, MM. Barentin, de Broglie, de Puiffégur, de Béfenval & d'Autichamp.

Quant au Comité des Recherches, il déclara, par l'organe de M. Agier, qu'il avoit cru appercevoir clairement trois natures différentes de complots, qui avoient dû également fixer fon attention ;

« L'une (dit-il), qu'il faut attribuer au parti aristocrate ; & dans cette claffe, on doit ranger, foit le raffemblement de l'armée autour de Paris & Verfailles, qui a déterminé l'heureufe infurrection du mois de Juillet ; foit le projet qui paroit avoir été formé depuis, de conduite ou d'emmener le Roi à Metz, en levant pour cet effet un corps de troupes confidérable, fous le nom de *Gardes-du-Roi-furnuméraires*, qu'on prétendroit oppofer à la Garde-Nationale.

» La feconde efpèce de complots appartient à un autre parti ; & , jufqu'à ce qu'une information juridique les ait pleinement dévoilés, il convient de tirer le voile fur les attentats qui devoient en être le terme ; vous pouvez feulement en juger par les abominables excès commis au Château de Verfailles, dans la matinée du 6 Octobre, & que le Comité des Recherches s'eft crû obligé de dénoncer.

» La troifiéme efpèce de complot paroît appartenir à tous les partis à la fois ; & elle comprend tous les genres de manœuvres fucceffivement employées pour émouvoir ou inquiéter le peuple, tel que le marquage des maifons, les faux bruits, les écrits féditieux, les motions incendiaires, & fur-tout les trames relatives à nos fubfiftances, tant à Paris qu'au dehors ».

Coûtieux la récompense (1) qu'il méritoit, pour avoir arrêté de son propre mouvement un séditieux, qui faisoit tous ses efforts pour exciter une émeute dans l'un des quartiers les plus peuplés de cette Capitale ; elle auroit pû lui remettre plutôt le prix de son civisme ; elle l'auroit désiré, parce que c'est un besoin pour la sensibilité ou la reconnoissance de s'épancher & de se répandre sans retard . Mais elle préféra , & pour le contentement de celui qu'elle vouloit honorer , & pour l'exemple qu'elle vouloit donner aux citoyens, de mettre, dans la distribution de cette récompense , l'appareil de la publicité.

L'Assemblée avoit déjà donné à plusieurs Citoyens le prix de leur patriotisme. Elle avoit accordé à M. Bourdon, Commandant de Bataillon du District des Blancs - Manteaux, un Brevet d'honneur scellé du sceau de la Ville , tant pour le zéle, vraiment remarquable, qu'il avoit déployé dans la Révolution, que pour l'activité de ses services dans la garde de M. de Béfenval (2). Elle avoit arrêté que M. de S.-Genois qui a rendu de grands services à la chose publique, & qui, pour son intelligence & sa bravoure , a

---

(1) L'Assemblée avoit renvoyé au Comité des Recherches la fixation de cette récompense ; elle fut portée, par ce Comité, à la somme de 300 liv.

(2) C'est le 24 Novembre que l'Assemblée arrêta que le brevet d'honneur seroit expédié à M. Bourdon.

concouru

concouru, l'un des premiers, à la prife de la Baftille, feroit autorifé à porter, comme Citoyen de
Paris, dans quel que lieu que ce fût, l'uniforme
de la Garde-Nationale-Parifienne, avec les marques diftinctives du grade de Major; excepté cependant, lorfqu'il feroit fon fervice de Volontaire
dans le bataillon du Diftrict des Petits-Auguftins.
Mais il eût été plus doux pour l'Affemblée qui donnoit ces recompenfes, plus fatisfaifant pour ceux
qui les recevoient, & plus utile pour tous les citoyens, que la diftribution en eût été publique. Le
fuffrage folemnel de fes concitoyens eft le plus puiffant des encouragemens ; &, quand la publicité
des féances d'une grande affemblée ne produiroit
que cet avantage, elle feroit fuffifamment juftifiée.

Mais de quoi s'agiffoit-il ici principalement ?
De la compofition & de la difcuffion d'un plan de
municipalité. Or ce plan appelloit l'intérêt général ; la difcuffion en devoit être univerfellement
utile. C'eft en l'entendant difcuter que, facilement
& fans effort, tous les citoyens pouvoient s'élever
à la connoiffance des loix qui devoient régir la
Cité ; c'eft des obfervations de ceux qui nous auroient entendus, & que nous aurions enfuite re-
cueillies, que pouvoit réfulter une meilleure organifation de notre plan ; il étoit donc de la plus
haute importance que nos féances fuffent publiques.

Il l'étoit auffi que nous terminaffions avec célé-

H

rité la miſſion dont nous étions revêtus à cet égard.

Dès le ſecond jour de notre nouvelle exiſtence, nous formons un Comité particulier pour le plan d'organiſation municipale. Nous le compoſons de vingt-quatre membres ; nous l'autoriſons à communiquer avec le Comité de conſtitution de l'Aſſemblée-Nationale ; nous arrêtons que les membres de chaque département ſeront priés de fournir à notre Comité toutes les inſtructions relatives à la partie qui leur eſt confiée ; nous arrêtons, enfin, qu'à meſure que chaque article du projet de réglement municipal ſera adopté, il ſera envoyé aux Diſtricts pour y être examiné ; & que pour accélérer la confection de ce plan, il y aura, tous les ſoirs, aſſemblée.

Six jours après cet Arrêté, le 9 Décembre, notre Comité s'étoit mis en état de nous préſenter une partie de ce plan ; & nous commençons à le diſcuter.

Cette diſcuſſion, quelqu'importante qu'elle fût, n'auroit pas entraîné de longs délais. Mais nous étions arrêtés, à chaque inſtant, par de fréquentes députations, des mémoires ou des lettres ſans nombre, des conflits de pouvoirs ſur leſquels il falloit prononcer ; des réglemens généraux qu'il nous appartenoit de faire ; par les queſtions intéreſſantes enfin, qui ſe préſentoient à notre examen ou à notre diſcuſſion.

L'une des plus intéreſſantes, dans ce commen-

cément, fût celle de savoir, fi Paris, à lui feul, ou
avec une banlieue, formeroit un département, ou
s'il feroit comme toutes les autres Villes du Royaumes, dans un département de dix-huit lieues de
diamétre. M. le Maire annonça, le 14 Décembre,
que, la veille, il s'étoit tenu chez lui une confé-
rence entre les Députés de Paris à l'Affemblée-
Nationale, & les membres du Comité chargé de
préparer le travail de la Conftitution municipale ;
que les Députés de Paris, défiroient expofer
leurs idées à l'Affemblée, & recueillir fon vœu,
pour fe diriger d'après les intentions qui leur feroient manifeftées. Les Députés de Paris s'étoient
en effet rendus au milieu de nous ; ils exposèrent
chacun leur opinion ; les membres de l'Affemblée
développèrent la leur ; & il fut arrêté qu'il étoit
important, pour les intérêts de la Capitale, & jufte
en même temps que la ville de Paris fût dans un
département de dix-huit lieues de diamétre, & fût
le fiége de ce département. Cet arrêté n'étoit
qu'une bâfe offerte à l'opinion des Diftricts ; car
l'Affemblée décida que fon arrêté leur feroit envoyé ; que ce feroit le vœu de la majorité, qui
lui ferviroit de loi ; & qu'elle attendroit, pour
porter ce vœu à l'Affemblée-Nationale, qu'il fe
fuffent tous expliqués. L'opinion de la majorité
fut conforme à celle de l'Affemblée ; & l'adreffe
explicative de cette opinion, fut portée le 24 Décembre à l'Affemblée-Nationale.

H 2

Ce même jour, quelques membres de l'Affemblée vivement affectés de l'anarchie qui fe
perpétuoit dans la Capitale , & des contrariétés
que nous éprouvions perpétuellement , nous pro-
posèrent de donner collectivement nos démiffions.
Il étoit affligeant , en effet , de voir les combats
qui , fans ceffe nous étoient livrés fans aucun fondement ; &, d'un autre côté , l'Affemblée ne pouvoit pas , fans prévarication , confentir à être dé-
pouillée des pouvoirs dont on l'avoit inveftie , &
que , dans certaines occafions, on fembloit prendre
à tâche de lui difputer. Tantôt plufieurs Diftricts ,
lui prêtant des intentions qu'elle n'avoit jamais
eues, venoient l'accufer de vouloir faire un plan de
municipalité fans leur participation , & nous li-
foient des arrêtés, où , fans aucun ménagement,
les reproches les plus injuftes nous étoient adreffés ;
tantôt c'étoit un Diftrict particulier , qui déclaroit
nul & non avenu l'arrêté des Repréfentans de la
totalité des Diftricts (1.). L'Affemblée voyoit avec

_____

(1) Le Diftrict des Petits-Auguftins avoit deftitué M.
Dières de fon grade de Commandant de Bataillon;
l'Affemblée , voulant s'oppofer aux funeftes effets d'un
arrêté qui rompoit, au préjudice de la Commune entière , la chaîne du fervice militaire , fous la fauve-
garde duquel repofent la fûreté & la tranquillité publiques , arrêta que M. le Commandant-général feroit invité
à tenir la main à ce que M. Dières exerçât les fonctions
de fa place , jufqu'à ce qu'il en eût été autrement or-

d'autant plus de fenfibilité cette efpéce de ligue
formée contr'elle & les principes, qu'elle mettoit
la plus grande exactitude & un zèle foutenu à remplir fes devoirs ; que, pour terminer plus promptement le plan de Municipalité, dont la confection
importoit fi effentiellement à l'ordre public, elle
avoit décidé que toutes les foirées feroient exclu-
fivement confacrées à l'examen de ce plan, & qu'à
cet effet, il y auroit, par femaine, trois féances
extraordinaires, dans lefquelles on recevroit les
députations, & où l'on entendroit & difcuteroit
les queftion qui lui feroient foumifes par fon Comité des rapports ; qu'elle cherchoit, non-feulement
à fervir fes concitoyens de la Capitale, mais ceux
du dehors, qui reclamoient fes fecours, & qui
en avoient befoin, en envoyant foit à Vaugirard,
où une fermentation nouvelle avoit éclaté, foit
au Grand-Gentilly, où une diffenfion fâcheufe,
pour laquelle on imploroit fa médiation, agitoit
les efprits, des Commiffaires chargés de rétablir
la paix, & qui toujours avoient le bonheur de
remplir l'objet de leur miffion. Elle s'occupoit
auffi du fort des ouvriers indigens que renfermoient
la capitale & toutes les provinces du royaume ;

---

donné. Le Diftrict des Petits-Auguftins, en pofant pour
principe que les Repréfentans de la Commune n'avoient
aucun droit de caffer les Arrêtés des Diftricts, ou d'en
fufpendre l'exécution, déclara qu'il regardoit leur Arrêté
comme nul & non avenu.

elle fupplioit l'Affemblée-Nationale , au nom de l'humanité & de la tranquillité publique , de prendre dans la plus haute confidération les mémoires de MM. Boncerf & Lambert, deux citoyens, dont les vues dirigées depuis long-temps vers le même objet , pouvoient abréger les travaux de l'Affemblée-Nationale , & accélérer le foulagement des pauvres & des ouvriers. Inftruite des dévaftations commifes dans les bois des environs de Paris, elle chargeoit le Commandant-Général , de donner aux Officiers de la maîtrife des eaux & forêts , tous les fecours dont ils avoient befoin pour le maintien des loix & des réglements , & l'autorifoit , en cas de réfiftance , à repouffer la force par la force.

Elle remplifloit donc , on croyoit du moins remplir les obligations diverfes que lui impofoient les circonftances dans lefquelles elle fe trouvoit placée; & cette confidération , jointe à la crainte de fournir aux ennemis de la chofe publique , une occafion de triomphe , détermina l'Affemblée à rejetter la propofition faite par quelques membres de donner une démiffion collective.

C'eft dans ce temps-là que M. de Favras fut arrêté. C'eft alors qu'un projet de contre-révolution fe trramoit dans le fein même de la Capitale; & l'activité publique d'une affemblée nombreufe étoit auffi néceffaire pour déconcerter de coupables projets , qu'elle le fut à l'aîné des frères du Monarque , pour faire éclater fon innocence.

Il est impossible d'oublier la séance du 26 Décembre où, Monsieur, frère du Roi, devançant, en quelque sorte, le décret qui substitue le titre de citoyen à tous les noms & à tous les titres d'autrefois, vint au milieu de ses concitoyens, faire entendre la voix du patriotisme, & le langage de l'honneur, nous dire ces paroles remarquables, que l'*autorité royale devoit être le rempart de la liberté nationale, & la liberté nationale, la base de l'autorité royale*; détruire, en un mot, les desseins de ces hommes pervers, qui déjà, d'après des bruits calomnieux, avoient fondé sur lui ses espérances, & ranimer, par le développement de ses principes, la juste confiance des bons citoyens.

Monsieur, dans cette séance mémorable, se montra grand & généreux. Il demanda la grâce de ses lâches accusateurs, c'est-à-dire, de celui qui avoit laissé copier le billet répandu contre lui, de celui qui l'avoit dicté, & de celui qui l'avoit copié. Mais l'Assemblée fut ce qu'elle devoit être; juste & sévère. Elle enjoignit au Procureur-Syndic de la Commune de dénoncer aux tribunaux, & l'écrit calomnieux, fabriqué contre Monsieur, & ceux qui l'avoient fabriqué, ou qui avoient concouru à sa fabrication.

Cet arrêté & la détention des coupables en imposèrent aux ennemis du bien-public. Mais il leur restoit des ressources dans la disette du numéraire qu'ils pouvoient augmenter encore, & dans les projets de corruption qu'ils avoient formés sur la troupe centrale. L'Assemblée qui, quelques jours auparavant, avoit invité le District des Cordeliers à relâcher des caisses de lingots d'or & d'argent, envoyés par la caisse d'escompte à la monnoie de Limoges, pour y être convertis en monnoie, & qui avoit cru devoir prendre ce parti, par respect pour la liberté, & parce qu'elle s'étoit assurée des intentions des Administrateurs de la caisse-d'escompte, crut aussi devoir une entière sollicitude à la disette de l'argent, chercher à en pénétrer les causes, & essayer de les faire cesser : elle nomma en conséquence deux Commissaires (1) qu'elle chargea de vérifier les opérations de l'Hôtel-des-Monnoies, & de s'informer de la quantité des matières mises en fabrication, du montant du numéraire qui en étoit provenu, & de l'emploi de ce numéraire.

Quant à la corruption exercée sur quelques soldats du centre, aux effets qu'elle devoit avoir, & qui furent si hâtivement prévenus, tout l'honneur du succès appartient à M. le Commandant-Général, & nous-nous empressons de le publier, quoique la journée du 12 Janvier soit encore présente à tous les esprits. Déjà depuis quelque temps, on renouvelloit dans le sein de la Capitale des tentatives pour troubler la tranquillité publique. Infru-

_____

(1) MM. Gauthier de Claubri, & d'Osmont.

&tueufes à Paris par les bons fentimens des citoyens, & le zèle de la Garde-nationale, on les
avoit faites avec quelque fuccès à Verfailles, où
des Volontaires de Paris s'étoient pourtant réunis
à leurs frères d'armes, & parvinrent à ramener le
calme. Mais tous les moyens finirent par être employés à Paris; on tenta des foulevéments contre
le Châtelet; un plan d'attroupements concerté avec
plufieurs individus de la Garde nationale foldée,
devoit fe manifefter aux Champs-Elifées, le même
jour & à la même heure; & il faut remarquer que
les troubles éclatoient ou devoient éclater à la fois
dans différens quartiers de la Capitale, afin de di-
vifer l'attention des chefs, & les forces de la garde
nationale. M. le Commandant-Général étoit inftruit de tout; il défend que les compagnies foient
confignées, permet que les foldats fortent, pourvû
qu'ils foient fans armes: fon intention étoit de
faifir l'occafion qui fe préfentoit, pour féparer d'a-
vec les bons foldats ceux qui étoient indignes de
fervir avec eux. L'attroupement fe forme. Plus
de deux-cents foldats du centre étoient réunis de
la manière la plus factieufe. M. le Commandant-
généneral fe tranfporte aux Champs-Elifées avec
un détachement de cavalerie & d'infanterie. Il
enveloppe les révoltés; les dépouille de la cocarde
& de l'habit national dont ils étoient décorés; ne
veut entendre ni les prières qu'ils lui adreffent,
ni le pardon qu'ils lui demandent, & les fait conduire dans les prifons de S.-Denys.

L'Affemblée n'avoit plus qu'à applaudir au zèle auffi éclairé qu'actif de M. le Commandant-Général, à la conduite générenfe de la milice Parifienne: le foir même, elle vote des remercîments tant au général qu'aux foldats. Mais elle croit, en même temps, que la fûreté publique lui fait, dans cette conjoncture importante, un devoir de la prévoyance & de la fevérité ; elle ordonne à fon Comité des recherches de faire toutes les diligences néceffaires pour connoître les auteurs, fauteurs & complices des projets formés pour tenter de foulever une partie des foldats des compagnies du centre de la Garde-nationale-Parifienne; elle invite tous les Diftricts, tous les bons citoyens, toutes les troupes, & notamment les compagnies du centre, à joindre leurs foins à ceux du Comité des recherhes, à lui faire parvenir tous les renfeignemens qu'ils pourroient fe procurer ; elle arrête, enfin, qu'il fera formé inceffamment un confeil de guerre, pour prononcer fur le fort des foldats arrêtés dans le féditieux attroupement du matin.

Les invitations de l'Affemblée raniment, en quelque forte, le patriotifme dans toutes les âmes. Les *Forts aux b eds* viennent à l'inftant faire une nouvelle déclaration de leur fidélité & de leur dévouement à la chofe publique.

Le furlendemain, une députation des ci-devant Gardes-Françoifes fe rend à l'Affemblée, fait le plus énergique tableau de fon civifme, & montre

la plus vive indignation contre deux foldats, affez
lâches pour avoir oublié leur ferment , & s'être
mis au nombre des factieux ; mais ces deux foldats,
difent les députés, n'étoient que depuis deux mois
enrôlés , & n'avoient pas encore eu le temps d'être
pénétrés des vrais principes du corps. Quelques
jours après , M. le Commandant général vient à la
tête des Officiers actuels & d'un détachement des
anciens Gardes-Françoifes , porter à la Commune
l'hommage de leurs drapeaux , & jurer , en fes
mains , qu'ils vivront & mourront , s'il le faut ,
pour maintenir la Conftitution. Cette folemnelle
démarche refferroit notre union avec eux , parce
qu'en marquant auffi fortement leur féparation
du corps dont ils faifoient précédemment partie ,
elle fembloit les attacher plus puiffamment à celui
qu'ils ont adopté : nous allons tous avec eux dépofer , dans la première Eglife de cette Capitale ,
le préfent qu'ils venoient de faire à la Commune.
M. le Maire étoit à notre tête ; c'est lui qui préfente les drapeaux à l'Eglife ; *l'échange des anciens
& des nouveaux drapeaux , dit-il , eft le gage de
l'attachement d'une part, & de la fidélité de l'autre ;
nous remettons les anciens en la préfence & fous la
garde du Dieu des armées , & dans le plus augufte
& le plus majeftueux de nos Temples ; nous prenons
avec ces guerriers , ces guerriers prennent de nouveau avec nous la Divinité à témoin de la durée de
cet attachement , & de la conftance de cette fidélité.*

Au milieu de ces impofantes cérémonies, de ces députations, de ces arrêtés, l'Affemblée s'occupoit toujours fans relâche, de la difcuffion du plan de Municipalité. Mais cet ouvrage n'avançoit pas auffi promptement qu'elle le défiroit, parce que, malgré les mefures qu'elle avoit prifes, malgré les féances du matin, confacrées à tout ce qui étoit étranger à ce plan, elle étoit fans ceffe détournée, dans fes féances du foir, de l'objet auquel elle vouloit donner fon attention, par une multitude d'autres qui la reclamoient, & auxquels il lui étoit impoffible de la refufer.

C'eft une chofe prefque inconcevable que cette multitude d'objets & leur extrême diverfité.

Un conflit d'autorité s'éléve entre deux Départemens de l'Adminiftration; c'eft l'Affemblée feule qui a le droit de le régler; c'eft fa décifion qui eft invoquée; elle eft obligée de la donner (1).

Les fourds & muets perdent leur inftituteur, leur père; ils font orphelins. L'Affemblée charge le département des Etabliffemens publics de s'occuper de leur fort; elle nomme enfuite des Commiffaires, pour prendre des renfeignemens fur les

------

(1) L'Affemblée décide, par exemple, que l'adminiftration intérieure des Spectacles confidérés, comme *Etabliffemens publics*, doit appartenir au Département de ce nom; mais que tout ce qui concerne la police de fûreté & de furveillance appartient au Département de îa Police.

moyens de conferver un Etabliffement d'une auffi haute importance; pour fe procurer , en même temps,les éclairciffemens néceffaires fur les perfonnes qui font en état de préfider à l'inftitution , & de la foutenir avec éclat ; elle nomme provifoirement un inftituteur ; elle fait une *adreffe* à l'Affemblée-Nationale & au Roi , à l'effet de repréfenter combien il importe de perpétuer l'établiffement fondé par l'Abbé de l'Epée , & de le rendre *National* ; & lorfqu'elle a ainfi pris toutes les mefures convenables pour fecourir l'humanité, elle en veut honorer l'ami : une députation de l'Affemblée avoit affifté aux obféques de cet illuftre Philantrope ; un hommage plus folemnel lui étoit dû ; elle raméne,pour lui,*à fon inftitution primitive,un ancien & faint ufage que la flaterie avoit ufurpé pour honorer la vaine grandeur , en ordonnant un éloge funébre de l'inftituteur des fourds & muets* (1) & en chargeant celui de fes membres (2), qui a prefque toujours célébré en fon nom , & avec tant de fuccès , la liberté, la fraternité, l'humanité & le génie, de louer le génie & l'humanité de l'abbé de l'Epée.

---

(1) Expreffions de l'Adreffe préfentée à l'Affemblée Nationale , le 18 Février 1790 , & rédigée par MM. Godard , Thuriot de la Rofière , le Curé de S.-Etienne-du-Mont , & Faureau de Latour.

(2) M. l'Abbé Faucher.

Elle eſt inſtruite que des places de ſecrétaires de la mairie ont été créées par le bureau de ville ; elle eſt étonnée de cette création, qui, dans le cas où elle eût été néceſſaire, devoit être ſon ouvrage ou celui des Diſtricts. Elle eſt effrayée de l'influence qui peut leur être attribuée ; elle renvoye, en conſéquence, à ſon Comité du plan municipal l'examen des queſtions qui concernent, tant la création de ces places que le mode de leur nomination ; &, par une conſéquence ultérieure, elle ſtatue, que perſonne ne pourra prendre, *quant à préſent*, le titre de *Secrétaire de Mairie*.

Des Députés du Bourg-la-Reine viennent lui faire part des difficultés ſurvenues entre le Commandant de leur Garde-Nationale & les Membres de la Municipalité. Elle charge trois de ſes Membres de ſe rendre ſur les lieux, pour pacifier les eſprits ; &, par leurs ſoins, la concorde eſt à l'inſtant retablie.

Des difficultés ſurviennent auſſi dans quelques Diſtricts de la Capitale, dans quelques villages des environs. Elles ſont auſſitôt étouffées par des Commiſſaires de l'Aſſemblée (1). Enfin elle ceſſe

---

(1) Les Habitans du Gros-Caillou ſe plaignent, viennent préſenter à l'Aſſemblée leurs réclamations ; l'Aſſemblée nomme des Commiſſaires (*), qu'elle charge de ſe tranſporter dans le Diſtrict même, & d'entendre les

---

(*) MM. l'Abbé Fauchet & Thuriot de la Roſière.

d'envoyer des Miniftres de paix dans les lieux où la tranquillité a befoin d'être établie : c'est dans fa propre enceinte que les nombreux habitans d'une Ville entière viennent la chercher.

M. Dières (1), avoit été inculpé par plufieurs habitans de Vernon, qui avoient envoyé des Députés, lire à l'Affemblée une délibération contenant divers fujets de plainte contre lui. — D'autres Députés de la même Ville, & en bien plus grand nombre, viennent, difent-ils, au nom de prefque tous leurs concitoyens, attefter à l'Affemblée, que tous les Ecrits faits contre M. Dières font calomnieux ; & demandent la permiffion

---

raifons de ceux qui fe plaignent, & de ceux dont on fe plaint ; elle arrête enfuite, d'après le rapport des Commiffaires, que le Diftrict des Théatins aura deux Comités de Police, dont l'un fera placé au Gros-Caillou, & l'autre dans l'intérieur de Paris ; elle fixe le lieu des Affemblées générales ; elle décide qu'elles alterneront ; qu'elles fe tiendront en conféquence tantôt dans l'intérieur de Paris, tantôt au Gros-Caillou, & elle fait d'autres difpofitions propres à rétablir la paix.

Elle envoie des Commiffaires & un Officier de l'Etat-Major pour la rétablir entre les Membres des Comités civil & militaire du Diftrict de S.-Laurent ; elle en envoie de nouveau à Vaugirard, où des troubles s'étoient encore manifeftés ;

Elle en envoie pour le même objet à Belleville.

(1) Commandant du Détachement envoyé à Vernon, lors des troubles qui ont agité cette Ville.

d'affifter à la féance où feront difcutées les accufa-
tions dirigées contre lui. M. Dières, en effet,
accufé dans l'Affemblée, avoit voulu & du s'y
juftifier ; & les accufateurs, comme l'accufé,
avoient prié l'Affemblée d'être leur juge ; l'Affemblée les entend ; elle ne vouloit pas, & ne pouvoit pas exercer les fonctions d'un tribunal judi-
ciaire. Mais elle avoit une opinion qu'elle pouvoit exprimer ; &, *en exprimant fon opinion*, comme
le dit formellement l'arrêté, elle déclare, en préfence des deux partis contraires, que la conduite
de M. Dières étoit, à tous égards, irréprochable.
L'Affemblée n'eût pas été fatisfaite, fi le miniftère
de juftice qu'elle venoit d'exercer n'eût pas été en
même temps, un miniftère de paix; le Préfident (1)
fit en fon nom, les vœux les plus ardents pour la
fraternité, pour l'union ; & auffitôt les deux partis,
qui étoient en préfence l'un de l'autre, fe promet-
tent union & fraternité. Quelle jouiffance pour
l'Affemblée ! elle avoit employé plufieurs jours à
l'examen de l'affaire de M. Dières : mais pouvoit-
elle les regretter, en voyant un réfultat auffi heureux ; des haines éteintes, des ennemis réconci-
liés, & la paix qui lui paroiffoit pour jamais rétablie dans une ville que des factions bien caracté-
rifées avoient jufqu'à préfent divifée ?

Nous ne parlerons pas d'un grand nombre d'au-

_____

(1) M. Vermeil.

tres objets fur lefquels l'Affemblée étoit forcée de porter fon attention, & auxquels le temps deftiné à l'examen du plan de Municipalité étoit fouvent confacré. Mais il en eft quelques-uns dont l'importance eft fi grande, & dont l'influence fera fi durable, qu'il eft impoffible de les paffer fous-filence.

Les Députés de Vernon, en venant défendre M. Dières, préfentèrent à l'Affemblée un jeune Anglois, qui, par fon courage, avoit fauvé la vie à M. Planter. Les détails de cette généreufe action pénétrèrent l'Affemblée de la plus fenfible admiration pour cet étranger; & elle arrêta de lui décerner, au nom de la Commune de Paris, une couronne civique, & de l'armer d'une épée nationale, fur laquelle on graveroit l'infcription fuivante: *La Commune de Paris, à* C. J. W. NESHAM, ANGLOIS, *pour avoir fauvé la vie à un citoyen François*, 1790. Le jour où cet arrêté reçut fon exécution eft une époque remarquable dans l'hiftoire de notre liberté. C'eft la première couronne civique donnée en France; c'eft à un Anglois qu'elle eft donnée. Nous femblions, par cet acte de juftice, appeller à la fraternité un peuple fi long-temps notre ennemi, & qui fut toujours notre rival. Nous l'y appellions véritablement; car le Préfident (1), qui parloit au nom de l'Affemblée,

----

(1) M. Vermeil.

I

disoit à celui qu'il venoit de couronner: *Quand, de retour parmi vos parents , vous recevrez un doux regard de votre partie , vous lui direz que vous avez vû , sur les rives de la Seine, un peuple brave, sensible , généreux, trop long-temps frivole ; qui a conquis enfin sa liberté , & qui en jouit avec délices , quand il trouve les occasions de récompenser la Vertu ; vous lui direz que les peuples libres sont frères ; que la France & l'Angleterre se doivent une estime réciproque , & que l'objet d'ambition le plus digne d'elles est d'assûrer le bonheur de l'humanité* (1).

(1) M. Chanlaire , alors Secrétaire de l'Assemblée , écrivit à la Société de la Révolution de Londres, pour lui rendre compte de la Séance intéressante , dans laquelle les Représentans de la Commune avoient eu le bonheur d'offrir à un Anglois la première couronne civique. Voici la Lettre de M. Chanlaire & la Réponse de la Société.

« MESSIEURS,

» Un jeune-homme de votre pays a , dans une émeute
» populaire , sauvé la vie à M. Planter , notre Compa-
» triote , en courant des dangers pour la sienne. La
» Commune de Paris, qui vient enfin de recouvrer tous
» ses droits , a pensé que la manière la plus convenable
» de s'acquitter envers cet Anglois généreux, étoit de
» lui donner la première couronne civique qu'elle ait pu
» encore offrir.

» Je me fais gloire, Messieurs, de vous annoncer cet
» acte de justice, en vous assûrant de l'émotion vraiment
» délicieuse , qu'a excitée la solemnité nouvelle pour
» nous , dont je joins ici le Procès-verbal.

L'Aſſemblée ſe félicite d'avoir eu d'autres occaſions de manifeſter ſa haine contre des préjugés
qui déshonoroient la nation Françoiſe. C'eſt elle,
qui, la première, a accueilli avec tranſport des
hommes d'autant plus dignes de ſon intérêt, que
juſqu'à préſent ils avoient été plus malheureux;
& qui promulguant cette grande vérité, *que la*

» Le vœu que je forme à préſent, Meſſieurs, c'eſt
» qu'un François puiſſe chez vous mériter la même ré-
» compenſe. Je ſuis perſuadé que vous la lui offririez
» avec un pareil empreſſement.

» J'ai l'honneur d'être, avec des ſentimens reſpectueux ;

» MESSIEURS,

» Votre &c.

» 17 Janvier 1790.   CHANLAIRE.

Réponſe faite à M. Chanlaire par M. Benjamin-Cooper,
Secrétaire de la Société de la Révolution, à Londres,
le 18 Février 1790.

« MONSIEUR,

» La Société de la Révolution, à Londres, a entendu
» avec le plus ſenſible plaiſir la lecture des Procès-
» verbaux que vous lui avez fait paſſer, de l'Aſſem-
» blée des Repréſentans de la Commune de Paris,
» relativement à l'affaire de M. Planter, & au généreux
» ſecours que lui a prêté M. Nesham.

» Nous vous prions de recevoir nos remercîmens les
» plus ſincères de la bonté que vous avez eue de nous
» en donner communication.

» Nous avons appris avec la plus grande ſatisfaction
» le trait auſſi vertueux qu'héroïque d'un de nos Con-
» citoyens; & la récompenſe honorable décernée à M.

I 2

différence dans les opinions religieuses, n'en doit
mettre aucune dans l'existence civile, & que c'est
dans le moment où un peuple se donne une constitu-
tion, qu'il doit se hâter de secouer le joug des pré-

» Nesham, pour avoir eu le bonheur de contribuer à
» sauver la vie à M. Planter, nous paroît une preuve
» frappante de la générosité publique des Citoyens de
» Paris, & de leur amour pour la vertu. Savoir si bien
» apprécier le mérite dans autrui, c'est annoncer qu'en
» pareil cas on tiendroit une conduite aussi louable.

» La Société de la Révolution est extrêmement flattée
» de voir les François de plus en plus disposés à entre-
» tenir avec les Anglois un commerce d'amitié. Nous
» désirons ardemment que ces sentimens dominent de
» plus en plus, & qu'une estime sincère, & une affection
» cordiale unissent constamment les Citoyens de Paris,
» & ceux de Londres.

» C'est à regret que nous voyons dénigrer, dans quel-
» ques discours, & dans quelques écrits publics, en An-
» gleterre, les nobles efforts du Peuple Fançois, pour
» recouvrer & pour consolider sa liberté.

» Il y a malheureusement dans tout le pays des gens
» aussi dépourvus de sentimens que de lumières. Mais,
» soyez assûré que ces Ecrits, quel qu'en soit l'Auteur,
» & ces discours, dans quelque assemblées qu'il soient
» prononcés, n'excitent pas moins l'indignation à Lon-
» dres qu'à Paris.

» La Société de la Révolution partage bien sincère-
» ment les sentimens exprimés par le respectable Président
» de l'Assemblée générale des Représentans de la Com-
» mune de Paris, *que tous les Peuples libres sont frères;*
» *que la France & l'Angleterre se doivent une estime ré-*
» *ciproque; & que l'objet d'ambition le plus digne d'elles*
» *est d'assûrer le bonheur de l'Humanité.*

jugés, & de retablir les droits méconnus de l'éga-
lité (1) , a prononcé hautement le vœu de l'ad-
miffion des Juifs à l'état civil & à tous les droits de
citoyens actifs.

Si l'honneur d'avoir confacré, par un grand
exemple , la loi qui détruit le préjugé des peines
infamantes, appartient tout entier au District de
S.-Honoré, nous pouvons dire au moins , en nous
applaudiffant de ce que c'eft un de nos collégues ,
citoyen de ce District (2), qui a provoqué cet
exemple à jamais mémorable , que nous avons
été affez heureux pour achever fon ouvrage , en
appellant au milieu de nous le Comédien (3)

» Nous fouhaitous bien ardemment que ces fentimens
» fe répandent univerfellement dans les deux Royaumes ;
» qu'aucun acte d'hoftilité ne divife jamais les deux
» Nations , & qu'une paix & une amitié perpétuelles
» puiffent fubfifter entre la France & la Grande-Bretagne
» jufqu'aux âges les plus reculés.

» Nous fommes , avec beaucoup de refpect ,

» MONSIEUR,

» Vos très-humbles & très-obéiffants Serviteurs ,
» les Membres de la Société de la Révolution.

» *Signé*, COOPER , Secrétaire ».

(1) Arrêté du 30 Janvier en faveur des Juifs : cet
Arrêté fut pris fur la demande de M. Godard, qui ,
le 28 Janvier, préfenta à l'Affemblée une députation des
Juifs de Paris.

(2) M. Baron de S.-Girons.

(3) M. Beaulieu.

i 5

qui avoit fi bien fervi la caufe de la raifon contre le préjugé, en lui donnant publiquement les éloges dont il étoit digne ; *& en confacrant ainfi la loi relative aux Comédiens, par les honneurs rendus au citoyen eftimable, qui lui-même avoit commencé par montrer que fa profeffion n'exclut ni les mœurs, ni la vertu, ni le patriotifme* (1).

---

(1) Par un fingulier hazard, ce fut le même jour que l'Affemblée confacra, par les honneurs qu'elle rendit à un Comédien, la loi qui détruit le préjugé établi contre cette claffe d'hommes ; qu'elle confacra également la loi qui détruit le préjugé des peines infamantes ; & qu'on lui offrit l'occafion de manifefter fa haine contre le préjugé relatif aux Juifs. M. Godard fit remarquer à l'Affemblée ce concours extraordinaire de circonftances, dans le difcours qu'il prononça, en préfentant les Juifs de Paris. Après avoir fait l'éloge de leur conduite dans la révolution : *Voilà*, difoit-il, *les hommes pour lefquels je follicite votre juftice ; & fi, comme je l'efpère, vous ne la leur refufez pas ; fi vous-vous montrez, à la fois, humains & juftes ; fi, enfin, cette journée pouvoit fe terminer au gré de nos defirs, vous n'en auriez jamais eu de plus mémorable ni de plus complette depuis le commencement de la révolution. — Ce matin, vous avez confacré la loi relative aux Comédiens, par les honneurs que vous avez rendus au Citoyen eftimable qui, lui-même avoit commencé par montrer que fa profeffion n'exclut ni la vertu, ni les mœurs, ni le patriotifme. — Vous avez en même-temps, & par le même acte, confacré la loi qui détruit le préjugé des peines infamantes. — Un troifième préjugé eft, en ce moment, déféré à votre Tribunal: c'eft celui qui exifte contre les Juifs. Il eft auffi injufte que les*

Ici ; nous ne ferons qu'énoncer rapidement plusieurs faits qui nous séparent de la fameuse journée du 4 Février, afin d'arriver, sans retard, à cette époque immortelle, où nous croyons avoir servi de tout notre pouvoir les intentions du Roi, celles de l'Assemblée-Nationale, & par conséquent les intérêts de la Nation.

Nous recevons de MM. les actionnaires de la caisse-d'escompte, une somme de soixante-mille livres pour les pauvres de la capitale : avant d'en faire la répartition, nous arrêtons qu'il sera demandé, à chaque Comité de District, un état des citoyens indigens de son arrondissement ; & c'est l'état général de ces Pauvres, qui nous apprend par la suite, que la Capitale en renferme environ cent-vingt-mille ; que par conséquent chacun ne participera que pour dix sols, à cette aumône de soixante-mille livres, qui est un grand bienfait de la part de ceux dont il émane, & qui, cependant, à raison de l'innombrable quantité de ceux à qui il est destiné, fait si peu de bien à chacun d'eux.

Nous arrêtons de présenter à l'Assemblée-Nationale une *adresse* sur le décret qui exige,

précédens ; il doit périr comme eux ; & il est digne de vous, Messieurs, d'en préparer solemnellement la destruction. — Ce sera donc de cette enceinte que sortira, pour se répandre ensuite dans le Royaume entier, l'irrévocable proscription de tous les préjugés qui deshonoroient le plus la Nation Françoise, &c.

I 4

pour être éligible au Corps législatif, une contribution directe d'un marc d'argent (1).

Nous donnons à M. Défaudray les témoignages publics de reconnoiſſance que lui doit la Commune, pour les ſervices qu'il lui a rendus dans les premiers jours de la révolution.

Une jeune perſonne, pleine de grâces & de modeſtie, ſe préſente au milieu de nous, accompagnée de ſa mère. C'eſt mademoiſelle de Monſigny; qui, le jour de la priſe de la Baſtille, ayant été confondue avec la fille du Gouverneur, fut placée deux fois ſur un bucher, préparé pour elle, & qui deux fois fut enlevée des mains de ſes bourreaux par *le ſieur Aubin Bonnemer*. Elle venoit prier l'Aſſemblée de ſe joindre à elle, pour donner à ſon libérateur, à titre de couronne civique, un ſabre, qu'elle remit ſur le bureau de l'Aſſemblée. Non-ſeulement, nous accédons à ſa demande; mais nous arrêtons qu'il ſera gravé ſur ce ſabre, l'inſcription ſuivante : *La Commune de Paris, au ſieur Au in Bonnemer, pour avoir ſauvé deux fois la vie à la demoiſelle de Monſigny, le jour de la priſe de la Baſtille, 1790*; & nous arrêtons, de plus, qu'il ſera donné une couronne civique au ſauveur de la demoiſelle de Monſigny. Il nous eſt impoſſible d'oublier qu'au moment du couronnement, un citoyen, peu fortuné, mais riche de

---

(1) Cette Adreſſe a été rédigée par M. de Condorcet.

senfibilité & de vertus (1), s'approcha du bureau, signa au profit du sieur Aubin la promesse d'une rente de *cinquante livres*, reversible sur son épouse, & manifesta son regret, de ce que les circonstances & sa fortune ne lui permettoient pas de donner une plus forte preuve de son admiration pour le courage héroïque du sieur Aubin. Ce qu'il y eut de satisfaisant alors pour l'Assemblée, c'est que l'héroïsme du libérateur, la reconnoissance de mademoiselle de Monsigny, & la sensibilité du citoyen, qui joignit son offrande civique à la nôtre, eurent de nombreux admirateurs.

C'étoit le 4 Février ; jour, qui ne périra jamais dans les fastes de la liberté. Un concours prodigieux de citoyens s'étoit rendu dans notre Assemblee ; nous-nous cherchions ; nous avions besoin de nous voir, pour nous féliciter du nouveau sanction-nement que venoit de recevoir la Constitution ; pour nous applaudir d'avoir un Roi, qui se rangeoit si loyalement sous les étendards de la liberté, & qui s'en déclaroit avec tant de franchise le prote-cteur. M. le Maire rend compte de l'enthousiasme que le discours du Roi a excité dans l'Assemblée-Nationale, du serment civique prêté individuel-lement par tous les membres. Nous arrêtons que le même serment sera prêté par nous & de la même manière. Les citoyens réunis dans notre enceinte

_____

(1) M. N. D. Binot, demeurant passage de Lesdi-guieres, près de la Bastille.

le répétent avec nous ; ceux qui étoient raffemblés
fur la place étoient impatiens de le prêter : les cris
de *Vive la Nation* & *vive le Roi*, étoient leur figne
de joie & de patriotifme ; une députation, préfi-
dée par M. le Maire, va recevoir leur ferment.
Dans un inftant, toute la Capitale s'unit par de
nouveaux liens à la Conftitution & à la loi ; &
pendant plufieurs jours de fuite, les bataillons, les
diftricts qui, dans le lieu ordinaire de leurs féances, avoient fait leur ferment de fidélité, viennent le réitérer folemnnellement à la maifon commune ; les chefs, fous-chefs & ouvriers employés
aux atteliers de charité du midi de cette Capitale ; la compagnie de l'Arquebufe, la compagnie
de l'Arc, le Prevôt général de l'Ifle de France,
les ouvriers de la Baftille, les volontaires de la
Bafoche, le Mufée de Paris (1), les étudians de

(1) M. Ponce, Préfident du Mufée, porta la parole. Enfuite M. Moreau de S.-Méry, Préfident honoraire de cette
Société, & Membre de l'Affemblée Nationale, demanda,
comme une forte de récompenfe des fervices qu'il avoit
rendus à la Commune, que l'Affemblée voulût bien recevoir le ferment civique de fon fils. Cette propofition
fut reçue avec acclamation. Elévé fur les bords de la
Tribune, & foutenu par fon père, cet enfant, revêtu d'un
uniforme national, & âgé d'environ fept ans, prononça
le ferment. Auffitôt un des Membres de l'Affemblée demanda que le Préfident embraffât au nom de la Commune, le fils d'un homme qui l'avoit fervie avec un fi
noble dévouement ; & à l'inftant cet enfant fut tranf-

Mazarin ; en faveur de qui l'Assemblée arrête ;
que le 4 Février sera férié tous les ans par eux ,
comme une des plus belles époques du calendrier
de la liberté ; tous les citoyens, en un mot, &
tous les corps n'ont plus qu'une même âme , &
font tous entre nos mains le même serment.

Ce mouvement universel, imprimé aux esprits ,
devoit, pour être durable, être lié à un grand
acte religieux, & scellé par lui. Nous arrêtons
que de solemnelles actions de grâces seront adressées
à la Divinité ; que l'Assemblée-Nationale sera priée
de venir joindre ses vœux aux nôtres. Elle se rend
dans le plus auguste appareil, à l'église principale
de cette Ville (1) ; & là , au milieu des soixante

---

porté dans les bras de M. l'Abbé Fauchet , qui , ayant
quitté son fauteuil , y fit asseoir l'enfant , & lui rap-
lant que c'étoit dans le siége qu'il occupoit que M.
Moreau de S.-Méry , son père , avoit signalé d'une manière si distinguée son civisme & son courage.

(1) Ce fut M. l'abbé Mulot , alors Président de l'Assemblée , qui prononça le discours civique de cette imposante cérémonie ; le texe seul de ce discours fit la plus
profonde impression sur tous les esprits. Le voici :

*Facto in se Spiritu Dei , dixit Regi & populo : Audite
me . . . . . transibunt dies , absque lege . . . . . . non erit in
tempore illo pax egredienti & ingredienti , sed terrores undi-
que . . . . . . vos ergò confortamini & non dissolvantur manus
vestræ ; erit enim merces operi vestro . . . . . Et intravit Rex
ad corroborandum fœdus . . . . . Et juraverunt domino voce
magnâ in jubilo , in clangore tubæ omnes , ... cum execra-*

drapeaux de la Garde-nationale-Parifienne, tôus les citoyens, tous les foldats prêtent entre fés mains le ferment, dont elle avoit fixé la formule, & qu'elle-même avoit prêté avant tous les citoyens.

Il manquoit encore quelque chofe à l'épanchement de notre fenfibilité. Nous arrêtons qu'une députation de foixante membres ira porter au Roi les remercîmens de la Commune de Paris, fur la noble & touchante démarche qu'il a faite à l'Affemblée-Nationale ; & pour éternifer le difcours qu'il y a prononcé, difcours fublime, qui eft à la fois un éclatant exemple de fon amour pour les François, & une grande leçon pour les Rois, nous arrètons qu'il fera gravé fur une table d'airain,

---

tione..... in omni enim corde fuo juraverunt & in omni voluntate, ... & præftitit'eis Dominus requiem per circuitum.

Plein de l'efprit divin, il dit *au Roi & au Peuple :* Ecoutez moi ; il y aura des jours où l'on méprifera la loi ... , alors la paix fera bannie du fein des coupables ; foit qu'ils s'éloignent de leurs villes, foit qu'ils y rentrent, par-tout la terreur agitera leurs armes ; ..... pour vous, armezvous de force ; redoublez d'efforts ; ne vous féparez pas ; & vos travaux auront leur récompenfe ; & *le Roi* vint auffitôt faire un pacte d'alliance folemnelle ; & le peuple a juré cette alliance ; il en a fait le ferment à fon Dieu ; il a prononcé l'anatheme contre les ennemis de la loi ; fon cœur dictoit ; fa volonté confommoit fon ferment, ... & le Seigneur a répandu fur le fouverain & fur le peuple les dons bienfaifans du repos & de la paix. (*au livre* II. . . *des Paralipoménes,* ch. 15).

placée au bas de son buste, à l'hôtel de la Commune (1).

Ici, nous ne pouvons nous réfuser à citer deux traits de patriotisme, qui prouvent avec quelle énergie les François aiment leur Roi & la liberté.

Le Sculpteur célébre qui a fait à la Commune le don du buste en marbre de M. Necker (2), propose à l'Assemblée de faire gratuitement un livre en marbre, intitulé *la Constitution*, dont les feuillets ouverts montreroient à tous les yeux le discours prononcé par le Roi le 4 Février.

Un autre citoyen, connu par son humanité & sa bienfaisance (3), demande l'honneur de faire les frais du monument voté par l'Assemblée ; offre d'y consacrer une somme de 10,000 liv. & termine sa lettre, en disant que le jour où la Commune acceptera son offre sera le plus beau de sa vie. Mais tous les membres de l'Assemblée revendiquent, ensemble & conjointement, l'honneur réclamé par ce généreux citoyen ; ils le revendiquent comme la plus douce & même la seule récom-

---

(1) C'est M. Perrier, l'aîné, de l'Académie des Sciences, & Représentant de la Commune, qui s'est chargé de faire fondre la table d'airain, & de la remettre toute gravée à l'Hôtel-de-Ville. Ce sera un ouvrage digne de la réputation de M. Perrier.

(2) M. Houdon. — Pour exécuter ce Buste, il ne demanda à l'Assemblée qu'un bloc de marbre, qui lui fut donné.

(3) M. Girardot de Marigny.

penfe des fervices qu'ils ont confacrés à la patrie ; & il eft arrêté que la table d'airain fera gravée aux frais feuls des Repréfentans de la Commune (1).

Au milieu de ces mouvemens de joie , de ces élans de patriotifme , auxquels l'Affemblée fe livroit avec tous les citoyens , la difette du numéraire augmentoit ; l'Affemblée en conçut un jufte effroi , & s'empreffa d'y chercher un remède. On lui préfenta la caiffe d'efcompte comme la fource du mal. La difcuffion s'ouvre fur cet objet important. Tout Paris qu'elle intéreffe affifte à nos délibérations; &, après le plus mûr examen & plufieurs jours de difcuffion, l'Affemblée arrête, le 18 Février, de préfenter une *adreffe* à l'Affemblée-Nationale, à l'effet de la fupplier, 1°, de ne point prolonger au-delà du 1ᵉʳ Juillet prochain le délai fixé par le décret du 19 Décembre dernier pour le paîment à bureau ouvert des billets de la caiffe d'efcompte ; 2° de nommer des Commiffaires pour furveiller ces opérations , & s'affurer qu'il ne fera pas mis en circulation un plus grand nombre de billets que celui qui doit exifter d'après les dé-

---

(1) M. Girardot de Marigny a refpecté les motifs de l'Affemblée; mais il a demandé inftamment que les 10,000 l. fuffent employées au monument que doit élever la Commune de Paris , *pour tranfmettre à la poftérité les vertus du Roi, le patriotifme des Citoyens , & la fageffe de leurs Repréfentans.* L'Affemblée a applaudi à cette offre diftinguée, & l'a acceptée.

crets de l'Affemblée-Nationale ; 3°, de faire procéder le plus tôt poffible à la vente des biens nation-
naux, jufqu'à la concurrence de 400 millions. —
Elle arrête, de plus, qu'elle accepte les offres faites
par l'adminiftration de la caiffe d'efcompte; 1°, de
fournir en efpéces par mois, outre les fonds néceffaires pour les fubfiftances, les travaux publics,
&c. une fomme de deux millions & demi; 2°, de
faire payer en efpéces par les porteurs d'argent,
lorfqu'ils iront en recette, les appoints des effets
qu'ils préfenteront en paîment.

A cette époque, le plan de Municipalité, de la
rédaction duquel les Diftricts avoient chargé l'Affemblée, étoit terminé; il leur avoit été adreffé;
&, pour recevoir les députations, mémoires ou
obfervations qu'ils pourroient envoyer à cet égard,
nous avions arrêté que le Comité, à qui nous
avions confié la première rédaction du plan, s'af-
fembleroit tous les matins.

C'étoit un des moyens les plus convenables pour
accélérer la rédaction définitive du plan de municipalité ; & c'eft ce que l'Affemblée défiroit par-
deffus tout. Auffi écrivit-elle plufieurs fois aux
Diftricts, pour les preffer d'achever leur examen.

Elle fe hâtoit auffi d'entendre le compte des
Adminiftrateurs, afin que tous les objets de fa
miffion fuffent remplis, au moment où fe formeroit l'orgafation définitive de la Municipalité.

Dès le 9 Janvier, le Procureur-Syndic de la

Commune, & un autre membre de l'administration étoient venus, au nom des différens départemens, demander à l'Assemblée, le jour où elle
voudroit entendre le compte que chaque Depar-
tement étoit prêt à lui rendre ; &, le premier Février, M. le Maire, à la tête des différens Administrateurs, se présenta pour acquitter cette
dette ; *nous venons*, dit-il, *rendre aujourd'hui nos
comptes à la Commune que vous représentez. Cet
acte du pouvoir d'une part, & de la fidelité de
l'autre, est une cérémonie auguste & imposante,
qui doit exciter un grand intérêt.* Aussitôt, & dans
la même séance, le Lieutenant-de-Maire au département du domaine (1), rendit compte des
opérations diverses & multipliées de son département. C'étoit le compte le plus important & le
plus difficile, puisque le département dont il
s'agit, est à la fois chargé de l'administration de
tous les biens, droits & revenus qui forment le
domaine de la Ville ; du païment des rentes assignées sur le domaine, & de toutes les dépenses
fixes & annuelles ; de la distribution des fonds à
tous les départemens ; de la comptabilité du tré-
sorier-général de la Ville ; de la surveillance journalière de sa caisse ; & de la manutention de tous
les bureaux qui en dépendent. Mais l'Assemblée
doit repéter ici ce qu'elle éprouva dans le moment

---

(1) M. le Couteulx de la Noraye.

même ;

même ; tous les détails du compte lui parurent présentés avec autant de clarté que de méthode ; & elle applaudit particulièrement à la manière lumineuse & pleine de sagacité, avec laquelle lui furent exposées les différentes réclamations que la Commune avoit à former, tant sur le gouvernement que sur la ferme générale, & les moyens qu'il falloit employer pour établir une exacte balance & un ordre parfait dans les finances de la Ville. L'Assemblée nomma des Commissaires pour examiner ce compte.

Peu de jours après, le premier Assesseur du tribunal contentieux rendit son compte ; d'où il résultoit que, depuis le 15 Octobre jusqu'au 15 Janvier, 751 causes avoient été jugées, dont quatre cent-trois contradictoires.

Le Lieutenant-de-Maire au département des établissemens publics, celui des impositions, celui de la garde nationale (1) ont également rendu leurs comptes dans les mois de Février & de Mars ; & l'Assemblée, après en avoir entendu la lecture, parut satisfaite de tous. Elle vota même des remercîmens au département de la garde-nationale pour son zèle actif & sa persévérance soutenue, & nomma des Commissaires pour l'examen de ce compte.

Mais elle est obligée, pour rendre un entier hommage à la vérité, de dire ici que chacun de ces

_____

(1) MM. Desfaucherets, Tiron & de S.-Martin,

K

départemens n'a rendu qu'un compte ; tandis que,
d'après la loi à laquelle ils s'étoient soumis , ils auroient dû en rendre un , tous les trois mois. Ce n'est
pas qu'à différentes reprises, l'Assemblée n'ait fait
tous ses efforts , pour obtenir qu'ils se conformassent
à la loi. L'exercice de son droit de surveillance
étoit un devoir ; & elle ne craint, à cet égard,aucun
reproche de négligence. — Restoit le département
des subsistances, celui de la police, celui des travaux
publics,& celui des hôpitaux, dont les comptes devoient, comme tous les autres, être rendus à l'Assemblée. Nous aurons à en parler dans un moment.

L'Assemblée , comme on le voit , remplissoit
exactement l'objet de sa mission; puisqu'après avoir
composé le plan de municipalité , elle entendoit
les comptes des Administrateurs , & continuoit à
surveiller l'administration. Mais plusieurs Districts
n'en manifestoient pas moins contr'elle des sentimens contraires à ceux qu'elle pouvoit avoir droit
d'attendre. — Une espèce de Commune , établie
à l'Archevêché par le plus grand nombre des Sections, comme pour nous surveiller aussi, cherchoit
à trouver notre zèle ou notre conduite en défaut ;
& le vingt-sept Février , nous qui , n'avions méconnu, dans aucune occasion, l'autorité collective des Districts , nous qui nous étions au contraire toujours empressés d'en reconnoître l'influence, nous recevons une députation nombreuse,
composée de députésde la majorité des sections de
la capitale, qui vient nous apporter une protestation

contre tout ce qui pourroit avoir été fait ou se faire de relatif à l'établissement d'un corps d'Artillerie ou de Canoniers. Cette protestation nous étonna d'autant plus que nous n'avions ni créé ni voulu créer aucun corps d'Artillerie ; que nous avions expreffement renvoyé cet objet aux Districts (1); & que telle avoit toujours été notre marche dans presque toutes les circonstances. Quelquefois, à la vérité, lorfque les conjonctures étoient urgentes, nous faifions exécuter provifoirement nos arrêtés, relatifs à la formation d'un corps militaire, ou à l'établissement d'un réglement ; & nous renvoyions ensuite la connoissance de ces objets aux Districts (2), afin de profiter de leurs

---

(1). Le 31 Décembre, l'Assemblée avoit arrêté que le projet de réglement fur la formation d'un corps d'Artillerie, feroit envoyé aux Districts, pour avoir leur vœu ; & qu'en attendant, il feroit pourvu aux befoins les plus urgens des Canoniers assemblés à l'Arsénal, foit pour leur nourriture, foit pour leur habillement.

(2) Au mois de Septembre, en même temps que l'Assemblée envoye aux Districts un projet de réglement fur la formation d'un nouveau corps d'Infanterie, elle arrête que, *fous leur bon plaifir*, il fera exécuté provifoirement, attendu la néceffité urgente d'affurer la perception des droits d'entrée, qui font la partie la plus confidérable du patrimoine de la Commune & des Hôpitaux. — Elle en fait de même pour la formation de la Cavalerie de la Garde-Nationale-Parifienne ; elle envoye le réglement aux Districts, afin d'avoir leurs obfervations ; &

K 2

obſervations & de leurs lumières, lors d'une organiſation définitive.

Mais étoit-il poſſible d'agir autrement ? Etoit ce
le moment de conſulter, lorſqu'il étoit ſi preſſant
d'agir ? N'aurions-nous pas été reſponſables des
dangers ou des inconvéniens qu'auroient entraînés
des délais ? Toutes les fois que les délibérations
pouvoient ſe prolonger, ſans que la choſe publique
en ſouffrît, n'avons-nous pas ſaiſi nous-mêmes les
diſtricts de la faculté de délibérer & d'agir ? — Au
mois d'Août, les Clercs de Notaires demandent

---

cependant la tranquillité publique & la néceſſité du ſervice
exigeant le plus prompt établiſſement d'une troupe de cava-
lerie-nationale, l'Aſſemblée ordonne qu'il ſera exécuté
proviſoirement. — Un réglement concernant le ſervice & la
diſcipline militaire de la Garde-Nationale-Pariſienne eſt
propoſé par le Comité militaire de l'Aſſemblée ; elle arrête
qu'il ſera envoyé à tous les Diſtricts (*) ; & néanmoins,
attendu la néceſſité indiſpenſable & extrêmement urgente
d'une diſcipline militaire, elle ordonne l'exécution proviſoire de ce réglement. — Elle ordonne auſſi, & par les
mêmes raiſons, l'exécution proviſoire de deux réglemens,
l'un concernant la création de ſix compagnies ſoldées, & de
deux compagnies de cavalerie également ſoldées : l'autre
pour la formation d'un corps de ſix-cens hommes affectés
ſpécialement à la ſûreté des ports, quais, îles, & aux autres
ſervices relatifs à la police ; & elle renvoye enſuite les deux
réglemens aux Diſtricts, afin d'avoir leurs obſervations (**).

(*) 12 Octobre.
(**) 13 Octobre.

à porter le titre , & à avoir les droits de citoyens actifs ; c'eft aux Diftricts que nous renvoyons leur demande. — Le décret fur les réformes provifoires de l'Ordonnance criminelle portoit expreffement que , *dans les lieux où il y avoit un ou plufieurs tribunaux établis , la Municipalité , & en cas qu'il n'y ait pas de Municipalité , la communauté des habitans nommera un nombre fuffifant de notables.* D'après ce décret, la nomination des notables nous étoit bien évidemment accordée ; nous la renvoyons aux Diftricts. — Suivant le réglement concernant la police militaire des recrues pour l'armée , & des foldats de toutes armes en femeftre à Paris , il y avoit deux places à nommer , l'une de Commiffaire , l'autre de Lieutenant à la fuite de l'état - major ; le bureau de ville défère cette nomination à l'Affemblée; mais l'Affemblée la renvoye au bureau de ville, en déclarant toute fois que c'eft fous la referve des droits des Diftricts ; &c. , &c. (1).

Au refte , à l'égard de l'établiffement d'un corps d'Artillerie , ou de Canoniers , non-feulement les droits des Diftricts avoient été réfervés , mais tout leur avoit été reporté ; rien n'avoit été exécuté provifoirement ; c'étoit leur avis qui étoit demandé ; c'étoit lui qui devoit faire la loi ; & une proteftation folemnelle, apportée par des députré

_____

(1) 25 Janvier.

de la majorité dès Diftricts , ce mot feul de *proteftation* fembloit nous fuppofer des intentions
contraires à celles qui nous animoient, & indiquer
que nous avions befoin d'être forcés à remplir le
vœu de nos commettans. La proteftation néanmoins fût tranfcrite, ainfi qu'ils le demandèrent,
fur notre procès-verbal. Ils en apportèrent une fem-
blable huit jours après (1); & cette feconde proteftation , dans cette feconde féance, eut des réfultats plus heureux qu'on ne s'y attendoit peut-
être de part & d'autre. Lorfque l'objet de la députation fût connu, le Préfident (2) de l'affemblée
adreffant la parole *aux Députés*, leur dit que,
*le vœu le plus cher de l'Affemblée des repréfentans
de la Commune étoit la pleine union, & la parfaite
harmonie entr'elle & tous les Diftricts dont elle tient
fes pouvoirs, & dont elle recueille fidélement les volontés, afin de fe conformer aux vues de la pluralité pour le bien publi. Soyez convaincus,* ajouta-t-il,
*que les intentions des Diftricts feront remplies, &
que le plus doux bonheur de l'Affemblée, fera toujours de donner à fes commettans les témoignages
attentifs de fa fidélité, de fon zèle & de fon devoue-
ment. Autant elle eft difpofée à fe conformer au vœu
de la majorité des citoyens, autant elle eft réfolue,
par confidération pour la totalité des Diftricts qu'elle*

---

(1) 8 Mars.
(2) M. l'abbé Fauchet.

à l'honneur de repréfenter, à repouffer, avec la dignité qui convient à une affemblée fi folemnelle, les reproches non mérités que des Diftricts particuliers, fans l'aveu des autres, fe permettent quelquefois de lui faire. C'eft vous manquer à vous-mêmes, Meffieurs, & à toute la cité, dans la perfonne de fes repréfentans, que de venir faire entendre ici la voix de la difcorde, & les accens de l'injure. Les ennemis du bien-public triomphent de ces écarts partiels, & de ces injuftes divifions. C'eft ici, Meffieurs, c'eft dans cette Affemblée que les Diftricts ont placé le centre où aboutiffent tous les rayons de la cité ; un fecond centre ne feroit que rompre l'équilibre de la Commune & le concert de la Patrie. Vos difpofitions font plus conformes à la concorde ; & c'eft fur le même autel patriotique que nous devons tous promettre de nous honorer mutuellement, & de concourir au bon ordre, à la paix des citoyens & au bonheur public de la capitale.

Si tous les citoyens qui compofoient les affemblées de Diftricts, avoient pu être réunis au milieu de nous, & entendre ce langage, où, fans baffeffe & fans flatterie, mais avec une noble fierté, le Préfident de l'Affemblée développoit notre amour pour la concorde & le fentiment que nous avions de nos devoirs, la plus inaltérable union fe feroit tout d'un coup rétablie entre les Diftricts & l'Affemblée, comme elle fe jura, dans l'inftant même & de la manière la plus touchante, entre leurs députés & nous.   K 4

Mais des hommes intéressés à maintenir la discorde, continuèrent à la fomenter; & l'on continua à nous envoyer des députations, ou des arrêtés, dont l'objet étoit de contester nos pouvoirs, ou d'improuver nos délibérations.

Cependant nous n'usions de nos pouvoirs que pour faire restituer à la Commune de Paris & à la Municipalité les droits qui leur appartenoient; & toutes nos délibérations n'avoient pour objet que l'intérêt de la Capitale, & celui des différentes Municipalités du Royaume à qui notre intervention pouvoit être utile.

C'est nous qui avons arrêté que le droit d'administrer tous les Spectacles existans à Paris, sans même en excepter l'Opéra, appartenoit à la Commune; & l'exercice de ce droit, à la Municipalité (1).

---

(1) Nous fûmes saisis alors, par les demandes des différens Théâtres de la Capitale, de plusieurs grandes questions relatives à leur existence; ainsi que de l'importante question de savoir si la liberté des Spectacles devoit être restreinte ou illimitée. Nous reconnûmes & déclarâmes hautement, que nous n'avions pas les pouvoir nécessaires pour décider aucune de ces questions, & sur-tout cette dernière, dont la solution appartient immédiatement au pouvoir législatif; &, le 1er Avril, nous en prononçâmes l'ajournement jusqu'après l'organisation définitive de la Municipalité. Seulement, en ce qui concerne l'Opéra; attendu l'urgence des circonstantes, nous renvoyâmes au Conseil de Ville à statuer sur le

Nous avons également arrêté que c'étoit à la Municipalité qu'appartenoit la police des étaux de boucherie, & leur adjudication, qui auparavant appartenoient aux Officiers du Châtelet, & que ceux-ci réclamoient encore.

Les pauvres avoient droit d'intéresser notre sensibilité ; les mendians & les vagabonds, qui journellement arrivoient à Paris, devoient exciter notre vigilance. Nous arrêtons que le Département des travaux publics, en rendant incessament son compte, sera invité à indiquer les moyens qu'il espère mettre en usage, pour assûrer la subsistance des pauvres, sans cependant nuire aux manufactures, aux arts, à l'agriculture, & sans favoriser l'oisiveté. Nous présentons une *adresse* à l'Assemblée-Nationale, afin de la prier d'employer tous les moyens qui sont en son pouvoir, tant pour subvenir aux besoins des pauvres, que pour écarter les mendians & les vagabonds, dont le nombre devenoit chaque jour plus effrayant ; & il est doux pour nous de penser que c'est cette *adresse* (1) qui

---

mode provisoire de l'existence de ce Spectacle ; & nous chargeâmes, en outre, le Conseil de Ville, de veiller à ce que les pensions des acteurs fussent payées.

(1) C'est sur la motion de M. Demousseaux, Administrateur, & l'un des Membres les plus distingués de l'Assemblée des Représentans de la Commune, que cette *adresse* sur la mendicité a été arrêtée ; & c'est par lui qu'elle a été rédigée ; il est l'auteur d'un *Compte rendu à ses Commettans,* ouvrage d'un esprit supérieur & d'une âme citoyenne.

a déterminé le Décret de l'Assemblée-Nationale
sur la mendicité.

Un autre Décret bien important, & dont le
bienfait s'étend à toute la France, a aussi été
déterminé par le vœu de l'Assemblée. Une
députation de Brive-la-Gaillarde étoit venue, au
milieu de nous, présenter l'affligeant tableau des
excès commis par les seigneurs & privilégiés d'alors
contre les habitans de leur Ville; elle se plaignoit
également de la barbarie d'un Prévôt de Mar-
chaussée, auquel on livroit la plupart de ceux-ci.
L'Assemblée fait une *adresse* à l'Assemblée-Nationale, pour la prier de venir au secours des habitans de Brive, & d'arrêter le glaive du Prévôt;
& aussi-tôt l'Assemblée-Nationale, qui avoit ajourné
la question relative aux Jurisdictions prevôtales,
décide *que le Roi sera supplié de se faire apporter
toutes les pieces des procès commencés dans ces
Jurisdictions, & que l'exécution de toute Sentence
prevôtale sera suspendue.*

En même temps que nous cherchions à obtenir
de l'Assemblée-Nationale des Décrets utiles à la
chose publique, nous propagions, nous secon-
dions, de tout notre pouvoir, ceux qui devoient
avoir le plus d'influence sur le prompt achévement
de la Constitution; parce que des citoyens, qui
aiment sincèrement l'ordre & la paix, doivent
non-seulement donner l'exemple de l'obéissance
à la loi, mais s'empresser de lui rallier tous les

efprits. Nous apprenons que l'Affemblée-Natio=
nale a décrété qu'elle enverroit, dans toutes les
provinces, le Pacte-fédératif des provinces d'Anjou
& de Bretagne; de ce Pacte, le premier de tous,
dans lequel les Bretons & les Angevins, déclarent
folemnellement, qu'ils ne font plus *ni Angevins*,
ni Bretons, *mais François*, *& citoyens du même*
Empire. Rien ne nous paroît plus grand, plus
néceffaire que ces auguftes alliances des amis de
la Conftitution, dans un moment où deux partis
contraires font, pour ainfi-dire, en préfence l'un
de l'autre, & fe difputent avec ardeur, l'un l'empire de la liberté, & l'autre, celui de la fervitude.
Nous nous hâtons de foufcrire à ce Pacte-fédératif; nous l'envoyons à toutes les Sections de
cette Capitale; nous les invitons à accéder à notre
adhéfion; nous leur déclarons que leur vœu fera
tranfmis aux deux Provinces confédérées; &, lorfque les Députés de Bretagne & d'Anjou, qui
avoient fait à l'Affemblée-Nationale l'hommage
de leur Pacte-fédératif, viennent également nous
l'offrir, ils voient déjà que notre adhéfion a précédé leur démarche, & apperçoivent à l'avance,
dans les paroles que leur adreffe le Préfident (1),
au nom de l'Affemblée, le Pacte général qui vient
d'être juré avec tant de folemnité fous nos yeux;
Nous avons adhéré, leur dit-il, *à votre Pacte-*

---

(1) M. Vermeil.

fédératif ; nous avons fait plus ; nous avons ar-
rêté que cette adhéfion feroit envoyée à toutes les
Sections de la Capitale , pour les engager à s'y
joindre. Ainfi , ajoute-t-il , le véritable efprit de
patriotifme gagnera de proche en proche ; ainfi ,
commence à fe former cette grande chaîne dont vous
avez , pour ainfi dire , faifi le premier anneau ,
& qui réunira , pour leur commun bonheur , tous
les peuples de cet empire.

C'eft donc nous véritablement qui avons annoncé
& comme prédit cette réunion ; d'autres en ont
aggrandi l'idée , l'ont exécutée avec gloire , &
recueilleront éternellement le tribut d'honneur
qu'ils méritent , & les hommages de reconnoiffance qui leur font dus. Nous mettons d'autant
plus d'empreffement à faire cette déclaration
authentique , dans l'expofé de nos travaux , qu'un
jour, peut-être, il feroit poffible que l'on confondît
avec nous les Députés de la Commune , qui ont
préfenté à l'Affemblée-Nationale le projet d'une
fédération générale , & qui ont préfidé à cette fête
civique ; parce que leur dénomination , qui fe
confond prefque avec la nôtre , & l'époque de
notre exiftence , qui fe confond également avec la
leur , produiroient facilement une telle méprife.
Il eft donc néceffaire qu'on fache que les Diftricts
avoient nommé des Députés particuliers , pour
les repréfenter dans cette fête folemnelle de la
fraternité générale ; & que nous n'y avons parti-

cipé que par nos vœux ardens pour son entier succès, & par notre énergique amour pour la grande
famille qui se rassembloit dans nos murs (1).

Les Districts avoient nommé de même, pour
l'aliénation des biens ecclésiastiques, des Députés
particuliers chargés de les représenter à cet égard.

Il y avoit aussi une assemblée, nommée le *Comité central*, composée de Députés de la majorité
des Districts, où l'on agitoit les grandes questions
relatives à l'intérêt général de la Commune, &
qui rivalisoit véritablement avec la nôtre.

D'autres assemblées, relatives à d'autres objets,
s'étoient également formées dans le sein de la
Capitale.

Toutes ces Assemblées partielles rompoient
l'équilibre de la Cité ; le centre de pouvoir avoit
disparu ; & les autorités rivales, qui s'étoient

---

(1) Malgré le parti qu'avoit pris l'Assemblée de n'in-
tervenir dans aucune opération relative au Pacte fédératif,
afin d'éviter les combats de pouvoirs, dont elle savoit, par
expérience, que les suites sont toujours fâcheuses pour
la chose publique ; elle crut cependant avoir le droit de
manifester le desir que les Députés des provinces n'eussent
pas d'autre habitation que celle de leurs frères de la Capitale, pendant le sejour qu'exigeroit leur présence à la solemnité de la fête. Elle arrêta, en conséquence, sur la motion
de M. Cézerac, que M. le Maire seroit invité à convoquer
les soixante Districts, pour leur faire part du vœu de
Représentans de la Commune, & les engager, dans le cas
où ils adopteroient, à envoyer, le plus tôt possible, leur
adhésion à l'Assemblée.

élevées les unes à côté des autres , plongeoient la
Capitale dans la plus funeste anarchie.

Le mal nous paroiſſoit d'autant plus grave,
que le chef de la Municipalité autoriſoit ces aſſemblées, les fortifioit même par ſa préſence , &
ne ſe montroit preſque plus à la tête de la nôtre.

Un grand reproche peut nous être fait (nous
ne craignons pas de le dire) c'eſt de n'avoir pas
fait paroître , dès le commencement , toute la fermeté qui convenoit à une Aſſemblée revêtue de
pouvoirs légaux ; c'eſt de n'avoir pas diſſipé , dès
l'origine , & avant qu'elles euſſent pris de la con-
ſiſtance , les diverſes aſſemblées qui uſurpoient
les droits qu'on nous avoit confiés ; c'eſt enfin de
n'avoir pas délibéré , dès le 28 Juillet , ſur la
dénonciation faite à cette époque , de l'Aſſemblée
qui tenoit déjà ſes ſéances à l'Archevêché , ſous le
nom de *Comité central* ou de *Correſpondance* (1).

Il eût été poſſible alors , en coupant le mal dans
ſa racine , de prévenir toutes les diviſions & tous
les combats de pouvoirs dont nous avons été témoins. Mais , à défaut d'un reméde prompt , le
mal s'enracina ; & , pour eſſayer de tout ramener à
un centre unique d'autorité , pour conjurer les

---

(1) Il fut décidé alors qu'on s'occuperoit de cet objet,
après la vérification des pouvoirs. Mais les pouvoirs ont été
vérifiés , & l'objet n'a pas été pris en conſidération. D'autres intérêts majeurs abſorbèrent excluſivement l'attention
de l'Aſſemblée.

désordres qui menaçoient la chose publique, nous ne vîmes d'autre parti à prendre que de donner collectivement nos démissions (1). Nous prîmes,

---

(1) Cet arrêté fut pris à l'unanimité sur la motion de M. Godard. Nous croyons important de retracer ici les principaux motifs de cette motion, afin qu'on ne se méprenne pas sur la veritable cause de la démission donnée par les Représentans de la Commune. M. Godard commença par représenter que les principes qu'il alloit développer, étoient ceux qu'on lui avoit toujours connus; qu'il professoit ouvertement, dans un temps où il n'appartenoit point à l'Assemblée des Représentans de la Commune; qu'il avoit eu le bonheur de voir approuver constamment par son District; & que par conséquent, on ne l'accuseroit pas d'avoir adoptés, parce qu'il avoit changé de position. Il rappella, en effet, que chargé par son District, au mois de Septembre 1789, de prononcer un discours pour la bénédiction des drapeaux, & appercevant dès lors, à travers les nobles explosions de la liberté, les funestes avant-coureurs de l'insubordination, de la licence, de l'anarchie, il dit hautement que, si chacun des Districts ou quelques-uns d'entre-eux seulement pouvoient avoir la prétention d'exercer, de quelque manière, les fonctions de police-générale ou d'administration, il arriveroit nécessairement que, dans leur impuissance de se combiner entr'eux, leurs réglemens seroient presque toujours contradictoires, opposés du moins dans quelques circonstances, que les objets qui exigeroient le plus de célérité, seroient exposés à une fâcheuse stagnation, &c., &c.; il rappella qu'il finissoit par dire aux Gardes-Nationales & aux Citoyens rassemblés pour la bénédiction des drapeaux : *Au nom de la Paix, au nom de la Liberté, au nom du salut public, que chacune des*

au reste, toutes les précautions nécessaires pour ne pas compromettre les intérêts de la Capitale. Nous cherchâmes à concilier ensemble tous nos

---

soixante Divisions de la Capitale borne ses inquiétudes & sa vigilance à son administration intérieure & privée ; que , dans cette Ville immense , où l'unité , l'ensemble & la célérité des opérations publiques sont d'une si haute importance , « *il n'y* » *ait qu'une seule & unique Assemblée chargée de ces opéra-* » *tions ; que cette Assemblée qui existe , que ce Corps unique* » *honoré de notre confiance , ne soit jamais ni contrarié, ni* » *arrêté , ni troublé par aucune de ces divisions , mais seule-* » *ment éclairé par elles ; & alors , le désir de l'approbation ,* » *la crainte du blâme , l'impulsion de la conscience , tout nous* » *répond de ces hommes que nous avons envoyés pour faire le* » *bien. Tout nous garantit, que revêtus par nous de la plus* » *auguste mission , ils la rempliront d'une manière digne d'eux* » *& de nous-mêmes , &c.* M. Godard ajoûtoit qu'étant au mois de Novembre , Président du District des Blancs-Manteaux , une association, connue sous le nom de *Bureau de correspondance* , ou *Bureau central* , avoit invité , par écrit, tous les Présidens des Districts à se réunir dans un lieu indiqué pour une assemblée extraordinaire ; qu'il s'y rendit par ordre de l'Assemblée qu'il présidoit ; mais qu'ayant aussitôt apperçu dans le mouvement des esprits , les inconvéniens d'une pareille association , il se retira , rédigea un arrêté qu'il présenta à son District ; que cet arrêté fut adopté , & que les conclusions portoient que , *dès ce moment* l'assemblée du District des Blancs-Manteaux *cesseroit d'envoyer aucun de ses Membres au Bureau de Correspondance , dont elle regardoit l'existence non seulement comme illégale , mais comme ayant dégénéré de son institution primitive.* L'arrêté faisoit, en effet, mention d'un projet de réglement

devoirs ;

devoirs ; & nous arrêtames de continuer nos fonctions , jufqu'à ce que nous fuffions remplacés
par une autre Affemblée , dont nous prouvames

---

dicté par le foi-difant Doyen du Bureau de Correfpondance,
à tous les Membres qui y affiftoient , & où il étoit dit ,
que lorfqu'un Arrêté réuniroit , en fa faveur , le fuffrage de
la majorité des Diftricts , *chacun d'eux feroit obligé de s'y
conformer , comme étant l'expreffion du vœu de la majorité.*
L'Arrêté du Diftrict des Blancs-Manteaux difoit expreffement qu'un tel projet de reglement *tendroit , foit à rendre
les Repréfentans de la Commune des Agens paffifs de la volonté des Diftricts , foit à les rendre abfolument nuls , foit enfin à faire de ce Bureau de Correfpondance une nouvelle Municipalité , qui infenfiblement fe fu'ftitueroit à celle qui exiftoit
provifoirement.* — Après avoir prouvé , par de tels exemples,
que fes paroles ne pouvoient point être fufpectes ; M. Godard reprit les expreffions, malheureufement prophétiques
de l'Arrêté du Diftrict des Blancs-Manteaux , & prouva à
l'Affemblée des Repréfentans de la Commune , qu'elle étoit
environnée à la fois de tous les maux prédits dans cet Arrêté : tantôt , en effet , dit-il , vous n'êtes plus que les
agens paffifs de la volonté des Diftricts ; tantôt , on vous
réduit à une nullité abfolue ; tantôt , enfin , une nouvelle
Municipalité fe fubftitue à celle qui exifte & qui a droit
d'exifter provifoirement ; il n'y a plus d'unité , plus de
centre de pouvoir ; tout le monde manifefte le defir de la
puiffance , & perfonne celui de la fubordination. —— Le
vaiffeau , en un mot , eft prêt à faire naufrage , non certes
par le défaut de pilotes , mais par le trop grand nombre
de ceux qui s'ingèrent à le gouverner ; qui voulant le conduire à leur gré , maneuvrent dans les fens les plus contraires , & lui occafionnent , comme une furcharge , à la-

L

que l'existence étoit indispensable. — Ici , nous
dirons ce que le public , spectateur de nos travaux,
a eu l'occasion de voir plus d'une fois ; c'est que

---

quelle il ne peut résister , & sous laquelle il succombe chaque jour. — Il faut un remède , & un remède pressant à
une désorganisation aussi complette. — On parle de courage , & l'on ne cesse de dire qu'il faut savoir résister à
tous les désagrémens qu'on vous suscite. Non , ce n'est point
le courage qui vous est nécessaire : vos rivaux n'en manque-
roient peut-être pas non plus ; & voilà entre les divers pouvoirs un combat scandaleux , dont la chose publique auroit
encore plus à souffrir que vous-mêmes. — On parle aussi
de patience ; on parle de l'organisation définitive de la Municipalité. La patience prolonge le mal & ne le guérit pas.
L'organisation définitive est encore éloignée; elle sera d'une
longue exécution ; & jusque-là l'anarchie se perpétuera ,
& le mal peut-être deviendra irrémédiable. Le plus sage
parti , le plus utile à l'intérêt public est que tous les Membres de l'Assemblée donnent leurs démissions , sous la condition néanmoins , qu'ils seront remplacés par des nouveaux
Représentans, dont l'existence est nécessaire pour la surveillance de l'administration , & dont la nécessité sera démon-
trée dans une *adresse* , où l'on peindra aux Districts les maux
funestes de l'anarchie , & les périls qu'on fait courir à la
Liberté. — Telle est l'analyse extrêmement succincte des
motifs qui ont déterminé cette démarche de l'Assemblée.
— On voit qu'elle n'a été fondée que sur la modération ,
la sagesse , l'amour de la paix & du bien-public. « Avant
» de nous séparer , (disoit M. Godard) , nous formerons
» entre-nous , comme une sainte confédération pour
» l'intérêt de la patrie ; nous nous promettrons de ne rien
» épargner pour faire germer dans nos Districts , & pour y

tout-à-coup les témoignages d'attachement, d'e-
ftime & de reconnoiffance nous furent envoyés ou
apporrés par les Diftricts ; & que, de ce moment,
où il fut fi clairement démontré que nous étions
plus attachés à notre devoir qu'à nos places, on
ceffa de nous inculper, & même de contrarier nos
opérations.

Nous n'en fentimes pas moins la néceffité de
perfifter dans la délibération que nous avions prife,
& de montrer à nos Commettans le jufte défir de
voir notre Arrêté recevoir fon exécution. Après
avoir fixé le jour où la nouvelle Affemblée devoit

» entretenir les vrais fentimens fur lefquels repofe la félicité
» générale ; nous nous efforcerons de tout ramener à un
» centre unique d'autorité ; il n'y aura plus qu'un feul pou-
» voir municipal ; le bien que nous n'avons pû faire d'un
» côté , nous le ferons au moins de l'autre. Nous aurons à
» gémir pour la patrie, d'avoir été fans ceffe contrariés dans
» la continuité de nos ardens efforts pour l'intérêt des
» Citoyens ; mais nous-nous en confolerons pour nous-
» mêmes , en fongeant que la reconnoiffance & la juftice
» font rarement contemporaines des travaux de l'homme
» public , & que notre confcience ne nous laiffera que
» des fouvenirs auffi purs que l'a été notre zèle ». — M.
Godard demandoit , en outre , que les Repréfentans de la
Commune, avant de fe retirer , portaffent leur Plan de
Municipalité à l'Affemblée-Nationale , & fiffent une *adreffe*
à cette Affemblée, pour la prier d'organifer avec promptitude la Municipalité définitive. Cette motion a été ac-
cueillie comme la précédente.

L 2

remplacer la nôtre ; après avoir fait part à l'Af-
semblée-Nationale des motifs qui nous avoient
déterminés à abdiquer nos fonctions , & lui avoir
porté , en même temps , notre plan de Municipalité, ainsi que les observations des Districts, d'après
la requisition expresse de plusieurs d'entr'eux, qui
n'avoient pas voulu adhérer à celui de leurs Députés particuliers réunis à l'Archevêché (1) ;
nous écrivimes aux Districts , dont nous ne con-
noissions pas encore le vœu sur nos démissions ,
pour les inviter à nous l'envoyer incessamment.

Quel fut le resultat de leur délibération ? Deux
ou trois Districts seulement accedérent à notre
arrêté , en nommant des successeurs à leurs représentans ; quelques autres , mais en très-petit nombre, (& qui ne doivent pas être comptés, puisqu'ils
ne se renfermerent pas dans les termes de notre
délibération) , déclarerent vouloir retirer leurs
Députés , sans en envoyer d'autres ; un très-grand
nombre, enfin , ne voulut pas accepter nos démissions , & alla même jusqu'à dire que nous
n'avions pas eu le droit de les donner.

Nous fumes donc obligés de continuer l'exercice
de la mission dont nous avions été chargés.

Le principal objet de cette mission étoit rempli ;

_____

(1) Atrêtés des Districts de S.-Severin , de l'Oratoire
& de S.-Philippe du Roule , apportés à l'Assemblée des
Représentans de la Commune , les 7 , 14 & 17 Avril, &c.

puifque le plan de Municipalité étoit remis à l'Affemblée-Nationale. Mais il nous reftoit la furveillance de l'adminiftration, l'audition de fes comptes, & la connoiffance de tous les objets, qui, par un grand intérêt général, pouvoient & devoient provoquer notre attention.

L'un des premiers qui arrête nos regards, eft la confervation des biens eccléfiaftiques. Quelques faits pénétrent nos efprits de la néceffité d'affurer, par une furveillance particulière, la confervation de ces biens, jufqu'à ce qu'ils ayent fub la deftination qui fera déterminée par l'Affemblée-Nationale; & nous arrêtons que, conformément aux Décrets de cette Affemblée, il ne fera fait aucune efpèce de changement à l'état actuel des biens eccléfiaftiques fitués à Paris; nous chargeons le Procureur-Syndic de veiller à l'exécution de notre Arrêté; & nous invitons les Comités de Diftricts, tant à y veiller eux-mêmes dans leur arrondiffement, qu'à dénoncer au Procureur-Syndic les infractions qui pourroient y être faites, & qui parviendroient à leur connoiffance.

Deux autres objets font foumis à notre examen par le Comité Militaire. Ce font deux réglemens, l'un tendant à interdire l'ufage de l'habit national aux perfonnes qui n'ont pas le droit de le porter, ou qui en ont été déclarées indignes, l'autre relatif à la formation des compagnies de Grenadiers & de Chaffeurs; nous les approuvons l'un & l'autre.

L 3

& nous en ordonnons l'exécution provisoire.

Inftruits que le Département des Subfiftances fait paffer le fuperflu des farines & des bleds dans quelques Villes ou Villages qui en défirent , & témoins des inquiétudes caufées par de pareils tranfports , nous arrêtons que toutes les fois qu'il fe fera dans l'intérieur de la Ville un enlevement de farines ou de bleds pour les tranfporter au-déhors , il fera néceffaire de prévenir , tant le Diftrict fur lequel fe fera l'enlevement , que celui fur lequel fe fera l'embarquement ou la fortie.

Ce qui concerne la falubrité de la Capitale , n'excite pas moins notre intérêt , que ce qui peut avoir rapport à fa tranquillité. Nous voyons dans les fours à plâtre & à chaux qui exiftent dans l'intérieur de Paris , la fource d'une multitude d'inconvéniens & même de dangers. Nous ordonnons qu'ils feront fupprimés dans l'efpace de trois mois; & comme il étoit de notre devoir de concilier , autant qu'il étoit poffible , avec les juftes motifs de notre arrêté , tout ce que d'un autre côté la juftice & l'humanité exigeoient ; nous nommons des Commiffaires (1) , pour connoître des indemnités qui peuvent être dues aux propriétaires , & nous les chargeons de nous en rendre compte. (2).

_____

(1) MM. Cauche , Quinquet , Giraud & Lépidor.

(2) Le 14 Juin , l'Affemblée perfiftant dans fon Arrêté du 29 Avril , a pris d'autres difpofitions propres à en affûrer l'exécution.

L'humanité & la juftice nous recommandoient auffi le fort de plufieurs maifons religieufes, que la révolution privoit des fecours qu'elles étoient accoutumées de recevoir. Nous envoyons des Commiffaires verifier l'étendue de leurs befoins ; nous les autorifons à y pourvoir (1) ; nous les chargeons de fe tranfporer au Comité Eccléfiaftique de l'Affemblée-Nationale, pour lui repréfenter l'état pénible des Capucins, des autres Mendians, & l'inviter à le prendre dans la plus haute confidération.

Nous demandons au même Comité, comme infiniment utile pour la Capitale, la confervation des maifons deffervies par les Frères de la Charité.

La violation de la loi, la violation fur-tout de la liberté de confcience provoque toute l'ardeur de notre zèle ; nous dénonçons au Comité Eccléfiaftique de l'Affemblée-Nationale, & les manœuvres qu'on emploie dans plufieurs Couvens, pour empêcher les Religieufes de profiter du bienfait que la Loi leur accorde, & l'ufage introduit dans

_____

(1) Le 6 Avril, les Capucins de la rue S.-Honoré ayant fait part de leurs befoins à l'Affemblée, elle envoie des Députés vérifier les faits, & les charge de donner jufqu'à la concurrence de 600 liv. Le 16 du même mois, les Capucins du Marais, ayant formé la même demande, l'Affemblée fait à l'égard de ceux-ci ce qu'elle avoit fait à l'égard des premiers.

L 4

un des plus célébres Hôpitaux de cette Capitale (1);
d'éxiger de ceux qui y demeurent des billets de
Confeſſion (2), comme ſi les hommages volontaires n'étoient pas les ſeuls agréables à la Divinité, & comme ſi ce n'étoit pas en quelque ſorte,
l'inſulter, que de vouloir la faire ſervir par le
menſonge & l'hypocriſie.

Nous ne nous bornons pas à la dénonciation de ce
dernier fait au Comité Eccléſiaſtique de l'Aſſemblée-Nationale; nous chargeons le Département
des Hôpitaux de veiller à ce que les Décrets de
l'Aſſemblée-Nationale, qui aſſurent la liberté des
opinions religieuſes, ſoient exactement obſervés,
tant à la Salpétrière que dans les autres Hôpitaux.

Ainſi, la tranquillité, la ſûreté, la felicité de
la Capitale, étoient tour-à-tour l'objet de notre
ſollicitude. Le reſpect pour la Loi, qui eſt la
ſource de tous ces avantages, nous nous efforcions
de l'inſpirer à ceux qui lui étoient rebelles, en
le manifeſtant nous-mêmes de la manière la plus
énergique. On ſe rappelle la noble fermeté avec
laquelle les Députés de la Commune & de la
Garde nationale de Sezanne en Brie, déclarèrent,
dans l'Aſſemblée-Nationale même, *ennemis de
la Nation ceux qui par des écrits, des conſeils,*

---

(1) La Salpétrière.

(2) La motion contre les billets de confeſſion a été
faite par M. l'Abbé Fauchet.

des complots ou même des proteſtations ; cherchent à ſoulever le peuple contre les Décrets de ſes Repré-ſentans. — On ſe rappelle auſſi la violence des murmures qu'ils excitèrent de la part de ceux dont ils ſembloient déſaprouver la conduite. Ils vinrent au milieu de nous, renouvellèrent dans nos mains leur ſerment à la Conſtitution ; & voici comment le Préſident (1), organe de l'Aſſemblée leur répondit : *Si quelques ſurpriſes d'opinion* (dit-il), *ont empêché pluſieurs de nos Légiſlateurs, du nombre même des Miniſtres des Autels, de reconnoître la vérité d'une profeſſion de foi, par laquelle vous déclariez ennemis de la Nation, ceux qui par des écrits, des conſeils, des complots ou même des proteſtations, cherchent à ſoulever les peuples contre les Décrets de ſes Repréſentans, vous verrez, par un juſte dédommagement, les Repréſentans des braves Pariſiens l'agréer d'un commun accord ; & moi leur organe, moi Prêtre, vous aſſurer, ſans crainte d'être démenti, que tous les bons François, tous les Prêtres fidèles au véritable eſprit de la Religion, ne calculeront jamais les intérêts de la Nation ſur la meſure de leur intérêt particulier* (2).

---

(1) M. l'Abbé Mulot.

(2) A peine cette réponſe fut elle prononcée, que M. l'Abbé Bertolio offrit, en ſon nom, & en celui de tous les Eccléſiaſtiques, membres de l'Aſſemblée, de ſigner le diſcours du Préſident ; & ſa propoſition fut unanimement agréée.

La publicité que l'Affemblée s'empreffa de donner à ce difcours ; celle qu'elle donna également à la délibération d'un Diftrict (1) , tendant à exclure de toute affemblée ceux qui ont figné la proteftation contre le Décret du 13 Avril ; l'impreffion qu'elle ordonna de ce difcours , de cette délibération , de la retractation formelle d'un Membre du Corps légiflatif (2) , qui, entraîné par un premier mouvement, avoit figné la proteftation de la minorité de l'Affemblée - Nationale (3) ; tout démontre avec quelle fainte ardeur nous concourions à faire aimer & refpecter les loix. L'Affemblée mettoit non-feulement fon bonheur, mais fa gloire , à vaincre les obftacles, à triompher des ennemis de la chofe publique ; auffi, tout ce qui pouvoit contribuer à ternir cette gloire à laquelle elle afpiroit , & qu'elle vouloit que toutes les affemblées , ou tous les hommes avec qui elle avoit quelques rapports, partageaffent avec elle, allarmoit vivement fa délicateffe.

En voici un exemple, qu'il eft pénible pour nous de rappeller , & fur lequel nous voudrions qu'il

---

(1) Diftrict de S.-Nicolas du Chardonnet.

(2) Le Curé de S.-Nicolas du Chardonnet.

(3) L'Affemblée ordonne auffi que le Réquifitoire & le Jugement du Tribunal de Police du 5 Mai, contre la proteftation du Chapitre de l'Eglife de Paris, feront inférés dans fon Procès-verbal.

nous fût poffible de jetter un voile impénétrable ; à caufe des conféquences funeftes qui en ont été le trifte réfultat. Mais la vérité nous fait un devoir de tout dire ; & une affemblée d'hommes libres ne doit s'expofer d'ailleurs à aucun reproche d'inexactitude ou de partialité.

Le 14 Mai, plufieurs de nos Collégues nous rapportent qu'un Membre de l'Affemblée-Nationale (1) a dénoncé la veille, à cette même Affemblée, la propofition faite par la Ville de Paris, d'un cautionnement de 70 millions, relativement aux biens Eccléfiaftiques qu'elle devoit acheter, jufqu'à concurrence de cette valeur. Ce cautionnement, dit le Membre de l'Affemblée-Nationale, devoit fe faire fans émiffion de fonds, & produire aux prétendus cautionneurs un bénéfice de 3,500,000 liv.; il ajoûtoit, que quelques Membres de la compagnie des Cautionneurs, avoient tenté de le corrompre, en lui offrant un intérêt dans leur bénéfice, s'il vouloit appuyer cette opération immorale. Nous voyons tous, dans cette dénonciation, une atteinte portée à l'honneur de la Ville de Paris, ou plutôt à l'honneur de ceux qui la repréfentoient, & qui en adminiftroient les intérêts ; puifque dans l'efprit du public, c'étoit eux feuls qui avoient pu faire, ou qui étoient cenfés avoir fait cette propofition de cau-

_____

(1) M. de Menou.

tionnement , qu'on appelloit immorale., & dont les réfultats auroient été criminels. Il nous étoit impoffible de laiffer fubfifter le vague d'une dénonciation , qui tendoit à accufer ou à envelopper dans le foupçon des hommes refpectables ; & pour que la juftification fût auffi publique que l'avoit été la dénonciation , pour que ceux de nos concitoyens , que la dénonciation avoit allarmés , puffent être témoins des éclairciffemens que nous défirions , & qu'ils devoient défirer auffi , nous faifons imprimer , & nous envoyons à tous les Diftricts , l'arrêté par lequel nous invitons M. le Maire & le Bureau de Ville , à fe rendre dans notre Affemblée , pour nous donner tous les renfeignemens dont nous avions befoin fur la dénonciation dont il s'agit ; nous chargeons , en outre , quatre Commiffaires de l'Affemblée , de fe tranfporter chez le Membre de l'Affemblée-Nationale, qui a dénoncé & la propofition immorale du cautionnement , & les criminelles tentatives de corruption , à l'effet d'obtenir de lui les détails les plus précis fur l'objet de la dénonciation.

C'eft ici le moment de retracer quelques-unes des circonftances qui ont commencé & entretenu la funefte fciffion , qui s'eft enfin déclarée fi ouvertement entre le Chef de notre Affemblée & l'Affemblée même.

Déjà , comme nous l'avons dit plus haut , M. le Maire ne paroiffoit prefque plus au milieu de nous; tandis qu'il présidoit souvent quelques-unes de ces assemblées, qui, rivales de la nôtre, s'étoient élevées dans cette Capitale. Son nom néanmoins étoit toujours apposé, à titre d'honneur, au bas de nos délibérations & de nos procès-verbaux; lui-même l'avoit désiré, l'avoit demandé; & cet usage introduit, depuis le commencement de notre existence, n'avoit jamais été interrompu. Il seroit difficile de peindre quel fut notre étonnement, lorsque nous apprîmes que, dans une lettre aux Districts, il se plaignoit de cet usage. Notre démarche alors fut simple & loyale; nous lui envoyames une députation, pour lui représenter les motifs qui nous avoient déterminés à placer constamment son nom au bas de tous les actes qui émanoient de l'Assemblée; nous interrogeames son vœu actuel; il n'étoit plus le même que celui qu'il nous avoit d'abord manifesté; & aussitôt nous arrêtames, que désormais son nom ne seroit plus apposé à titre d'honneur au bas de nos procès-verbaux & de nos arrêtés. Mais sa lettre aux Districts avoit donné contre nous des impressions défavorables. Plusieurs même s'étoient oubliés jusqu'au point d'accuser leurs Représentans d'avoir commis un faux; il étoit de notre devoir de donner la plus éclatante publicité aux faits; & nous fimes afficher l'arrêté, dans lequel nous déférions au vœu actuel de M. le Maire, après avoir expliqué les motifs de notre conduite.

Si M. le Maire paroiſſoit ne plus ſe regarder comme le Chef de notre aſſemblée, l'Aſſemblée ne méconnut jamais en lui cette qualité; & dans toutes les occaſions importantes, ſoit qu'il fût queſtion d'une députation au Roi ou à l'Aſſemblée-Nationale, elle eût toujours ſoin de l'inviter, de le preſſer même de la préſider. Souvent elle lui peignit, ſous les couleurs les plus vives, les funeſtes conſéquences d'une ſciſſion; enfin, elle obtint de lui, qu'il ſe placeroit à la tête de la Députation qui, le huit Mai, porta au Roi la médaille que nous avions fait frapper, pour conſacrer la promeſſe de Sa Majeſté, de fixer déſormais ſon ſejour habituel à Paris. Mais depuis, long-temps, il ne préſidoit plus aucune de nos ſéances.

Telle étoit nótre poſition vis-à-vis de M. le Maire, lors de notre arrêté, relatif à la propoſition immorale du cautionnement de ſoixante & dix millions, & aux autres circonſtances de cette propoſition.

M. le Maire & le Bureau de Ville ſe rendirent l'un & l'autre à notre Aſſemblée, comme ils y avoient été l'un & l'autre invités.

Quelles étoient nos intentions? Elles ne pouvoient être douteuſes, ni relativement à M. le Maire, dont l'incorruptible probité étoit à l'abri de toute attaque, & avoit toujours été l'objet de nos refpects, ni à l'égard du Bureau de Ville, qui n'avoit participé en rien à l'aliénation des biens eccléfiaftiques, puifqu'une commiffion particulière des Diftricts étoit chargée de cette opération.

Que voulions-nous donc ? Diffiper à jamais, par l'éclairciffement des faits, les foupçons que la calomnie peut fi facilement arrêter fur les hommes les plus dignes d'eftime, & nous mettre en état de faire pourfuivre, au nom des loix, ceux qui avoient compromis fi odieufement la Ville de Paris (1). Nous nous felicitions, enfin, de ce que cette occafion pouvoit rapprocher de nous, & remettre à fa véritable place, un homme, dont nous avions quelques fois combattu les principes, ou les opérations, mais que nous n'avions jamais ceffé d'honorer.

Nos intentions ne furent pas remplies. Le Bureau de Ville nous fit part de tous les éclairciffemens que nous pouvions défirer ; & nous-nous

_____

(1) L'Affemblée donna acte, au Bureau de Ville, de la demande faite par lui, que le Procureur-Syndic de la Commune prît pour dénonciation les faits avancés par M. de Menou, & qu'il les dénonçât au Procureur du Roi du Châtelet. Elle donna acte à M. le Maire de la même demande formée par lui ; & chargea en outre fon Comité des Recherches de faire toutes les informations néceffaires pour découvrir les auteurs des propofitions immorales faites à M. de Menou.

hâtames de lui accorder un témoignage public de notre fatisfaction & de notre eftime. Mais nous défirions encore de M. le Maire , qu'il ajoutât d'autres renfeignemens à ceux qu'il nous donna ; ces nouveaux renfeignemens étoient de la plus haute importance ; nous voulions d'ailleurs qu'il fût témoin de l'arrêté que nous allions prendre ; il nous quitta précipitamment, en offrant , de nous envoyer par écrit tous les détails dont nous pouvions avoir befoin , mais, réfiftant à la prière que nous lui faifions , au nom de la paix & du bien-public, de nous les donner de vive voix ; manifeftant des doutes fur le droit qu'avoit l'Affemblée d'inviter fon Chef à venir la préfider ; & nous fumes obligés d'improuver à la fois & fes doutes & fa conduite, lorfqu'il nous eût été fi doux de n'avoir que des applaudiffemens à lui prodiguer , & lorfque cette occafion , encore une fois, devoit être celle d'une réunion fincère & durable entre l'Affemblée & fon Chef.

Elle fût, au contraire, le fignal d'une fciffion complette. M. le Maire écrivit aux Diftricts, pour fe plaindre des Repréfentans ; les Repréfentans écrivirent à leur tour aux Diftricts, non pour ac-cufer , mais pour fe juftifier des plaintes dirigées contre eux ; & depuis cette époque, aucun événe-ment , aucune circonftance , aucuns efforts, la fête même de la fraternité qui devoit éteindre

toutes

tôutes les divifions & rapprocher tous les cœurs, n'ont pu rapprocher M. le Maire de l'Affemblée, qui néanmoins s'eft toujours conduite avec lui, comme fi la fciffion n'eût pas été prononcée; qui le voyant attaqué dans un libelle infâme (1), s'empreffe de lui rendre l'éclatante juftice qui lui eft due, & enjoint au Procureur-Syndic de la Commune de dénoncer le libelle au Procureur du Roi du Châtelet; qui témoin de l'activité & de la prudence avec lefquelles il avoit arrêté dans leur principe, les troubles qui, dans le mois de Mai dernier, fembloient vouloir fe renouveller, lui vote de folemnels remercîmens (2); qui, enfin, applaudiffant au choix honorable que la Capitale vient d'émettre en fa faveur, lui envoye une députation, chargée de lui porter l'expreffion de fon vœu; & qui remplit, fans effort, tous ces actes de juftice, parce que les petites paffions lui font étrangères, & que l'intérêt public eft l'unique fentiment qui préfide à fes actions & commande fes démarches.

---

(1) 26 Mai.

(2) L'Affemblée vota auffi des remercîmens au Bureau de Ville, à M. le Commandant-général & à la Garde-Nationale, pour leur courage & leur prudence dans les journées des 24 & 25 Mai. C'eft dans l'une de ces deux journées que M. le Commandant-général faifit de fa main un des Révoltés, le conduifit lui-même en prifon, & dit hautement qu'on s'honoroit en prêtant main-forte à la Loi.

M

C'eſt par l'impulſion du même ſentiment que
l'Aſſemblée a toujous été affligée de la déſunion
qui a régné ſi long temps entr'elle & ſon Chef,
& qu'elle a ſaiſi toutes les occaſions de le rappeller
à elle (1). Il étoit difficile, en effet, que la
choſe publique ne ſouffrît pas d'une ſemblable
déſorganiſation ; parce que le défaut d'accord entre
des hommes , qui devroient avoir une tendance
uniforme au bien général , nuit eſſentiellement à
leur force mutuelle , & fait appercevoir ſouvent
dans leurs travaux reſpectifs, une contrariété, dont
le moindre effet eſt de compromettre le pouvoir,
& d'altérer la confiance.

L'Aſſemblée s'efforça , par ſon zèle & ſa prudence , de faire diſparoître ou d'affoiblir ces funeſtes inconveniens. Elle continua à s'occuper des
objets dont elle avoit été ſpécialement chargée par
ſes commettans ; entendit les comptes du Lieutenant-de-Maire au département des Hôpitaux (2),
du Lieutenant-de-Maire au département des

___

(1) Encore , le 8 Juillet , lorſqu'une députation de
MM. les Electeurs , vint prier l'Aſſemblée d'aſſiſter au
Te Deum qui'ils faiſoient célébrer le 14 , l'Aſſemblée arrêta
de faire part de cette invitation à M. le Maire , & chargea
ſon Préſident de lui écrire , qu'il ne manqueroit rien à la
ſatisfaction des Repréſentans de la Commune, s'ils avoient,
ce jour-là , le plaiſir de le voir à leur tête.

(2) 19 Avril & 6 Mai.

travaux publics (1), du Lieutenant-de-Maire au département des subfiftances (2), & du Procureur-Syndic ainfi que de fes Adjoints (3). Elle n'en a point reçu du département de la Police.

Le compte du Procureur-Syndic & de fes Adjoints, reçut des applaudiffemens unanimes de l'Affemblée (4).

Le compte du Lieutenenant-de-Maire au département des Hôpitaux (5) obtint auffi de juftes éloges. Il préfentoit un tableau fatisfaifant de réformes utiles, & de renfeignements précieux fur les divers Hôpitaux de la Capitale.

Quant au compte du département des fubfiftances, plus difficile que les premiers, par la multitude d'objets qu'il embraffoit, il exigeoit un examen approfondi; & l'Affemblée, qui ne juge pas les hommes, mais les faits, nomma des Commiffaires pour l'examen de ce compte, qu'elle regarda plutôt comme un apperçu de geftion que comme un véritable compte.

Enfin, le compte du département des travaux publics ne parût pas avoir la forme qui lui conve-

---

(1) 22 Avril.

(2) 28 Avril.

(3) 11 Mai.

(4) M. l'Abbé Fauchet, alors préfident de l'Affemblée, dit au Procureur-Syndic & à fes Adjoints, que *le compte de leurs travaux étoit le plus bel éloge de la Révolution.*

(5) M. Dejuffieu.

M 2

noît, parce qu'il n'y étoit queſtion, en général, que des conſtructions ou des réformes à faire pour l'embeliſſement de la Capitale ou l'utilité publi-que; & qu'il s'agiſſoit moins de connoître ce qui étoit à faire que ce qui étoit fait. Ce qu'il falloit connoître, en un mot, & ce qui devoit être l'objet du compte, c'étoit les depenſes qui avoient été faites, & les motifs de ces dépenſes. L'Aſſemblée crût donc devoir exiger un nouveau compte; & elle nomma des Commiſſaires (1) pour concerter avec le Lieutenant-de-Maire de ce département, la forme qu'il étoit convenable de lui donner. Elle ne l'a pas encore reçu.

Outre les comptes des départemens, il y en avoit d'autres qu'il étoit du devoir de l'Aſſemblée de recevoir & d'examiner.

Le 4 Mars, elle reçut le compte des Volontaires de la Bazoche, qui lui fût préſenté par l'organe de l'un des Adminiſtrateurs (2); & elle arrêta, non-ſeulement de conſacrer, par ſa délibération, l'étendue des ſervices rendus à la Commune par

---

(1) M. Farcot, l'un des ſoixante Adminiſtrateurs, fut l'un de ces Commiſſaires. Il ſe chargea du rapport, dans lequel il eſt remonté aux grands principes ſur la forme de comptabilité en général, & en particulier ſur celle qui con-vient à un peuple libre. Cet ouvrage merite d'être conſulté par les hommes qui ſe vouent à l'Adminiſtration; & l'Aſſemblée a voulu qu'il fût imprimé.

(2) M. Pitra.

ces militaires-citoyens , mais l'économie qui avoit dirigé leurs dépenses. Elle arrêta encore , qu'il feroit placé sur la tombe de deux de ces Volontaires, victimes de leur zèle (1) , une pierre qui transmettroit à la postérité leurs noms & la mémoire de leurs travaux patriotiques (2).

C'étoit pour l'Assemblée une de ses plus douces jouissances , que de récompenser par des témoignages publics d'approbation & d'estime les citoyens qui se dévouoient à la patrie , & lui consacroient leurs veilles. Aussi , lorsque le 23 Juillet , elle eût entendu le rapport de ses Commissaires , chargés d'examiner le compte rendu par le Comité des subsistances qui fût en exercice depuis le 9 Septembre jusqu'au 9 Octobre inclusivement , elle éprouva une satisfaction d'autant plus vive , à approuver la gestion de ce Comité , qu'il avoit

---

(1) MM. Fontaine & Vatan sont morts en servant la chose publique.

(2) Deux Districts ont réclamé contre cette marque d'estime donnée à deux citoyens morts pour la Patrie ; & il est difficile de deviner les motifs de leur réclamation , puisqu'il ne s'agissoit que d'une distinction personnelle , bien meritée certainement par ceux à la mémoire desquels elle étoit accordée. Quoiqu'il en soit , l'exécution de l'arrêté a été suspendue sur la requisition même des Volontaires de la Bazoche ; qui , sans doute , ont senti qu'il étoit aussi honorable pour la mémoire de leurs camarades d'avoir merité une distinction que d'en jouir.

M 3

été l'objet des plus atroces calomnies; & elle arrêta même qu'il seroit fait des remercîmens aux Membres qui le composoient, *pour le courage, l'intelligence, l'ordre & le désintéressement qu'ils avoient apportés à l'administration de la chose publique dans les circonstances les plus périlleuses* (1).

Il y avoit un compte particulier, à l'examen & à la

---

(1) On ne se formera jamais une idée précise des peines, des angoisses, des embarras de toute espèce qu'éprouva ce Comité. La mauvaise recolte de 1788, l'abus qu'on fit de l'exportation, dans un moment où, loin d'avoir du superflu, on n'avoit pas même le nécessaire; l'anarchie, qui est le passage inévitable de l'ancien état de choses à un nouveau, toutes les circonstances s'étoient réunies pour produire la disette, & se réunissoient également pour l'entretenir. Que de journées se sont écoulées, ou à peine on avoit la provision du lendemain, & où l'on étoit obligé, pour la completer, de faire venir, par la poste, les farines & les bleds dont on avoit besoin! Les manœuvres des ennemis du bien public se joignoient aux difficultés du moment; car il fut observé & vérifié que ce n'étoit pas toujours lorsque les arrivages avoient été moins abondans que le pain étoit plus rare. Il y eût des jours, où le pain manquoit entiérement dans différens quartiers de la Ville, quoiqu'il fût constant que les arrivages de la veille avoient été plus que suffisans pour la consommation journalière de la Capitale. Il faut convenir, cependant, que les inquiétudes des habitans contribuoient beaucoup à augmenter la disette. Dans la crainte de manquer de pain, un grand nombre de maisons doubloit, triploit ses provisions ordinaires; & le *déficit* n'étoit d'un côté, que parce que le superflu se trouvoit

difcuffion duquel l'Affemblée a confacré plufieurs féances : C'eft celui de l'un des Adminiftrateurs des travaux publics , rélativement à fes fonctions de Commiffaire à la Halle , dans les premiers temps de la révolution. L'Adminiftrateur , qui , dabord n'avoit pas méconnu la compétence de l'Affemblée , & qui , dans plufieurs féances avoit cherché à prouver qu'il n'étoit pas comptable ,

---

de l'autre. Mais les manœuvres de quelques gens mal inten-tionnés n'en étoient pas moins réelles ; car il eft certain que plufieurs Boulangers ne cuifoient pas toutes les farines qu'ils avoient reçues , & en tenoient une grande quantité en ré-ferve. Il a fallu au Comité un courage & une intelligence extraordinaires ; il a fallu que M. Necker vînt à fon aide , avec toute la puiffance de fa place & de fon caractère , pour qu'il pût furmonter tous les obftacles & applanir toutes les difficultés. Les Citoyens , dont les noms doivent être con-fignés dans cet écrit , ont auffi rendu à la chofe publique, dans ces conjonctures périlleufes , les fervices les plus im-portans. MM. Dumoulin , Directeur des Domaines , & Bofcary , Banquier , tous les deux Repréfentans de la Com-mune , ont été envoyés le 16 Septembre 1789 en Angleterre & en Irlande , pour acheter , au nom de la Ville de Paris , les farines & les bleds dont elle avoit befoin , & ont rempli leur miffion avec un zèle auffi pur qu'éclairé. Dans le mois d'Octobre , M. Dumoulin fut encore envoyé , conjointe-ment avec M. Charpentier dans les Villes du Havre , de Caudebec & de Rouen , pour obtenir de leurs Municipa-lités , qu'elles n'arrêtaffent plus les bâtimens deftinés à l'ap-provifionnement de Paris ; & leur miffion eût auffi les ré-fultats les plus heureux. M. Charpentier mérita même que

M 4

méconnoît cette même compétence, auffitôt qu'il eft déclaré tel; & à la faveur de l'*article* 40 du *Tit. II*, du réglement de la Municipalité de Paris, qui porte que les comptables actuels, foit de geftion, foit de finance, rendront *leurs comptes définitifs au nouveau Corps Municipal*, il déclare, qu'il n'a aucun compte à rendre à l'Affemblée, qui n'eft que *provifoire*. Mais l'Affemblée ne réclamoit non plus que les comptes *provifoires*; & il étoit de fon devoir de les réclamer, puifqu'elle en avoit été expreffement chargée. Il étoit auffi de l'intérêt des Adminiftrateurs de les rendre à ceux qui avoient été témoins de leur geftion, & qui pouvoient en attefter les détails; elle arrêta donc qu'elle jugeroit le compte de l'adminiftrateur, qui vouloit fe fouftraire à fon examen. Elle le jugea, déclara, que l'Adminiftrateur étoit reliquataire envers la Commune, au lieu d'en être

---

le Roi lui donnât des témoignages honorables de fatisfaction, & que l'Affemblée lui votât des remercîmens. — Une hiftoire bien intéreffante, & qui feroit une partie effentielle de la grande hiftoire de la Révolution, feroit celle des fubfiftances de la Ville de Paris, dans les mois d'Août, de Septembre & d'Octobre. Cet ouvrage eft prefque déjà fait. Il l'eft par M. Morille, Membre du Comité des Subfiftances, qui a bien voulu nous communiquer un Mémoire manufcrit, où tous les faits font expofés avec autant de clarté que de précifion.

créancier (1) ; & pour remplir , dans toute son étendue , la mission qui lui avoit été confiée , pour

---

(1) L'Assemblée des *cent quatre-vingts* avoit déclaré , par un arrêté du 3 Septembre , qu'il résultoit du compte rendu par MM. Etienne de la Riviere & Coquelin , Commissaires de la Commune à la Halle , dans les premiers tems de la Révolution , qu'ils étoient en avance de 4,852 liv. 14 s. 7 d. Le 29 Septembre , M. Coquelin s'étant présenté à l'Assemblée des *trois-cens* , pour réclamer cette avance , résultant de l'arrêté du compte de la Halle , l'Assemblée crût devoir ordonner que le compte seroit examiné & vérifié de nouveau , & elle nomma pour Commissaires MM. *Marchais , Briére de Surgy , Quatremere de Quincy & Lourdet de Santerre.* Un premier rapport a été fait par M. Marchais , le 16 Mars ; mais l'objet de ce rapport étoit moins de présenter un résultat certain & définitif , que la situation apparente des Comptables , afin d'obtenir tous les renseignemens & toutes les piéces nécessaires. Le second rapport a été fait par M. Briére de Surgy , qui a montré dans cette affaire , un grand talent de discussion , & qui , après avoir prouvé , de la manière la plus claire , la compétence de l'Assemblée , à qui il étoit impossible de contester le droit de revoir un compte , qui n'est jamais arrêté que sauf erreur de calcul , omission , faux ou double emploi , a démontré avec autant de clarté , & le titre de Comptables , qui appartenoit à MM. Etienne de la Riviere & Coquelin , & les vices du compte. D'après le rapport , & sur les conclusions de M. Briére de Surgy , l'Assemblée a arrêté , le 6 Juillet , qu'aulieu d'une avance de 4,852 liv. 14 s. 7 d. , déclarée due par la Commune aux Comptables , par l'arrêté du 3 Septembre 1789 , « il en résulte , au contraire , un débet » clair de 1,755 liv. 14 s. 2 d. que MM. Etienne & Co-

la remplir d'une manière grande & impofante,
pour pouvoir, en un mot, offrir au public un
enfemble qui pût le fatisfaire, elle ordonna,

» quelin, en leur qualité de Comptables de fait, feront
» tenus de verfer inceffamment entre les mains du Tréforier
» de la Commune, qui en comptera à qui il apparriendra,
» finon que la demande en fera formée contr'eux en juftice,
» à la requête & pourfuite du Procureur-Syndic, qui rendra
» compte à l'Affemblée de fes diligences ;

» Qu'à l'égard des fommes employées dans le compte
» en différentes parties, foit pour tranfport de farines fur
» de fimples reçus de facteurs, fans lettres de voiture,
» montantes à 2,323 liv. 12 fols, foit pour frais extraor-
» dinaires, non quittancées, ni juftifiées par aucun état
» détaillé & certifié, montantes à 2,040 l. 15 f., fuivant
» l'état d'après lequel l'avis des Commiffaires a été certifié;
» elles feront tenues en fouffrance, jufqu'à ce qu'il ait été
» rapporté fur lefdites parties des piéces fuffifantes, ou
» qu'on puiffe y ftatuer définitivement par l'apurement du
» préfent compte avec celui des comptes des facteurs & au-
» tres y relatifs pardevant qui il apparriendra ;

» Que, jufqu'à la plus ample juftification ou jufqu'à
» l'apurement mentionné ci-deffus, il fera furfis pareille-
» ment à ftatuer fur l'emploi non juftifié de 1,214 facs
» de farine, refultans des lettres de voiture qui manquent
» de reconnoiffances en décharge des facteurs à la halle ;

» Qu'à cet effet, il fera dreffé un état de toutes lef-
» dites parties tenues en fouffrance & en fufpens, lequel,
» après avoir été vifé, parafé & certifié par les Commif-
» faires, fera remis au département des fubfiftances, avec
» une expédition du préfent arrêté, & de ceux des 5 & 12
» Juin derniers, & 3 de ce mois, enfemble une copie du
» rapport, & avis des Commiffaires, & toutes les piéces

٭°, que les les diverfes commiffions nommées pour l'examen des comptes de l'adminiftration fe formeroient en Comité extraordinaire pour l'examen fommaire de tous les comptes ; 2° que dans la huitaine , chaque Adminiftrateur remettroit à ce Comité les comptes de fon département dans l'état où ils fe trouveroient ; 3° que le Comité rendroit compte à l'Affemblée de l'état de ces comptes, afin qu'elle avifât au parti qu'elle auroit à prendre.

Ce n'eft point fans doute cette active furveillance de l'Affemblée, & cette feverité qu'elle ma nifeftoit, qui pouvoient déplaire aux Adminiftrateurs ; puifque les premiers comptes de la plûpart d'entr'eux avoient obtenu fon approbation, & que poftérieurement au dernier arrêté dont nous

---

» juftificatives du compte qui feront, à cet effet, rétirées
» du Greffe, pour fervir, ainfi que de raifon, lors de
» l'apurement définitif ;

» Qu'à l'égard des quatre articles laiffés en blanc dans
» le compte, pour menus frais, & de l'indemnité récla-
» mée par M. Coquelin, il y fera fait droit, s'il y a lieu,
» auffi après ledit apurement ;

» Que M. Coquelin fera tenu, fuivant les offres par lui
» faites à l'un des Commiffaires, de remettre au départe-
» ment des fubfiftances, qui lui en donnera décharge,
» tous les reçus des Meûniers & Marchands, étant entre
» fes mains, fur lefquels il a été délivré des primes,
» comme pouvant lefdits reçus fervir à établir les com-
» ptes defdits Meûniers & Marchands, &c.

venons de parler, lorſque ſes Commiſſaires firent
leur rapport ſur celui du Lieutenant-de-Maire
au département du Domaine, elle lui marqua
hautement la ſatisfaction qu'elle reſſentoit de la
ſageſſe & de l'économie de ſon adminiſtration (1).

(1) Voici l'arrêté pris par l'Aſſemblée, rélativement au
compte de l'Adminiſtration du Domaine. Nous le conſi-
gnons dans cet écrit, parce qu'il ſuffiroit lui ſeul pour
atteſter la vigilante ſollicitude des Repréſentans de la Commune pour les intérêts de la Capitale, & qu'il renferme
d'ailleurs des témoignages d'eſtime & de ſatisfaction,
auxquels l'Aſſemblée ſe fait un devoir & un bonheur de
donner la plus grande publicité :

« L'Aſſemblée générale des Repréſentans de la Com-
» mune, délibérant ſur le rapport qui vient de lui être fait,
» par ſes Commiſſaires, du compte du département du
» Domaine, commençant le 22 Septembre 1789, & finiſ-
» ſant le 21 Janvier 1790, a arrêté ;

» 1°, D'allouer, tant en recette qu'en dépenſe, le ſuſdit
» compte, montant en recette, y compris toutes celles
» faites depuis le 13 Juillet juſqu'au 22 Septembre, à
» 11,605,165 liv. 1 ſ. 9 d., & la dépenſe, y compris celles
» faites depuis la même époque à 10,860,503 l. 11 ſ. 1 d. ;
» en outre, l'Aſſemblée arrête, de marquer au Lieutenant-
» de-Maire, & aux Adminiſtrateurs du Domaine ſa vive
» ſatisfaction de leur bonne adminiſtration ; elle aſſocie
» aux témoignages de ſon eſtime M. de Villeneuve, Tré-
» ſorier de la Commune, & M. Chadelas, Quartier-maî-
» tre-général ; elle voit avec plaiſir qu'ils ont confirmé,
» par leur geſtion, l'opinion qui leur avoit mérité la nomi-
» nation de l'Aſſemblée aux commiſſions qu'ils occupent.

Il n'en eſt pas moins vrai cependant, que dans
ces derniers momens, le Conſeil de Ville a paru
tout-à-coup oublier les égards qu'il devoit à une

» 2°, L'Aſſemblée a arrêté, d'autoriſer le Bureau de
» Ville & le département du Domaine, à dreſſer un état
» des répétitions que la Commune a droit d'exercer vis-à-
» vis du tréſor public, relativement aux avances faites par
» elle, & aux nouvelles charges qui lui ſont impoſées par
» les décrets de l'Aſſemblée-Nationale dans le plan de
» Municipalité : lequel état, après avoir été communiqué
» au Procureur-Syndic de la Commune, pour avoir ſes
» concluſions, ſera préſenté par des Commiſſaires au
» Comité des finances, en le priant d'en faire ſon rapport
» à l'Aſſemblée-Nationale pour qu'il y ſoit ſtatué ;

» 3°, Qu'il ſera dreſſé au département du Domaine un
» autre état, certifié par lui, de toutes les ſommes remiſes
» à chaque département, ou payées à ſon acquit, qui ſera
» remis ſous huitaine aux Commiſſaires nommés pour
» examiner les comptes, leſquels ſe feront fournir par cha-
» que département les piéces à l'appui des dépenſes.

» 4°, Que, relativement aux frais de voyage ou à tous
» autres dont les ſommes ont été avancées par la caiſſe ou
» ſe trouvent dues par elle à différentes perſonnes, il en
» ſera dreſſé pareillement un état général, contenant,
» 1°, les noms des perſonnes qui ont déjà remis les piéces
» à l'appui de leurs comptes, au département du Domaine ;
» 2°, les noms de celles qui les ont fournies ſeulement au
» département des ſubſiſtances ou à tous autres dont le
» mandat eſt la piéce unique dépoſée à la caiſſe, afin que
» le département les faſſe joindre à l'état ordonné pour etre
» examinées & vérifiées par le département du Domaine,
» & réunies enſuite au mandat ; 3°, les noms des perſonnes

Affemblée, dont lui-même, dans les commence-
mens, avoit réclamé la furveillance ; qu'il en a
méconnu les droits, lorfque le premier article
des décrets de l'Affemblée-Nationale fur la Municipalité de Paris, les confacroit expreffément (1);
& qu'il nous a forcés, nous qui ne fommes que
dépofitaires de ces droits, & qui ne devons pas
fouffrir qu'on leur porte atteinte, d'improuver fa

» qui n'ont encore remis aucune piéce, pour que, dans la
» quinzaine, à dater du jour où le préfent arrêté leur fera
» donné en communication, elles foient tenues de les four-
» nir au département du Domaine, pour y être vifées, &
» le montant d'icelles conftaté.

» 5°, L'Affemblée a arrêté que, pour l'examen de l'état
» ci-deffus des piéces y jointes, & pour fuivre l'exécution
» de cette partie de fon arrêté, il fera nommé des Com-
» miffaires qui lui rendront compte de leur miffion.

» Que les états remis aux Commiffaires pour fervir à
» l'examen du compte du Domaine, & ceux qu'il vient
» d'être ordonné de dreffer, feront vifés, paraffés par les
» Commiffaires, & dépofés au greffe de la Commune,
» pour être, fuivant les décrets de l'Affemblée-Nationale,
» donnés en communication, & fans déplacer, à tout
» citoyen actif qui le requerra ».

(1) « L'ancienne Municipalité de la Ville de Paris, &
» tous les offices qui en dépendent ; la Municipalité pro-
» viſoire, fubfiftante à l'Hôtel de Ville, ou dans les
» Sections de la Capitale, connues aujourd'hui fous le
» nom de Diſtricts, font fupprimés & abolies ; & néanmoins
» *la Municipalité proviſoire & les autres perſonnes en exercice*
» *continueront leurs fonctions jufqu'à leur remplacement* ».

conduire, & de priver un de ſes Membres du droit de ſéance au milieu de nous.

Le Conſeil de Ville s'eſt tout-à-coup ſéparé de l'Aſſemblée dont il n'étoit qu'une émanation. Il a cru avoir le droit de former un corps à part, lorſqu'il n'étoit que la branche adminiſtrative de de l'Aſſemblée générale des Repréſentans de la Commune. — Il a voulu concentrer, dans ſon ſein, tous les pouvoirs, lorſqu'il ne pouvoit exercer que ceux qui lui avoient été confiés, & que ceux-là même il ne pouvoit les exercer que ſous l'inſpection qu'il avoit lui-même reconnue. — Pour attirer à lui tous les honneurs, toute l'autorité, tous les droits, il s'eſt fait appeller, s'eſt appellé lui-même LA MUNICIPALITÉ; tandis qu'il n'en étoit que la partie adminiſtrante, & que, dans le ſyſtême de notre organiſation mutuelle, la MUNICIPALITÉ réſide à la fois dans l'Aſſemblée générale des Repréſentans de la Commune & dans le Conſeil de Ville — Par une ſuite de ſes prétentions, on l'a vu enlever à l'Aſſemblée le droit qu'elle avoit & la poſſeſſion où elle étoit de décerner les récompenſes aux citoyens qui les avoient méritées; &, en ôtant ainſi aux triomphes de la vertu ou du patriotiſme l'appareil de la publicité, commettre une véritable uſurpation ſur la gloire de ces citoyens & ſur les jouiſſances du public. — Enfin, il eſt allé juſqu'à déſavouer, déſapprouver des arrêtés de

l'Affemblée générale ; oubliant fans doute qu'il
faifoit partie de cette Affemblée ; que ce qui eft
fait par elle eft cenfé fait à la fois & par les
Membres qui la compofent effentiellement, &
par les Membres du Confeil-de-Ville ; oubliant
encore que plufieurs Membres de ce Confeil prennent part habituellement & s'honorent de prendre part à nos délibérations ; violant par conféquent ce principe inconteftable, que la minorité
d'une Affemblée doit toujours refpecter ce qui
eft l'ouvrage de la majorité ; violant, de plus,
le ferment qu'il avoit fait entre les mains de
l'Affemblée, de lui refter conftamment uni, &
d'être, jufqu'à l'organifation définitive, foumis à
fa furveillance. — Le Confeil-de-Ville, dit-on,
fonde fa conduite fur l'article 40 du titre II du
décret de l'Affemblée Nationale, concernant la
Municipalité de Paris. Mais, encore une fois,
cet article, en ordonnant que les *comptables actuels, foit de geftion, foit de finance, rendront
leurs comptes DÉFINITIFS au nouveau Corps
Municipal,* ne les difpenfe pas de rendre leurs
comptes PROVISOIRES à l'Affemblée actuelle. Mais
cet article ne change rien à l'état préfent des
chofes, & laiffe provifoirement chacun à la place
où il étoit. Mais cet article ne rompt pas les en-
gagemens contractés envers la Commune, dans
les mains de fes Repréfentans ; il ne dégage pas
de leur ferment les hommes qui l'ont prêté. Malgré
cet

cet article, en un mot, les droits de l'Assem-
blée-générale des Repréfentans de la Commune,
& les devoirs du Confeil de Ville font toujours
reftés les mêmes ; & la conduite de ce Confeil,
fon ufurpation graduelle du pouvoir, fes prétentions à la fupériorité fur une affemblée qui
lui eft évidemment fupérieure, & dont lui-même
à reconnu la fuprématie, font une grande leçon
& un avertiffement falutaire pour les citoyens;
car fi, à la naiffance de la liberté, & fi près encore
du nouvel enthoufiafme qu'elle infpire, des Adminiftrateurs s'arrogent fi facilement un pouvoir
qu'ils n'ont pas, & méconnoiffent, avec tant de
promptitude, une furveillance qu'ils ont reconnue
& réclamée, que ne doit-on pas craindre de ceux
qui ne fe trouvant pas dans les mêmes circonftances, & n'étant pas retenus par les mêmes motifs,
pourront, avec plus de facilité encore, ufurper
l'autorité & échapper à l'infpection ? Ah ! combien
il eft pénible de penfer que dans la Ville, où la
liberté a été conquife & affurée, & où les premiers repréfentans de la Cité, donnant le bel
exemple de la concorde & de l'union, auroient
dû marcher enfemble & d'un commun accord vers
le même but, il y ait eu fi peu d'harmonie entre
les Adminiftrateurs & leurs furveillans, entre
une Section de l'Affemblée, & l'Affemblée elle-
même ! Ne diroit - on pas que, par ce défaut
vifible d'unité, par cet appareil fcandaleux de

N

difcorde, on ait tenté, en quelque forte, de
rejouir les ennemis du nouveau régime, & de
décrier la caufe de la Liberté? — Sans doute, le
Confeil-de-Ville rejettera fur l'Affemblée des
Repréfentans de la Commune le blâme de ces
funeftes divifions ; il fe plaindra vaguement des
torts ou de l'injuftice de l'Affemblée envers lui.
— Mais où font les faits qui prouveront fes allé-
gations ? L'Affemblée ne s'eft-elle pas toujours
empreffée de louer, de remercier, d'honorer les
Adminiftrateurs qui ont, fidelement & avec zèle,
rempli leur miffion ? N'a-t-elle pas défendu le
Confeil-de-Ville, & M. le Maire, lui-même,
contre les attaques injuftes qui leur étoient livrées
par quelques Diftricts (1) ? N'a-t-elle pas témoi-
gné fraternellement au Confeil-de-Ville, le défir
qu'elle avoit de folliciter en fa faveur, de l'Affemblée-Nationale, la reftitution des droits dont

---

(1) Le 10 Décembre 1789, plufieurs Diftricts, &,
en particulier, celui des Prémontrés, réclamerent vivement
contre le Réglement provifoire de Police, follicité de
l'Affemblée-Nationale, par M. le Maire & le Confeil-de-
Ville. — L'Affemblée des Repréfentans de la Commune
prit auffitôt un arrêté, pour repréfenter que ce Réglement
étant une loi émanée de l'autorité fuprême des Repréfentans
de la Nation, il étoit du devoir de tous les citoyens de cette
Capitale, de fe foumettre à fes difpofitions ; que d'ailleurs
le Réglement n'étoit que provifoire ; & elle invitoit parti-
culiérement le Diftrict des Prémontrés à fe conformer à ce
Réglement.

il avoit été dépouillé fans fondement (1) ? Nous le dirons, au refte, aucun motif, aucun fait, aucune confidération ne pouvoient difpenfer le Confeil-de-Ville de fes obligations, autorifer fon indépendance, & annuller fon ferment. Qu'on voye fi le Chef du Pouvoir militaire, qui connoît fi bien les régles du devoir & les convenances de l'honneur, a ceffé un inftant de reconnoître l'autorité de l'Affemblée, & fi la plus étroite union n'a pas régné conftamment entre nous & cet immortel Défenfeur de la Cité. Il eft donc évident que l'Affemblée des Repréfentans de la Commune a rempli fon devoir, en réclamant, en exerçant la furveillance fur le Confeil-de-Ville; & que le Confeil-de-Ville a violé les fiens, en refufant de s'y foumettre. Il a été pénible pour l'Affemblée d'être témoin de cette violation; il lui eft encore

---

(1) Le 14 Juin, l'Affemblée arrêta que le Confeil-de-Ville feroit invité à fe rendre à la féance du 16, pour recevoir les témoignages du défir qu'elle avoit de le voir rentrer dans les droits qui lui étoient attribués par les Décrets de l'Affemblée - Nationale, (& dont il étoit dépouillé dans ce moment) relativement à l'acquifition des biens nationaux. L'Affemblée avoit arrêté, en même tems, qu'elle demanderoit au Confeil-de-Ville, communication de l'adreffe qu'il avoit réfolu de préfenter à l'Affemblée-Nationale à cet égard, & qu'elle lui feroit part de l'intention où elle étoit de s'unir à lui, pour faire ceffer l'anarchie, & la confufion des différens pouvoirs qui fe font élevés dans la Capitale.

N 2

pénible d'en configner les détails dans cet écrit;
& l'on croira facilement que ce n'eft point pour
elle, mais pour la chofe publique feule, qu'elle
a été & qu'elle eft encore douloureufement affectée d'un fchifme qui n'auroit jamais dû exifter,
& dont les effets auroient été fentis bien plus univerfellement fans la prudence & la modération
que nous nous fommes impofées.

Maintenant, qu'après avoir retracé quelques-
unes des peines que nous avons éprouvées dans
la longue & orageufe carrière que nous avons
parcourue, il nous foit permis de dire quelque
chofe des motifs de confolation & de ces diverfes
jouiffances de l'ame, qui font venues fouvent encourager nos efforts, & qui nous font pleinement
oublier aujourd'hui les dégoûts dont on a cherché
à nous fatiguer, & les épines dont on fe plaifoit à
hériffer le champ que nous défrichions.

Nous nous fouviendrons à jamais, que c'eft
nous qui avons fait bénir les premiers drapeaux
de la Garde-Nationale; que c'eft entre nos mains
que les Soldats-citoyens, & les différents corps
de troupes de la cité, ou de l'armée, ont prêté
leur premier ferment; que leur ferment civique a
auffi été prêté entre nos mains; que c'eft au
milieu de nous, que les divers bataillons de la
Garde nationale font venus jurer que la perma-
nence active des Diftricts n'étoit pas néceffaire,

(comme les Députés des Diftricts à l'Archevêché
s'étoient permis de le dire) (1), au maintien de
leur zèle ; & nous déclarer énergiquement que
le fentiment de leur devoir leur fuffifoit pour
conferver à jamais leur patriotifme, & leur bravoure. — Toutes les Gardes nationales du Royaume
font aujourd'hui affiliées les unes aux autres par
une fédération générale. Mais pourrons - nous
oublier cette quantité innombrable de milices,
dont les noms font infcrits fur nos Procès-verbaux, & qui, avant le pacte univerfel, s'adref-
foient à nous avec tant d'empreffement & de
confiance, pour réclamer l'honneur d'être affiliées
à l'armée Parifienne ? — Oublierons-nous cette
députation nombreufe de toutes les milices fédé-
rées, qui ayant à leur tête le premier frère d'armes du Royaume, vinrent nous payer, par
la touchante expreffion de leurs fentimens, le
prix de nos fervices, & nous donner la plus belle
récompenfe de nos travaux ?

---

(1) Dans leur *adreffe* à l'Affemblée-Nationale, ils di-
foient, *pag.* 15 : « Quand les Soldats, qui compofent la
» Garde-Parifienne, ne verront plus leurs frères s'affem-
» bler, délibérer avec eux fur la chofe publique ; quand la
» Commune ne fera plus qu'un être de raifon, & la Mu-
» nicipalité qu'une ariftocratie, s'enrôleront-ils fous des
» drapeaux, qui ne feront plus ceux du Peuple, & de
» la Liberté ? Non fans doute. Et cette armée nationale
» que vous avez vue avec autant de complaifance s'élever·

N 3

On a répété souvent que, depuis long-tems, nos Assemblées étoient inutiles. — Mais est-ce que l'on croit que nous n'avions eu d'autre mission que d'aller exposer nos jours au milieu des glaives, dans le tems des séditions & de la famine ?

Est-ce qu'il n'étoit pas utile d'assûrer la liberté de conscience dans les hôpitaux, d'y réformer les abus qui s'y étoient introduits, de recommander à l'Administration d'y rendre la condition des pauvres plus douce & plus heureuse (1) ?

» autour de vous, cette milice généreuse, qui devoit être
» le rempart de la Constitution & de la Liberté s'évanouira
» comme ces méthéores, qui se livrent des combats dans
». les airs, & disparoissent au même instant ».

(1) M. Cousin, de l'Académie des Sciences, Professeur au Collége Royal, & l'un des Représentans de la Commune, a fait un Mémoire excellent où il développe, avec une grande force & une profonde sensibilité, les maux de toûte espéce qui affligent l'hôpital de la Salpétrière, & les moyens d'y remédier. C'est ce Mémoire, lu le 20 Juillet à l'Assemblée, qui a déterminé l'Arrêté par lequel elle a nommé trois Commissaires, auxquels le Procureur-Syndic seroit adjoint, *à l'effet de rechercher avec soin, conjointement avec le Département des Hôpitaux, toutes les améliorations dont le régime de l'Hôpital est susceptible, & de proposer ensuite un projet de Réglement, sous le double rapport de l'intérêt général de la Maison & de celui des pauvres en particulier.*

Le zéle éclairé de M. Cousin ne s'est pas borné à la composition du Mémoire dont nous venons de parler;

Eſt-ce qu'il n'étoit pas utile, pour le bien public & pour celui de la religion, de demander que les Miniſtres du culte fuſſent auſſi tenus, avant d'être admis à l'exercice de leurs fonctions, de manifeſter des preuves de civiſme (1) ?

Eſt-ce qu'il n'étoit pas utile d'allier la juſtice particulière à la juſtice générale, en venant au ſecours des Penſionnaires de la Ville de Paris, dont la plupart n'avoient, pour ſubſiſter, d'autres reſſources que leurs penſions, & fixant proviſoirement la quotité de la ſomme qui devoit leur être payée (2) ?

---

il en a fait un autre, *ſur les moyens de donner du travail aux Ouvriers & aux Artiſtes de la Capitale*; & le 10 Août dernier, il en a fait lecture à l'Aſſemblée, qui a ordonné qu'il ſeroit imprimé & envoyé aux 48 Sections.

(1) Par un Arrêté du 27 Juillet, l'Aſſemblée a arrêté de ſolliciter, auprès du Comité de Conſtitution de l'Aſſemblée Nationale, un Décret portant que les Vicaires nommés par les Evêques, & généralement tous les Eccléſiaſtiques, ne pourroient être admis à l'exercice de leurs fonctions, ſans avoir rempli toutes les formes preſcrites pour être reconnus Citoyens actifs.

(2) Par un Arrêté du 30 Avril, l'Aſſemblée a renvoyé la diſcuſſion de toutes les penſions à la Municipalité définitive; & cependant, par proviſion, a arrêté que toutes celles compriſes dans la première & dans la ſeconde claſſe, ſeront payées juſqu'à 1500 livres, & encore de la moitié de ce dont elles excéderont ladite ſomme, de manière néanmoins que cette proportion ne puiſſe pas excéder la ſomme de 2400 livres, en réuniſſant les dif-

Est-ce qu'il n'a pas été utile à plusieurs Bataillons de la Garde-Nationale de trouver, dans
l'Assemblée des Représentans de la Commune,
une autorité supérieure qui entendît, jugeât les
plaintes portées par eux contre la lenteur de l'Administration, & accélérât l'exécution des Arrêtés
nécessaires à la continuation & à l'activité de leur
service (1) ?

Est - ce que dans un moment où les sciences
& les arts languissent, il n'étoit pas utile d'encourager solemnellement, d'honorer par des félicitations publiques, & de recommander à l'opinion
des Citoyens, ces Artistes, ces Savans, ces Ecrivains patriotes, dont le génie, échauffé par la
liberté, a ouvert une nouvelle carrière aux arts
& aux sciences, & qui sont venus dans notre
Assemblée, comme dans le temple de la liberté
& dans le foyer du patriotisme, faire à la Commune de Paris l'hommage du fruit de leurs travaux (2) ?

---

férentes pensions dont la même personne pourroit jouir
par différents titres, &c.

(1) Ces Arrêtés étoient relatifs à la construction des
corps - de - gardes demandés par plusieurs Bataillons, &
indispensables pour leur service.

(2) Les Peintres, les Sculpeurs, les Graveurs, les
Architectes, les Méchaniciens, tous les Artistes sont
venus tour à tour, déposer dans le sein de l'Assemblée
quelque production intéressante de leur génie. MM. Poyet,

Eſt-ce que ces exemples ſolemnels d'une ſou-
miſſion empreſſée à la loi, les exemples de ces
Compagnies militaires, de ces Municipalités
vraîment citoyennes qui, preſque toutes enſemble,
ſemble, & auſſitôt qu'elles ont appris leur deſ-
truction, ſont venues nous prendre à témoin de
leur fidélité, & nous prier d'accompagner leurs
drapeaux à la principale égliſe de cette Capitale,
auroient produit ſur les eſprits la ſalutaire im-
preſſion que tout le monde ſe rappelle encore,

Gatteaux, Léonard & pluſieurs autres Artiſtes célébres
ont offert à l'Aſſemblée des deſſins, des plans, dans leſquels ſe manifeſtent, à la fois, l'amour de la liberté &
la perfection de leur Art. — Il eſt doux pour l'Aſſemblée
de compter, au nombre des hommages qu'elle a reçus,
ceux qui lui ont été faits par quelques-uns de ſes Membres. M. de Caſſluy & M. Chanlaire, tous les deux
Repréſentans de la Commune, lui ont offert l'un & l'autre deux ouvrages, honorés déjà de l'eſtime publique.
Le premier, au nom des Auteurs de la Carte générale
de France, a préſenté à l'Aſſemblée les feuilles qui pa-
roiſſent de la réduction de la Carte générale du Royaume, & le ſecond, à la tête d'une Députation des
Auteurs de l'Atlas National, lui a offert les prémices
de leur travail & du ſien. Ce travail eſt d'une haute
importance, c'eſt une deſcription de la France, tellement détaillée, qu'on y verra non-ſeulement les Départemens diviſés en Diſtricts, mais les Cantons diviſés par
territoires, & que chaque partie indiquera la nature différente des terres & les coupes particuliers des bois. On
ſent combien ce travail ſera utile pour la répartition

fans la publicité de nos Affemblées (1) ?

égale de l'impôt ; auffi l'Affemblée Nationale lui a-t-elle accordé des fuffrages unanimes ; & elle en a renvoyé l'examen à fon Comité de Conftitution, pour déterminer le genre d'encouragement dont il étoit fufceptible. — M M. l'Abbé Mulot, l'Abbé Bertolio, Duffaulx & Bonneville ont également fait hommage à l'Affemblée de leurs ouvrages littéraires & politiques. Celui de M. Duffaulx, intitulé de l'*Infurrection Parifienne*, eft un monument précieux qui doit être confulté par ceux qui écriront l'Hiftoire de la Révolution. L'Ouvrage de M. de Bonneville eft une Tragédie intitulée, *l'Année* 1789 ou *Les Tribuns du Peuple*. L'un des Commiffaires, chargés d'examiner cette Piéce, obferve que *l'Auteur, petit-neveu du grand Racine, avoit révivifié la Piéce d'Efter, en la retouchant & en la rendant une Tragédie Nationale.*

(1) Les Volontaires de la Bazoche furent les premiers qui exécutèrent le Décret du douze Juin, qui ordonne que tous les Corps Militaires feront tenus de s'incorporer dans la Milice nationale. Dès le 16 Juin ils envoyèrent une Députation à l'Affemblée des Repréfentans de la Commune, pour lui annoncer que, le lendemain, ils viendroient dépofer leurs groffes armes à l'Hôtel-de-ville, & leurs drapeaux à l'Eglife principale de Paris ; &, en effet, le 17 Juin, ils vinrent, dans une pompe folemnelle, opérer eux-mêmes leur deftruction. *Cet étendard refpectable, dirent ils, qui, fous Philippe-le-Bel, Charles VII, Henri II, nous conduifit à la victoire, que les journées des 14, 17 Juillet & 6 Octobre, ont encore rendu plus précieux pour nous, nous allons le confacrer au Dieu qui l'a béni, & qui nous donna le*

Est-ce quel'éloge de Francklin, prononcé en

---

courage de le conserver, &c., &c. M. de la Fayette étoit présent à cette cérémonie, & donna à ces valeureux Citoyens, les éloges dûs à leur patriotisme. L'Assemblée arrêta, ensuite, que les noms des braves Volontaires de la Basoche seroient inscrits dans le procès-verbal du jour; que le Chancelier de ce corps seroit autorisé à délivrer, à chacun de ceux qui ont servi, des Certificats de service, revêtus, en même tems, pour plus d'authenticité, de la signature de MM. de l'Etat-major; que tout ce qui est relatif à cette cérémonie seroit imprimé à part, & qu'un exemplaire en seroit distribué à chacun des Membres de la Basoche, comme une marque éternelle de la gratitude de la Commune de Paris envers eux. Enfin, elle nomma une Députation de douze Membres pour accompagner MM. de la Basoche à la Cathédrale, & assister au dépôt de leurs drapeaux. Ces drapeaux furent, en effet, déposés à Notre-Dame, & les Volontaires de la Basoche demandèrent & obtinrent que ce fût à côté de Philippe-le-Bel, leur Fondateur, dont ils ombrageroient l'ombre. — Le 21 Juin, les Chevaliers de l'Arc de Montmartre; le 28, ceux de l'Arc de Paris, ceux de S.-Jean-de-Latran apporterent leurs drapeaux à l'Hôtel-de-Ville; & ce fut toujours une Députation de l'Assemblée qui les accompagna à Notre-Dame. — Le 2 Juillet, la Compagnie de l'Arquebuse vint faire à l'Assemblée l'hommage de ses canons & de ses drapeaux. Enfin, le 30 Juin, la Commune de Montmartre, *intrà muros*, ne faisant plus une Municipalité séparée, mais faisant partie de celle de Paris, vint présenter son drapeau à l'Assemblée, pour être, comme les autres, porté & déposé dans l'Eglise Cathédrale.

notre nom ; & par une voix éloquente (1), au
milieu de tous ces Fédérés qui, le lendemain,
partoient pour leurs Provinces, a été une leçon
inutile de patriotisme, de fraternité, de haine
contre les préjugés, & d'amour pour la conftitution ?

Voilà pourtant ce que nous avons fait dans
les derniers mois de notre exiftence; & combien
de chofes paffons-nous encore fous le filence ? (2)
Nos Affemblées ont-elles donc été inutiles ?

Seroit-ce le cas, d'ailleurs, de demander ce
que nous ayons fait de bien dans ces derniers
tems, lorfqu'il fuffiroit de quelque mal que nous
aurions empêché, pour n'avoir pas ceffé de fervir la chofe publique, & avoir encore été utiles
à l'intérêt des Citoyens ; lorfqu'il eft évident que
l'exiftence d'une grande Affemblée, la feule, dans
le Royaume entier, qui pendant une année entière a été perpétuellement en activité, étoit effentiellement néceffaire pour déconcerter les manœuvres coupables des ennemis de la révolution,
& fembloit placée, par la Providence même, à

---

(1) M. l'Abbé Fauchet.

(2) Tout raconter n'eût été qu'une copie faftidieufe
des Procès-verbaux ; ne jetter les objets qu'en maffe,
en ne parlant que des opérations majeures, n'eût pas été
un compte fidéle de nos travaux ; il a fallu prendre un
jufte milieu entre ces deux extrêmes. C'eft ce que nous
avons tâché de faire.

côté du corps légiſtatif, pour défendre & ſeconder ſes opérations ?

Qu'on parle, au reſte, & qu'on reparle encore de l'inutilité de nos Aſſemblées ; c'eſt la meilleure preuve qu'on a bien peu de reproches & des reproches bien peu graves à nous faire, puiſque c'eſt-là le principal auquel on s'arrête.

Eh ! que pourroit-on, en effet, nous reprocher?

Seroit-ce de ces manières hautaines ou de ces prétentions vaniteuſes, qu'affichent ſi promptement, même dans le régime de la liberté & de l'égalité, les hommes revêtus de quelque pouvoir? l'idée d'un pareil reproche n'eſt pas même venue à aucun citoyen.

Seroit - ce des actes deſpotiques, pires mille fois que l'extérieur du deſpotiſme ? Aucun Citoyen ne s'eſt jamais plaint que nos déciſions fuſſent arbitraires ; & tous ont vu, au contraire, avec quelle attention religieuſe nous nous efforcions de les conformer à la loi.

Seroit-ce de l'infidélité ou de l'imprudence dans la geſtion de la choſe commune ? Nous n'avons rien régi, rien adminiſtré ; aucune ſomme d'argent n'a été touchée par nous ; & c'eſt ici le lieu de faire obſerver la différence eſſentielle qui exiſte entre les ſoixante Membres du Conſeil-de-Ville qui ont fait tous les actes d'adminiſtration,

régi tous les revenus de la cité (1), & entre les
Repréſentans de la Commune, qui n'ont eu que
la ſurveillance ſur les premiers, & la puiſſance
réglementaire.

L'Aſſemblée des Repréſentans de la Commune
n'a pas même voulu ſe réſerver la nomination
d'aucune place (2). Elle a porté ſa ſcrupuleuſe

<hr />

(1) Nous voulons ſeulement dire que les ſoupçons
pourroient malicieuſement & calomnieuſement atteindre les
Membres du Conſeil de Ville ; car perſonne n'eſt plus
empreſſé que nous à leur rendre la juſtice qui leur eſt due.

(2) Ce n'eſt que ſur la préſentation de M. le Commandant-Général que l'Aſſemblée a nommé aux places
militaires, ainſi qu'on peut le voir par ſes différens Arrêtés & en particulier, par ceux des 13 Août, & 30
Octobre 1789 : enſorte que c'étoit M. ie Commandant-
Général, qui étoit le véritable nominateur. Mais les
principes de ſévérité, & de délicateſſe de M. le Commandant-Général, lui avoient inſpiré l'idée de ne préſenter
les Sujets à l'Aſſemblée, qu'après les avoir ſoumis au
Comité militaire ; & c'étoit le réſultat de ce Comité,
qu'il offroit à l'Aſſemblée. — Nous pouvons ajouter ici
que, malgré les ſervices rendus à la Commune par les
Gardes de la Ville, malgré les témoignages de ſatisfaction que nous leur en devions, nous n'avons pas même
cru devoir déférer à une demande formée en leur nom
par le brave & fidèle M. Hay, leur Colonel. Il ne
demandoit pourtant qu'à être maintenu, ainſi que ſes
Compagnons d'armes, dans leur activité, & à porter le
titre de *Gardes-d'honneur de la Commune*. Nous avons
renvoyé cette demande au Bureau de Ville.

délicateſſe juſqu'à s'interdire, par un Arrêté formel, la faculté d'en ſolliciter aucune en faveur de ceux même qui lui paroîtroient les plus dignes de ſon intérêt (1). — Elle s'eſt fait un devoir de maintenir, dans leurs poſtes, les hommes eſtimables, qui, ſous l'ancien régime, avoient mérité la confiance publique, & qui, ſous le régne de la liberté, devoient la mériter encore, parce qu'il eſt du caractère des véritables hommes de bien d'avoir une conduite entièrement indépendante des événemens & des révolutions (2). — Elle a voulu que tous les Membres qui lui appartenoient euſſent une ame libre & franche, dont aucune circonſtance, aucun intérêt ne puſſent modérer l'eſſor ; elle a décidé, en conſéquence, qu'un Repréſentant de la Commune ne pourroit occuper aucune place lucrative dans l'Adminiſtration (3); & elle a évité par-là tous les repro-

---

(1) Le 13 Octobre, l'Aſſemblée a arrêté qu'elle s'abſtiendroit de toute ſollicitation pour les places à la préſentation de M. le Commandant-Général.

(2) Le 23 Octobre 1789, l'Aſſemblée a commis proviſoirement MM. Veytard & de Villeneuve, l'un aux fonctions de Greffier-en-Chef, & l'autre à celles de Tréſorier, dont ils étoient déjà pourvus.

(3) Le 28 Juillet 1790, l'Aſſemblée, ayant appris que deux de ſes Membres avoient accepté des places à appoinremens dépendantes de l'adminiſtration, arrêta que toute place avec appointement, dans l'Adminiſtration, étoit incompatible avec celle de Repréſentant de la Commune.

ches que la malignité auroit trouvé tant de plaisir
à lui opposer.

Nous le dirons enfin, parce que c'est la vérité,
Elle n'a rien fait pour elle, & tout voulu pour la
chose publique (1).

Son courage a été sans bornes ; ses sacrifices
immenses ; son désintéressement entier (2).

---

(1) Indépendamment de la délicatesse qu'a mis l'Assemblée à n'accorder aucune place à aucun de ses Membres,
& à n'en demander aucune pour eux, elle a rejetté toutes
les propositions qui n'avoient qu'eux seuls pour objet,
& qui tendoient ou à les distinguer des autres Citoyens,
ou à flatter de quelque manière, leur vanité. On peut
consulter à cet égard les procès-verbaux des 8 Janvier &
26 Février.

(2) Le 30 Septembre 1789, l'Assemblée avoit arrêté
que les Mandatires de la Commune exerceroient gratuitement leurs fonctions. Elle a cru, avant de se séparer,
qu'il étoit d'une haute importance que chaque Membre
affirmât solemnellement qu'il avoit été fidèle à son serment.
En conséquence, le 24 Septembre dernier, elle a pris
l'Arrêté suivant :

« L'Assemblée générale des Représentans de la Com-
» mune de Paris, jalouse de remplir, jusqu'au dernier
» moment de son existence, les devoirs qui lui ont été
» imposés par ses Commettans, & ceux qu'elle s'est im-
» posés à elle-même, s'est fait représenter son Arrêté
» du 30 Septembre 1789, par lequel il a été unani-
» mement décidé que l'Administration provisoire de la
« Commune seroit exercée gratuitement par ceux que la
» confiance des Districts y avoit appellés, & que l'As-
» semblée en chargeroit ;

Eh

Eh bien, pour prix de ses travaux , de ses veilles , des services, qu'à travers mille dangers elle a rendus à la patrie, elle a été sur le point

» Considérant qu'il importe à l'honneur & à la délica-
» tesse de ceux qui la composent de prouver à la
» Capitale , & à toute la France , que l'Arrêté du
» 30 Septembre a reçu sa pleine & entière exécution ;

» Considérant que plusieurs Membres de l'Assemblée
» ont formé les Comités qui ont précédé l'Administra-
» tion provisoire actuelle ; que plusieurs autres ont été
» chargés de commissions particulières , & qu'ainsi ,
» outre les soixante Représentans Administrateurs provi-
» soires , il y a d'autres Représentans qui ont administré
» momentanément & partiellement ;

» Considérant que des Citoyens, nayant point connois-
» sance de l'Arrêté du 30 Septembre 1789 , & peu
» familiarisés avec la distinction de Représentants admi-
» nistrateurs , & de Représentans chargés de la partie
» des Réglemens, & de la surveillance, paroissent avoir
» prêté l'oreille à des bruits injurieux au désintéresse-
» ment & à la probité de tous les Membres de l'As-
» semblée , & que tous les Représentans de la Com-
» mune, sans distinction d'Administrateurs , ont un égal
» intérêt à dissiper ces bruits que des personnes mal
» intentionnées cherchent à répandre & à propager ;

» Considérant enfin que les obstacles que, l'Assemblée
» éprouve à se faire rendre la totalité des comptes de
» l'Administration provisoire , & à leur donner , par
» ce moyen , la publicité nécessaire pour éclairer ses
» Commettans sur toutes les subdivisions de l'emploi des
» deniers de la Commune, la privent d'une des preuves

O

de ne recueillir que l'ingratitude & l'injustice:
En répétant fouvent qu'elle étoit inutile fou in-
compétente, on avoit eſſayé de lui enlever ſon

» qu'elle pourroit fournir de l'exécution de ſon Arrêté
» du 30 Septembre, & la néceſſitent, par conſéquent,
» à recourir à la ſeule qui lui reſte, pour établir qu'elle
» n'a jamais ceſſé d'être fidèle à ſes principes de dé-
» ſintéreſſement & de délicateſſe ;

» A unanimement arrêté, 1° que, dans ſa ſéance
» du Jeudi, 30 du préſent mois de Septembre 1890,
» à laquelle tous les Repréſentans, ſans aucune diſtinc-
» tion, même ceux qui ont été remplacés, à raiſon
» de la ceſſation de leurs Mandats ou de leur démiſſion
» volontaire, ſeroient convoqués ſpécialement & extraor-
» dinairement ; chacun d'eux affirmera individuellement
» & ſur ſon honneur, avoir fidélement exécuté l'Arrêté
» du 30 Septembre 1789 ; en conſéquence, n'avoir
» jamais, à raiſon des fonctions de la Commune, reçu,
» touché, retenu directement ni indirectement, à quel-
» que titre que ce puiſſe être, ni de la Commune,
» ni des Agens du Pouvoir exécutif, ni de quelqu'autre
» perſonne que ce ſoit, aucuns deniers ni choſes équi-
» valentes, à l'exception cependant des ſimples débourſés
» juſtifiés néceſſaires ;

» 2° Que M. le Maire de Paris, Chef de l'Aſſem-
» blée, ſera ſpécialement invité à ſe rendre à la ſéance,
» pour y affirmer, ſur ſon honneur, qu'il n'a rien
» reçu ni directement ni indirectement, à raiſon de ſes
» fonctions, outre le traitement qui lui a été offert &
» accordé par la Commune comme indemnité néceſſaire ;

» 3° Que M. le Commandant-Général, Membre de
» l'Aſſemblée, ſera pareillement invité, d'une manière

autorité. C'étoit trop peu. Il falloit, en calom-
niant ses intentions les plus pures, tenter de lui
faire perdre l'estime des Citoyens, & ce moyen n'a

» spéciale, à se rendre à la même séance, pour y af-
» firmer, sur son honneur, que, n'ayant pas voulu,
» malgré les vives instances de la Commune, accepter,
» jusqu'à présent, les indemnités qui lui sont nécessai-
» rement & indispensablement dues pour les dépenses
» immenses qu'il a été dans le cas de faire, il n'a rien
» reçu d'ailleurs, ni directement ni indirectement pour
» ses fonctions;

» 4° Qu'après l'affirmation de M. le Maire, de M.
» le Président de l'Assemblée, & de M. le Comman-
» dant-Général, l'appel nominal sera fait, d'abord sur
» la première liste des trois-cents Représentans, & ensuite
» sur la liste additionelle des nouveaux Représentans, qui,
» au nom de quelques Districts, ont remplacé les premiers;

» 5° Qu'il sera donné acte de l'affirmation à chacun
» de ceux qui l'auront prêtée, & que, quant aux ab-
» sens, il leur sera accordé un délai de huitaine,
» après lequel la liste des noms de ceux qui n'auront
» point affirmé, sera imprimée & affichée;

» 6° Que tous les Citoyens qui auroient connoissance
» de sommes quelconques ou de choses équivalentes,
» reçue par un des trois-cents Représentans, à raison
» des fonctions de Mandataires de la Commune, sont
» invités à l'exposer librement dans l'Assemblée, à condi-
» tion, toutefois, qu'ils en apporteront en même-temps
» la preuve;

» 7° Que MM. les Présidens de Section, & MM. les
» Présidens des Comités de District, seront invités à
» venir siéger dans cette séance, qui intéresse l'honneur
» de la Commune entière.

O 2

pas été épargné. Le 10 Août, l'Affemblée des Repréfentans de la Commune avoit préfenté à l'Affemblée Nationale une pétition, dont l'objet

» Cette féance folemnelle s'ouvrira à l'Hôtel-de-Ville, » Jeudi 30 du préfent, à cinq heures du foir;
» Et fera le préfent Arrêté imprimé, envoyé à M. » le Maire, à M. le Commandant-Général, aux 48 » Sections, aux 60 Comités de Diftrict, & affiché ».

Indépendamment de cet Arrêté, le Préfident de l'Affemblée écrivit à M. le Maire la Lettre qui fuit:

A l'Hôtel-de-Ville, le 26 Septembre 1790,

MONSIEUR LE MAIRE,

« L'Affemblée des Repréfenntans de la Commune, me » charge de vous adreffer une copie de l'Arrêté du » 24 Septembre, per lequel elle vous invite à venir » Jeudi à la Séance folemnelle indiquée à tous fes Mem- » bres, pour affirmer publiquement fur leur honneur, » qu'ils ont rempli gratuitement toutes leurs fonctions de » Mandataires de la Commune. Elle eft fûre qu'au nom » de l'honneur vous n'héfiterez pas à venir prêter une » affirmation, que tous enfemble & chacun en particulier » feroient pour vous, (tant votre intégrité inviolable eft » au-deffus de tout doute), mais qu'aucune confidération » ne peut vous difpenfer de faire vous-même, conformé- » ment au droit de votre place, aux intentions de l'Af- » femblée & à l'attente du Public.

» Je fuis avec un refpectueux fentiment,

» MONSIEUR LE MAIRE,

» Votre très-humble & très--obéiffant ferviteur,

» L'Abbé FAUCHET, *Préfident.*

étoit de demander , pour la ville de Paris , une modération des droits d'entrée fur les denrées de première néceffité ; & cette modération , comme

---

Sur l'Arrêté de l'Affemblée de la Commune , le Con-- feil de Ville a pris celui qu'on va lire :

« Lecture faite au Confeil, par un de fes Membres, d'un Imprimé ayant pour titre *Affemblée - générale des Repréfentans de la Commune de Paris : Extrait du Procès-Verbal du* 24 *Septembre* 1790 ; ledit Imprimé , figné *Fauchet* , Préfident ; *Letellier* , *Ballin* , *Defprez* , *Cavagnac* , *Coufin* , Secrétaires ; portant : « que, le Jeudi 30 Sep-
» tembre , M. le Maire , M. le Commandant-général, &
» les Adminiftrateurs provifoires fe rendront à l'Affemblée
» indiquée par cet Arrêté, pour affirmer chacun indivi-
» duellement & fur fon honneur, avoir fidélement exé-
» cuté l'Arrêté du 30 Septembre 1789 , en conféquence
» n'avoir jamais reçu , touché, retenu directement ni
» indirectement , à quelque titre que ce puiffe être , ni
» de la Commune , ni des Agens du Pouvoir exécutif,
» ni de quelqu'autre Perfonne que ce foit, aucuns de-
» niers ni chofes équivalentes , à l'exception des débourfés
» juftifiés néceffaires » ;

Le Conseil , perfiftant dans fes Arrêtés des 14 & 16 de ce mois relativement à la reddition des comptes à la Municipalité définitive ,

Déclare *unanimement* qu'il n'eft aucun de fes Mem-bres qui ne foit prêt à faire tel Serment qui feroit pref-crit par une autorité légitime , mais que c'eft profaner la faintété d'un acte auffi religieux que de le faire au gré de perfonnes qui n'ont pas droit de l'ordonner ; que ce droit n'appartient qu'à la Loi ; qu'ainfi aucun de fes Membres n'eft tenu de faire le Serment énoncé dans ledit Imprimé.

Le Confeil ordonne que le préfent Arrêté fera préfenté

on le prouvoit dans l'adreffe, devoit produire l'effet d'anéantir la contrebande, de doubler la confommation, & d'augmenter par conféquent

au Comité de Conftitution, & qu'il fera imprimé, affiché, envoyé aux quarante-huit Sections, aux foixante Comités des Diftricts, à M. le Commandant-Général, & à chacun des Membres du Confeil.

Signé, B A I L L Y, Maire.
D é J o l y, Secrétaire.

Voici maintenant la réponfe de M. le Maire.

Paris, 30 *Septembre* 1790.

» J'ai reçu, Monfieur, la lettre que vous m'avez fait
» l'honneur de m'écrire, & je ne peux que me reférer
» à l'Arrêté pris par le Confeil de Ville le 27 de ce mois.

» J'ai l'honneur d'être avec un très-fincère attachement;
» Monfieur, votre très-humble & très-obéiffant ferviteur;

B A I L L Y.

Malgré l'Arrêté du Confeil de Ville, & la Lettre de M. le Maire, la preftation du ferment a eu lieu le 30 Septembre. Un nombre immenfe de Citoyens s'étoit rendu dans la falle de l'Affemblée, & rempliffoit les tribunes. M. le Commandant général s'empreffa d'y venir; & il n'eft pas indifférent de rapporter le difcours que lui adreffa le Préfident de l'Affemblée, & la réponfe de M. de la Fayette.

M. le Commandant-Général;

« Toute l'Affemblée, ainfi que je vous l'ai écrit en fon
nom, préféroit pour vous l'affirmation de votre défintéreffement abfolu; mais elle étoit fûre que vous-vous em-
preffericz de venir la faire vous-même, parce que per-

les revenus du Tréfor public. Tous-à-coup les ennemis de l'Affemblée fe réveillent. Ce ne peut être que de *mauvais Citoyens*, difent-ils,

---

fonne ne connoît mieux que vous toutes les convenances de l'honneur. Je dois, avant que vous procédiez à cet acte folemnel, vous déclarer & vous réitérer, d'une manière pofitive, que l'intention de l'Affemblée n'eft point que vous-vous refufiez plus long-tems aux indemnités qui vous font légitimement & indifpenfablement dues, pour les dépenfes immenfes que vous avez été obligé de faire dans la place éminente que le vœu publie vous a confiée. Elle défire, au contraire, &, (puifque les expreffions d'autorité ne vous répugnent point de fa part, & que vous-vous êtes toujours fait un loi de vous y foumettre) elle entend que vous receviez, enfin, ces indemnités néceffaires. Vous pouvez être généreux; mais il n'eft pas poffible que la ville de Paris foit ingrate. Vous avez fait fon bonheur; elle ne fera pas votre ruine.

Monfieur le Commandant-Général a répondu:

M E S S I E U R S,

« Permettez qu'en affirmant, fur mon honneur, que je n'ai rien reçu, ni indirectement ni directement de la Commune, ni du pouvoir exécutif, j'ajoute que je trouve un dédommagement bien doux de toutes les peines que m'ont pu caufer les fonctions du pofte éminent auquel le vœu du peuple m'a appellé, dans les témoignages de bonté dont vous avez toujours daigné m'honorer. En perfiftant dans mon refus, je n'affecte pas une fauffe générofité: je ferois difpofé non feulement à accepter, mais même à demander, à folliciter du peuple à qui j'ai confacré ma fortune & mon fang, les indemnités de mes dépenfes, fi cette même fortune ne

O 4

qui , dans la crife où l'on fe trouve , peuvent demander la *diminution des impôts* ; & voilà, que fans entendre , fans connoître la pétition, fans

---

me mettoit au-deffus du befoin ; elle étoit confidérable ; elle a fuffi à deux Révolutions ; & , s'il en furvenoit une troifiéme pour le bonheur du Peuple , elle lui appartiendroit toute entière ».

Voici enfin l'Arrêté pris par l'Affemblée. le 5 Octobre dernier , relativement à ceux qui n'ont pas prêté le ferment.

« L'Affemblée, après avoir entendu la Lettre écrite, en
» fon nom , par M. le Préfident à M. le Maire, pour l'in-
» viter à l'affirmation folemnelle fur le défintéreffement ci-
» vique contracté par tous les Mandataires provifoires de la
» Commune , & la réponfe de M. le Maire, qui s'autorife
» des Arrêtés du Confeil de Ville, pour fe refufer à une
» affirmation fi conforme aux Loix de la probité & de
» l'honneur : après avoir également entendu la lecture des
» Arrêtés du Confeil de Ville, des 14 , 16 & 28 Sep-
» tembre ,

» Confidérant que le Confeil de Ville s'écarte, dans
» ces Arrêtés, de la difpofition textuelle des articles du
» Réglement provifoire , adoptés par tous les Diftricts,
» & qui foumettent les Adminiftrateurs à la furveillance
» de l'Affemblée ; de la Loi que les trois-cents Repréfen-
» tans fe font faite à eux-mêmes , & de celle que les
» Adminiftrateurs , chacun en particulier, ont juré d'ob-
» ferver ; des Décrets de l'Affemblée-Nationale qui re-
» connoiffent les droits des Repréfentans & les main-
» tiennent dans leurs fonctions jufqu'à l'organifation de
» la Municipalité définitive ;

» Confidérant qu'en affectant de méconnoître une
» autorité fi légitime , le Confeil de Ville ufurpe une

favoir que cinq Diſtricts l'avoient provoquée,
que les autres, auxquels les Arrêtés de ceux-ci
avoient été envoyés, n'avoient pas réclamé, on va

» indépendance contraire à tous les principes, & donne
» l'exemple dangereux de ſubſtituer la volonté arbitraire
» d'un Corps à la Loi générale, qui régit la Cité ; que
» ſes prétentions impérieuſes à l'égard de la Commune,
» ſont cependant aviliſſantes pour le Conſeil lui-même,
» puiſqu'il ne les élève que pour écarter les premiers traits
» de lumière dont les Commiſſaires, nommés pa l'Aſſem-
» blée, à l'effet d'examiner les Actes & Regiſtres de l'Ad-
» miniſtration, auroient éclairé les comptes de geſtion &
» de finances, dûs *proviſoirement* aux Repréſentans actuels,
& *définitivement* à la Municipalité future ;

» Conſidérant combien il eſt illuſoire de s'adreſſer au
» Comité de Conſtitution de l'Aſſemblée-Nationale, pour
» favoir ſi l'on doit acquitter le Serment qu'on a prêté,
» devant ceux qui l'ont reçu, & ſi l'on peut ſe diſpenſer
» d'affirmer, ſur ſon honneur, qu'on a rempli l'obliga-
» tion jurée à l'Aſſemblée même dont c'étoit la Loi,
» & qui interpelle tous ſes Membres pour l'accompliſ-
» ſement de cette Loi ;

» Conſidérant enfin que les Mandataires, qui héſitent de
» venir atteſter devant tous les Repréſentans, leurs Col-
» légues, avec eux, à leur réquiſition, & en préſence du
» Public, à qui l'Aſſemblée de la Commune eſt ouverte,
» leur déſintéreſſement, leur probité, leur honneur, dans
» l'exercice de leurs fonctions, ouvrent imprudemment
» la voie aux ſoupçons les plus défavorables ;

« A arrêté qu'elle improuve les Délibérations de Conſeil
» de Ville & la conduite de tous ſes Membres qui ont
» refuſé de prêter l'affirmation d'honneur preſcrite par

hous accuser à l'avance, dans l'Affemblée-Nationale, de demander ce que nous ne demandions
pas; on nous accuse enfuite, d'avoir dit ce que
nous n'avions jamais fongé à dire; la calomnie
en un mot, circule de toutes parts avec rapidité;
& l'on cheche à induire toutes les Sections en
erreur. Que faifons nous alors? C'eft une chofe

» l'Affemblée aux trois-cents Repréfentans; qu'elle livre
» au Tribunal fuprème de l'opinion d'un Peuple libre &
» frauc, les Réfractaires à une Loi fi conforme aux
» principes de la loyauté & de la liberté:
» Qu'elle plaint M. le Maire de Paris, qui s'eft enve-
» loppé de l'autorité, ufurpée par le Confeil de Ville,
» pour fe dérober à l'autorité légitime de l'Affemblée-
» générale, & pour ne pas écouter la Loi de fon propre
» honneur, auquel l'Affemblée aime à rendre hommage;
» Que la lifte des Adminiftrateurs qui ont rendu leurs
» comptes & de ceux qui ne les ont pas rendus, ainfi
» que celle des Repréfentans & Adminiftrateurs, qui, à
» l'exemple de M. le Commandant général, toujours prêt
» d'accourir à la voix de l'honneur, ont fait l'affirmation,
» & de ceux qui ne l'ont pas faite, feront inceffamment
» rendues publiques;
» Que le préfent Arrêté, enfemble la Lettre de M. le
» Préfident, & la Réponfe de M. le Maire, feront impri-
» més, envoyés à l'Affemblée-Nationale, aux quarante-
» huit Sections, aux foixante Comités, & l'Arrêté
» affiché ».

L'Abbé FAUCHET, *Préfident.*

*Letellier, Ballin, Defpreţ, Cavaignac, Coufin, Sécré-
taires*

digne de remarque que l'efprit de civifme, qui,
dans cette circonftance difficile, a dirigé l'Affemblée des Repréfentans de la Commune. On
avoit jugé fa pétition fans l'avoir entendue : on
avoit traité fes Députés fans ménagement, lorfquils
venoient au nom d'un corps légal ; dont les demandes méritent & doivent toujours obtenir une
attention ferieufe. Les citoyens ne feroient plus
libres ; ils ne conferveroient plus le droit de
préfenter des pétitions, on leur enleveroit véritablement ce droit précieux, fi quelques Membres
du Corps légiflatif fe permettoient de repouffer,
avec des expreffions injurieufes, les pétitions
dont l'objet ne s'accorde point avec leurs principes. Voilà des faits & des réflexions, que plufieurs
Membres de l'Affemblée des Repréfentans de la
Commune vouloient qu'on développât avec force
dans une *adreffe* au Corps légiflatif ; & ils regar-
doient l'*adreffe* qui feroit rédigée dans cet efprit
comme un dernier fervice que l'Affemblée rendroit
à la liberté. Mais une telle conduite, dans les circonftances critiques où l'on fe trouvoit, eût peut-être
donné trop de joie aux ennemis de la Conftitution ;
& l'Affemblée, voulant concilier la prudence dont
elle ne devoit pas s'écarter, avec les devoirs que
lui impofoit fa délicateffe, fe borna à faire imprimer fa première pétition, & à expliquer, dans une
feconde, les motifs qui avoient déterminé la première. C'étoit retarder le triomphe de la Vérité

& le rendre moins éclatant. Mais les hommes de
bien ne doivent jamais attendre que de leur confcience le prix de leurs travaux ; & il faut enfuite
qu'ils fe confient au temps , pour recevoir ce tribut
de l'opinion , qui eft d'autant plus durable , qu'il
eft le fruit fucceffif & lent des fuffrages indivi-
duel , & non l'explofion fouvent irréfléchie du
moment.

Qu'eft-il arrivé cependant ? Les clameurs fe
font appaifées peu-à-peu. Les défaveux qu'on
provoquoit avec tant d'habileté , & auxquels on
donnoit tant d'éclat , fe font réduits à un très-
petit nombre. Cinq ou fix Sections feulement ,
jugeant leurs Repréfentans fur le bruit public , &
fans connoître directement l'objet de leur pétition,
l'ont défavouée. Aucune n'a réclamé , lorfque la
pétition a eu la publicité que l'Affemblée a cru
devoir lui donner ; & l'on verra , dans quelques
temps, toutes les bafes de cette pétition décrétées
par le Corps légiflatif.

C'eft alors qu'on rendra hautement juftice à
nos intentions , & qu'on nous vengera d'une injuftice momentanée. Alors auffi toutes les pré-
ventions auront difparu ; les petites paffions , qui
ont une fi grande énergie auront difparu également ; les rivalités puériles , qui ne mettent jamais que l'efprit de parti à la place de l'efprit
public, ne feront plus là pour nous combattre ;
en un mot , nous ferons jugés fans partialité &

fans envie ; & l'orfqu'on embraffera, d'un coup
d'œil, tout ce que nous avons fait pour la chofe
publique, au milieu des crifes & des orages de
la révolution, on fera plus univerfellement
jufte envers une Affemblée, qui lorfque Paris
étoit déchiré par les factions & par la famine, a
ramené la paix dans fon fein, & lui a procuré
des fubfiftances ;

Qui, par fes refpectueufes inftances, a obtenu du Roi cette promeffe, fi douce & fi heureufe pour la Capitale, que ce feroit à Paris,
déformais, qu'il feroit fa réfidence la plus habituelle (1) ;

Qui la première a donné l'exemple de la réli-
gieufe obéiffance que l'on doit aux Loix, en déclarant à l'Affemblée Nationale, qu'elle fe foumettoit
avec refpect à un Décret rendu contre l'énoncia-
tion formelle de fon vœu (2) ;

Qui a obtenu de cette Affemblée les réformes
provifoires de la Légiflation Criminelle, la Loi
Martiale, l'anéantiffement des Jurifdictions Prevôtales, le Décret fur la mendicité ;

---

(1) Le Roi écrivit à l'Affemblée-Nationale, *les témoi-*
gnages d'affection & de fidélité que j'ai reçu des habitans de
ma bonne Ville de Paris, & les inftances de la Commune, me
déterminent à y fixer mon féjour le plus habituel.

(2) Le Décret rendu fur l'étendue du Département de
Paris.

Qui s'est montrée, autant qu'elle l'a pû, la patrone des Pauvres ;

Qui, pénétrée de la nécessité d'une Religion, & de la sainteté de la notre, n'a laissé échapper aucune occasion d'en pratiquer pieusement & solemnellement les devoirs ;

Qui, loin de favoriser l'indiscipline de l'armée, a constament refusé l'entrée de la Capitale aux insubordonnés qui, depuis la crise du mois de Juillet 1789, désertoient leurs drapeaux, & les a renvoyés à leurs régimens respectifs ;

Qui, aimant la liberté, mais détestant la licence, a plus d'une fois armé le zèle du ministère public de la Commune, & la sévérité du département de la Police contre ces libelles infâmes, qui égarent, d'une manière si cruelle, l'imagination d'un peuple bon & sensible ;

Qui a soutenu & relevé l'établissement des Sourds & Muets ;

Qui, la première, a élevé la voix en faveur des Juifs ;

Qui a donné la première couronne civique ; & qui la première aussi semble avoir voulu concilier à la France un peuple qui en a été l'éternel rival, en donnant cette première couronne civique à un Anglois ;

Qui a fait prononcer la première Oraison funébre d'un Citoyen, & le premier éloge civique d'un étranger ;

Qui, dans les momens les plus difficiles, a gouverné la Capitale par des loix qu'elle-même & elle seule avoit établies (1) ;

Qui, de concert avec le Chef de l'armée Parisienne, & les Citoyens généreux qui depuis l'insurrection du mois de Juillet 1789, consacrent avec tant de zèle, dans le Comité Militaire, leurs soins à la chose publique, a organisé cette fidèle & valeureuse Milice, objet de la reconnoissance des François & de l'admiration des Etrangers ;

Qui enfin a recompensé les grandes actions, partout où on lui en a montré, & qui a enflammé toutes les ames de l'attachement à la Constitution & de l'amour de la paix, sans laquelle il n'y a point de vraie liberté.

___

(1) Le Plan de Municipalité qui, jusqu'à présent, à régi la Cité, avoit été rédigé par l'Assemblée de Représentans de la Commune, & adopté par la majorité des Districts. Ce plan étoit déjà exécuté, avant que l'Assemblée Nationale eût commencé la discussion sur les

LISTE

DES CENT-VINGT REPRÉSENTANS
DE LA COMMUNE,

Convoqués le 25 Juillet 1789 (1).

M. *BAILLY*, Maire.

M. *LA FAYETTE*, Commandant-Général.

District de S.-André-des-Arcs.

M M.

Joly, avocat au parlement.
Desbois, curé de S.-André-des-Arcs.

Les Cordeliers.

M M.

Timbergue, avocat au parlement.
Trutat, notaire.

Les Carmes-Déchauffés.

Brouffin de Lagrée, ingénieur.
Daval, ancien échevin.

Les Prémontrés.

Groult, bourgeois.
Samaria, avocat.

---

(1) Les deux lettres PR. indiquent ceux des Membres qui ont été *Préfidens* de la Commune.

Saint - Honoré.

M M.

Pitra, négociant.
Provost, Notaire.

Saint-Roch.

Sallin, médecin.
Du Closcy, avocat aux conseils.

Les Jacobins Saint-Honoré.

Tannevot, avocat.
Deumier, entrepreneur de bâtimens du Roi & de la Ville.

S. - Philippe du Roule.

Beignères, médecin.
Olivier Desclofeaux, avocat.

Abbaye S. - Germain des Prés.

Popelin, avocat au palement.
Fortin, négociant.

Petits-Augustins.

Amelot de Chaillou, maître des requêtes.
Michel, médecin.

Jacobins F. S. - Germain.

De Machy, apothicaire, PR.
Try, conseiller au Châtelet.

Théatins.

De Beauchéne, médecin.
Lobbet, bourgeois.

S.-Louis-en-l'Isle.

Fournel, avocat au parlement.
Vincendon, avocat au parlement.

S.-Nicolas du Chardonnet.

Thouin, de l'académie des sciences.
Péron, avocat au parlement.

P

S.-Victor.

M M.

Guillotte, chevalier de S.-Louis.
Chaudoix, avocat.

Blancs-Manteaux.

Picard, avocat au parlement, PR.
Blondel, avocat au parlement, PR.

Capucins du Marais.

Garnier des Chênes, ancien notaire.
Brousse Desfaucherets, avocat.

Enfans-Rouges.

Le Roux, secrétaire du parquet de la chambre des comptes.
De Joly, avocat aux conseils.

Péres-Nazareth.

Quatremère de Quincy.
Morel, architecte

S. S.-Etienne-du-Mont.

De Vauvilliers de l'académie des inscriptions, PR.
De la Vigne, avocat au parlement, PR.

Val-de-Grace.

Gallien, greffier au parlemennt.
Bosquillon, avocat au parlement.

S. - Marcel.

Audray, entrepreneur des Gobelins.
Bourdon de la Crofnière, ancien avocat aux conseils.

S. - Nicolas - des - Champs.

Girard de Bury, procureur au parlement.
Le Febvre, négociant.

Sainte - Elizabeth.

Le Vacher, avocat au parlement.

M M.

Prévôt de S.-Lucien, avocat au parlement.

Filles - Dieu.

Cellerier, architecte.
Santerre, fabricant.

S.-Laurent.

Bourdon des Planches.
De Moy, curé.

Barnabites.

Minier, jouailler.
Le Febvre de S.-Maur, notaire.

Notre-Dame.

De la Chenaye, chevalier de S.-Louis.
Vautrin, avocat.

S.-Germain-l'Auxerrois.

Maurice.
Masson.

L'Oratoire.

Trudon, négociant.
Maillot, négociant.

Feuillans.

Du Bergier, bourgeois.
Duffaulx, de l'académie des belles-lettres, PR.

Capucins S.-Honoré.

Garin, boulanger.
Gaujat, marchand.

S.-Eustache.

Moreau-de-S.-Méry, conseiller au conseil supérieur de S.-Domingue, PR.
Pétignon, avocat aux conseils.

Petits-Pères.

De Corbinière, ancien procureur au châtelet.

M M.

Fouchet, payeur de rentes.

Filles-S.-Thomas.

Briffot de Varville, avocat.

De Sémonville, conseiller au parlement, **PR.**

Capucins de la Chauffée-d'Antin.

Perrier, de l'Académie des sciences.

Fleuriau, receveur général des finances.

Maturins.

Agier, avocat au parlement.

Chauvier, général des Maturins.

Sorbonne.

Minier, avocat au parlement.

Courtin, avocat au parlement.

S.-Jacques du Haut-Pas.

Darimajou, avocat au parlement.

Cochin, payeur de rentes.

Petit S.-Antoine.

Dufour, avocat au parlement.

Oud.rt, avocat au parlement.

Minimes.

De Corberon, conseiller au parlement.

Tiron, secrétaire de l'ordre de Malte.

Trainel.

Choppin, conseiller au châtelet.

Dubois, commissaire au châtelet.

Sainte-Marguerite.

Guibout, négociant.

Maisonneuve, marchand,

Ste-Opportune.

Rousseau, négociant.

M M.

Désmousseaux , avocat.

S.-Jacques-l'Hôpital.

Fondeur, procureur au châtelet.
Montauban , négociant.

Bonne-Nouvelle.

Tiron , notaire.
Charpentier , maçon.

S.-Lazare.

Le Chevalier de la Corée .
Le Pécheux , négociant.

S.-Jean.

Le Febvre de Hineau ,
Grandin , commissaire au châtelet.

S.-Gervais.

Daugy , avocat aux conseils.
Dupont , expert.

S.-Louis la Culture.

De Vouges.
Franchet , avocat.

Enfans-trouvés-s-Antoine.

De Sauvigny , chevalier de S.-Louis.
S.- Hilaire , marchand de bois.

S.-Méry.

Hochereau , avocat au parlement.
Charpentier , procureur au châtelet.

Sépulchre.

Vermeil, avocat au parlement , PR.
Boscary , négociant.

S.-Martin-des-Champs.

De Montauban, maître des comptes.

Grouvelle , avocat au parlement.

Recollets.

Duperay , ancien receveur général.
Le comte de Miromesnil.

S.-Jacques de la Boucherie.

Quinquet , maître en pharmacie.
Noiseux.

S. - Leu.

De la Noraye , banquier.
Le Casse , avocat.

S.-Magloire.

De Vergennes , maître des requêtes.
Pourfin de Grand-Champ , chevalier de l'ordre du Roi.

S.-Joseph.

Puiſſant , préſident honoroire de la cour des aides de
  Montpellier.
Hermond , ſculpteur.

Saint-Severin.

Buiſſon , apothicaire, rue du marché-neuf.
Deſcaudin , huiſſier-priſeur , rue S.-Eloi.

LISTE
DES SOIXANTE REPRÉSENTANS
DE LA COMMUNE,

Convoqués le 5 Août 1789, pour être réunis aux CENT-VINGT.

M M.	Diſtriĉts.
Cellier , avocat.	S.-André-des-Arcs.
Archambaud , avocat.	Cordeliers.
Bro , notaire.	Carmes-Déchauſſés.
Bridel , peintre.	Prémontrés.
Réal , ancien procureur.	S.-Honoré.
Raguidaud, av. aux conſeils.	S.-Roch.
Canuel, avocat au parlem.	Jacobins S.-Honoré.
Le comte d'Eſpagnac.	S.-Philippe-du-Roule.
De la Harpe , de l'ac. Fr.	Abbaye S.-Germain.
Dières , conf. à la cour des aides.	Petits - Auguſtins.
Duluo , horloger.	Jacobins S.-Dominique.
Charfoulet , ancien curé de S.-Philippe du Roule.	Théatins.
Auvray de Guiraudière.	S.-Louis-en-l'Iſle.
L'abbé de S.-Martin.	S.-Nicolas-du-Chardonnet
D'Hervilly.	S.-Victor.
Brouſſonnet , de l'académie des Sciences.	Blancs-Manteaux.
Andelle , notaire.	Capucins du Marais.
De Moſtion, père , conſeiller à la cour des aides.	Enfans-Rouges.
Parquès , commiſſaire du temple.	Pères de Nazareth.
Penvern, curé de S.-Etienne.	S.-Etienne-du-Mont.
De Lonchamp.	Val-de-Grâce.
Jacquet , curé de S.-Martin.	S.-Marcel.
Javon.	S.-Nicolas-de-Champs.

M M.	Diftriéts.
Lorien.	Filles-Dieu.
L'abbé de Moy.	S.-Laurent.
La Croix de Frainville.	Les Barnabites.
De la Saudade.	S.-Severin.
De Suard, d. en médecine.	S.-Germain-l'Auxrrois.
Trevilliers, ancien agent-de- change.	L'Oratoire.
Bigot de Préaméneu.	Les Feuillans.
Gibert de Molières.	Capucins S.-Honoré.
Poupart, c. de S.-Eustache.	S.-Eustache.
Légé.	Petits-Pères.
De la Cretelle, av. au parl.	Filles-S.-Thomas.
De Frefne, commiffaire nu châtelet.	Capucins de la Chauffée- d'Antin.
Bloude, avocat au parl.	Les Maturins.
Regnard.	Sorbonne.
Duménil.	S.-Jacques-du Haut-Pas.
Mefnier.	Petit-S.-Antoine.
De Maiffemy, maître-des- requêtes, PR.	Les Minimes.
Failet,	Trainel.
Caron de Beaumarchais.	Sainte-Marguerite.
Lazerny.	Sainte-Opportune.
L'Huillier.	S.-Jacques de l'Hôpital.
Avrillon.	Bonne-Nouvelle.
Garrique.	S.-Lazare.
D'Ofmond, avocat au parl.	S.-Jean.
Pantin, avoc. au parlement.	S.-Gervais.
Thuriot de la Rofière, avoc. au parlement, PR.	S.-Louis-la-Culture.
Lainy.	Enfans-Trouvés.
Davouft, gentilhomme fervant du Roi.	S.-Méry.
Cahin de Garoille.	Le Sépulchre.
Foreftier, avoc. au parlem.	S.-Martin-des-Champs.
Le Roux de la Ville.	Récolets.
La Rivière.	S.-Jacques-la-Boucherie.
Vigée.	S.-Magloire.
Le Boulanger.	S.-Joseph.
Guerrout, l'aîné.	L'Univerfité.

LISTE
DES TROIS-CENTS REPRÉSENTANS
DE LA COMMUNE,
Convoqués le 18 *Septembre* 1789.

M. *BAILLY*, *Maire*, hôtel de la Mairie, rue neuve des Capucines.

Noms, qualités & demeures de MM. les Députés.

QUARTIER du LUXEMBOURG.
District de S.-André-des-Arcs.

Mitouflet de Beauvois, av. au parl., rue Serpente.
Cellier, av. au parl., rue des Francs-Bourgeois-S.-Michel.
Jolly, av. au parl., rue de l'Obfervance.
Moreau, avoc., rue de l'Hirondelle, hôtel de la Salamandre.
De Bure, libraire, rue Serpente.

Les Cordeliers.

Peyrilhe, profeffeur en Chirurgie, rue du Paon.
Crohare, mᵉ en Pharmacie, rue de l'ancienne Comédie-Françoife, au coin de celle des Cordeliers.
De Graville, ancien commif. au châtelet, rue du Battoir.
De Bloiz, avocat au parlement, rue du Battoir.
Dupré, ancien négociant, rue de l'Eperon.

Les Carmes-Déchauffés.

De la Grey, avocat & ingénieur, rue de Tournon.
Daval, ancien échevin, rue Garencière.
De Bonneville, auteur de l'hiftoire de l'Europe moderne, rue de Vaugirard.
Faureau de la Tour, av. & proc. au parl., rue du Four.
Le Fevre, maître de mufique, rue Pot-de-Fer.

Prémontrés.

La Baftide, de l'académie des belles-lettres de Montauban, rue des Vieilles-Tuileries.

De Langlard, ancien substitut de M. le Procureur-général, rue Cassette.

Chappon, médecin, rue du Chasse-midi,

Ortillon, marchand boucher, rue des Vielles-Tuileries.

De Moreton-Chabrillan, colonel du régiment de la Fère, capitaine des gardes-du-corps de Monsieur, rue des Vieilles-Tuilleries.

QUARTIER du PALAIS-ROYAL.

S.-Honoré.

Pitra, ancien marchand, rue des Petits-Champs.

Aleaume, notaire, rue Croix des Petits-Champs.

Réal, ancien proc. au châtelet, rue des Bons-Enfans.

Gaultier de Claubry, membre du collége de Chirurgie, rue de Grenelle S.-Honoré.

Baron,

S.-Roch.

Fenouillot du Clozey, avocat aux conseils, rue du Hazard Richelieu.

Sallin, médecin, rue de la Sourdière.

Boivin de Blancmure, conseil. au Châtelet, rue S.-Honoré.

L'abbé Fauchet, à la Communauté de S.-Roch, PR.

Raguideau, avocat aux conseils, rue S.-Honoré, près la place de Louis-le-Grand.

Jacobins S-Honoré.

Pierre, ancien directeur-général de la Guyanne-Françoise, rue de la Magdeleine.

Canuel, avocat au parlement, rue de la Chaussée-d'Antin.

Suard, de l'académie françoise, rue de Louis-le-Grand.

Tannevaux, avocat, rue Neuve de Luxembourg.

Gouffard, avocat, rue du fauxbourg S.-Honoré.

S.-Philippe du Roule.

Olivier des Clozeaux, avoc. en parl., rue d'Anjou S.-H.

Baignière, médecin, rue d'Anjou-S.-Honoré.

Legendre, bourgeois, rue du faubourg S.-Honoré.

Le Comte d'Espagnac, rue d'Anjou-S.-Honoré.

Lamare, avocat en parlement, grande rue du fauxbourg-du Roule, à la Prevôté.

QUARTIER DE S.-GERMAIN DES PRÉS.

Abbaye de S.-Germain.

Guillot de Blancheville, proc. au parlement, rue Christine.

Garçan de Coulon, av. au parl., rue des grands-Augustins.

Desprès de la Rézière, ancien avocat aux conseils, & avoc. au parlement, rue de Savoie.

Le Marquis de Condorcet, secrétaire de l'académie des sciences, Hôtel des Monnoies, PR.

Lejeune, marchand de fer, rue du Four-S.-Germain.

Petits-Augustins

Michel, médecin ordinaires du roi, PR. quai Malaquais.

Isnard de Bonneuil, avocat aux conseils, rue Jacob.

Quenard, avocat au parlement, rue des SS.-Pères.

Offelin, avocat en parlement, rue de Bourbon.

Couard, ancien marchand boucher, rue Taranne.

Jacobins-S.-Dominique.

De Machy, PR. maître en pharmacie, rue du Bac.

Duluc, maître horloger, rue du Bac, au coin de celle S.-Dominique.

Rigault, avocat, rue de Grenelle, fauxbourg S.-Germain.

Le Marquis de Saisseval, PR. en son hôtel, rue de Bourbon.

Sabathier,

Théatins, transferé à la Caserne de la rue Plumet.

De Beauchêne, médecin, rue de Monsieur, aux écuries de Monsieur.

Quin, architecte-quinconce des Invalides, au gros Caillou.

Desmolins, avocat au parlement, rue du Bac.

De la Fosse, professeur d'Hypiatrique, rue de Seve.

De Lepidor, secrétaire général des Gardes du Corps du Roi, rue S.-Dominique, au gros Caillou.

QUARTIER DE L'ISLE NOTRE-DAME.

S.-Louis en l'Isle.

Royer, avocat au parlement, quai d'Orléans.

Marchais, auditeur des comptes, PR. quai de Bourbon.

Brière de Surgy, auditeur des comptes, PR. rue Poultier île S.-Louis.

Vallery, ancien négociant, rue & île S.-Louis.
Vincendon, avocat au parlement, P R. quai de Bourbon.

S.-Nicolas du Chardonet.

Thouin, de l'académie des sciences, au jardin du Roi.
Perron, avocat au parlement, quai de la Tournelle.
De Jussieu, de l'académie des sciences, rue des Bernardins.
L'abbé *Mulot*, chanoine de S.-Victor, P R. à S.-Victor.
Pelletier, avocat, quai des Miramiones.

S.-Victor.

Guillotte, capitaine de cavalerie, rue S.-Victor.
D'Hervilly, marchand épicier, rue Mouffetard, près les Gobelins.
Desvignes, chimiste, cour de la Ste-Chapelle, chez M. l'abbé Conty.
Boisset de Koetlosquet, bourgeois, rue S.-Victor, près du marché aux chevaux.
Dumay, bourgeois de Paris, rue S.-Victor, près le corps-de-garde.

QUARTIER DU MARAIS.

Blancs-Manteaux.

Blondel, avocat au parlement, P R. rue S.-Avoie.
Broussonnet, de l'académie des sciences, rue des Blancs-Manteaux.
Gorgereau, avocat au parlement, rue Bar-du-Bec.
Maugis, avocat aux conseils, rue Bar-du-Bec.
L'abbé *de Montmorency*, rue Ste-Croix de la Bretonnerie.

Capucins du Marais.

Brousse-des-Faucherets, avocat, rue de Paradis au Marais.
Benoît, avocat au parlement, rue du Grand-Chantier.
Cellot, ancien imprimeur, rue du Temple.
Lourdet, maître-des-comptes, rue Chappon.
Lourdet de Santerre, maître-des-comptes, rue Chappon.

Enfans-Rouges.

De Joly, avocat aux conseils, rue du Grand-Chantier.
Dumoussey, négociant, rue d'Anjou.

De Bourges, ancien directeur de l'hôpital de Calais , rue des Filles-du-Calvaire.

De Mars , fecrétaire du roi , & commiffaire des guerres, PR. rue des Enfans-Rouges.

De la Corbinaye , caiffier de la recette générale d'Auvergne , rue de la Marche.

Pères Nazareth.

Qatremère-de-Quincy , archit. , rue des Foffés-du-Temple.

Parguez , commiffaire du Temple , enclos du Temple.

Pia de Grandchamp , membre du collége de pharmachie , boulevard du Temple.

Guichard , profeffeur de l'école royale de mufique , rue Fontaine aux Rois.

De Laporte , avocat, rue de Malte , Marais du Temple.

QUARTIER SAINTE-GENEVIÈVE.

S.-Etienne-du-Mont.

De Vauvilliers , de l'académie des infcriptions & belles-lettres , P R. au Collége royal.

Delavigne , av. au parlement , P R. rue du Plâtre-S.-Jacques.

Le Curé de S.-Etienne-du-Mont , en fon presbitère.

Duveyrier , avocat au parlement , rue S.-Jacques.

Coufin , de l'académie des fciences, au Collége royal.

Val - de - Grace.

Le Comte de Caffini , de l'académie des fciences , à l'Obfervatoire.

Manuel, littérateur , rue des Poftes , maifon de M. Fouchy.

Peuchet , bourgeois , rue Gracieufe.

Darimajou , av. au parlement , rue de la vielle Eftrapade.

Du Tertre de Véteuil , ancien notaire à Paris , ancien fecrétaire de l'intendance de Bourgogne , rue d'Orléans, fauxbourg S.-Marceau.

S. - Marcel.

Thorillon , anc. proc. au châtelet , rue de Foffés-S.-Marcel.

Acloque , braffeur , rue Mouffetard.

Audran , directeur des manufactures des Gobelins , aux Gobelins.

Guillaume , avocat, hors de la barrière de Fontainebleau.

Bourdon de la Crofnière, ancien av. aux confeils, rue des Gobelins.

QUARTIER S.-DENYS.

S.-Nicolas-des-Champs.

Javon, avocat, rue S.-Martin.
Forcot, négociant, rue Quincampoix.
Santeul, greffier au parlement, rue S.-Martin.
Paulmier, négociant, rue S.-Denys, Apport-Paris.
Poullenot, négociant, rue S.-Martin.

La Trinité, ci-devant Ste-Élifabeth.

Le Vacher de la Terrinière, avocat au parlement,
Prévôt de S.-Lucien, rue fainte-Appolline.
Deliuf defrozières, négociant, rue Bourg-l'Abbé.
Bondin, procureur au parlement, rue Bourg-l'Abbé.
Dumas Defcombes, fabriquant d'étoffes, rue Ste-Appolline.
Pujet, nég., rue S.-Martin, vis-à-vis la grille de l'Abbaye.

Filles-Dieu.

De la Bergerie, de la fociété d'agric. fauxbourg S.-Martin.
Celerier, architecte, rue d'Orléans, porte S.-Denys.
Larrieu, avocat au parlement, rue de Cléry.
Le Moyne, ancien Maire de Dieppe, rue du fauxbourg S.-Denys, au coin de la rue S.-Jean.
Bernard, père, bourgeois, rue du fauxbourg S.-Denys, au coin de la rue S.-Jean.

S.-Laurent.

De la Porte, ancien négociant, rue du Château-Landon.
De Moy, tréforier de la Sainte-Chapelle, chez M. le Curé de S.-Laurent.
De Moy, Curé de S.-Laurent, au presbytère de S.-Laurent.
Bourgon Defplanches, fauxbourg S.-Lazare.
Mouchy, ancien Mᶜ boulanger, rue S.-Martin.

QUARTIER DE LA CITÉ.

Les Barnabites.

Etienne de la Rivierre, avocat au parlement, cour de la Sainte-Chapelle.
Lefèvre de S.-Maur, notaire, Place-Dauphine.

De la Croix de Frainville, av. au parl., Cour du Palais.
Carney, orfévre, quai des Morfondus.
Grenier, joaillier, rue S.-Louis, au Palais.

Notre - Dame.

De Velly, père, ancien capitaine-ingenieur, rue d'Enfer, en la Cité.
Verniot, père, entrepreneur des bâtimens, rue S.-Landry.
Beauvallet, commissaire au Châtelet, rue des Marmouzets.
Beaurain, lieutenant de l'Elect. de Paris, rue sainte-Marine.
Lacour, maître en Pharmacie, rue notre-Dame.

S.- Severin.

La Saudade, avocat au parlement, rue du Fouarre.
Des Caudin, Huissier priseur, rue de la Calandre, hôtel Pepin.
Marsily, avocat au parlement, rue du Fouarre.
Méquignon, libraire, au Palais.
Carmantrand, procureur au parlement, rue du Fouarre.

QUARTIER DU LOUVRE.

S.- Germain-l'Auxerois.

Petit, ancien avoc. aux conseils, rue S.-Germain-l'Auxer.
De la Martinière, avocat au parlement, rue Thibotaudé.
Morisse, ancien Commissaire de la Marine, rue S.-Germain-l'Auxerois.
Desessarts, médecin, rue des fossés S.-Germain-l'Auxerrois.
Vanin, M.ᶜ des Comptes, rue de la Monnoye.

L'Oratoire.

Duport du Tertre, avocat au parlement, rue Bailleul.
Trudon, négociant, rue de l'Arbre-sec.
Maillot, négociant, rue de l'Abre-sec.
Trévilliers, ancien agent de change, rue des Bourdonnois.
Le Blond de S.-Martin, bourgeois, rue des Mauvaises Paroles.

Les Feuillans.

Duffaulx, de l'Académie des inscriptions & belles-lettres, rue S.-Honoré, P.R. aux Feuillans.
Bigot de Preameneux, avoc. au parlem., rue du Dauphin.
Cholet, conservateur des Hypothèques, rue Royale, place Louis XV.

Giroux, secrétaire du Roi , rue S.-Nicaise.
Martineau, avocat aux conseils , Cul-de-sac du Doyenné.

Capucins-S.-Honoré.

Lubin, marchand boucher, rue du fauxbourg S.-Hnnoré.
Garin, maître boulanger , rue du fauxbourg S.-Honoré.
Beaufils, ancien gouverneur de M. le comte Matthieu de
Montmorency , à Chaillot, chez le perruquier , près la
pompe.
Bernier, bourgeois, à l'ancienne grille des Champs-Elisées.
Benière , Curé de Chaillot , PR. à Chaillot.

QUARTIER S.-EUSTACHE.

S.-Eustache.

Moreau-de-S.-Méry , conseiller au Conseil-Supérieur de
S.-Domingue , PR. rue Plâtrière , n° 12 (1).
Avril, négociant , rue Trainée.
De la Rivière , conf. à la cour des Monnoies, rue Plâtrière.
Legier, procureur au parlement , rue Plâtrière.
Delessert , négociant , rue Coquéron.

Petits-Pères.

Blondel, avocat en parlement, commis au contrôle général
des Finances , rue des vieux Augustins.
Auxou, artiste , rue des Fossés-Montmartre.
Charpin , ancien négociant , rue neuve des Petits-Pères.
Fouillou, avocat , rue Coquillière.
Desmarie, secrétaire des commandemens , de feu Mon-
seigneur le duc d'Orléans, place des Victoires.

Les Filles S.-Thomas.

Huguet de Sémonville, conseiller au parl., PR. rue Vivienne.
Brissot de Warville, avocat, rue Grétry.
La Crételle , avocat au parlement, rue Feydeau.
Mollien, premier commis de l'administration des Finances ,
rue de la Michodière.
Trudon-des-Ormes , trésorier des charges assignées sur les
Fermes , rue Sainte-Anne.

---

(1) Sur la démission de M. Moreau-de-S.-Méry , M. Giraud, avocat
au Parlement , a été nommé.

Capucins

Capucins de la Chauffée - d'Antin.

Perrier, l'aîné, de l'acad. des Sciences, Chauffée-d'Antin.
Dumoulin, direc. des domaines, rue & cul-de-fac Taitbout.
Defrefne, commiffaire au Châtelet, rue Chauffée-d'Antin.
Thillaye, mécanicien, rue de Provence.
Balleux, chef du Bureau des impofitions, rue Taibout.

QUARTIER DE LA SORBONNE.

Les Mathurins.

Bureau du Colombier, avocat au parl., rue des Mathurins.
Choron, notaire, rue S.-Severin.
Agier, avoc. au parlement, rue des Maçons-Sorbonne.
Bizet, marchand d'étoffes, rue S.-Severin.
L'abbé Bertolio, avocat au parlement, PR. rue des Maçons.

Sorbonne.

Minier, avocat au parlement, cul-de-fac S.-Dominique.
Geanne, avocat au parlement, rue Ste Hyacinte.
Cauche, avocat au parlement, rue S.-Dominique-d'Enfer.
Damours de Beaulieu, avocat au parlement, rue d'Enfer.
Le Blanc, ancien négociant.

S. Jacques du Haut - Pas.

Bofquillon, av. au parl., place de Fourcy, à l'Eftrapade.
Gilles, ancien confeiller-rapporteur de la chancellerie du
   palais, rue du fauxbourg S.-Jacques.
Lepitre, maître de penfion, rue S.-Jacques.
Desbans, avocat, à l'Eftrapade.
Debeaubois de La Touche, ancien avocat, rue du Noir,
   près celle d'Orléans.

QUARTIER DE LA PLACE-ROYALLE.

Petit Saint- Antoine.

Dufour, avocat au parlement, rue des Juifs.
Champion de Vill neuve, av. aux confeils, rue S.-Antoine,
   vis-à-vis celle de Fourcy.
Oudart, avocat au parlement, rue des Ballets S.-Antoine.
Guyet, avocat au parlement, rue Cloche-Perce.
Meneffier, avocat au parlement, rue de la Tifféranderie.

Q

Les Minimes.

Tiron, secrétairaire de l'ordre de Malte, rue des Francs
Bourgeois, au Marais.

De Maissemy, maître des requêtes, P R. Place-Royale.

De la Boulaye, Président-trésorier de France, rue des
Tournelles.

Félix, contrôleur-général de la grande chancellerie de
France, rue des Tournelles.

Currelier, docteur en médecine, rue S.-Louis, au Marais.

Trainel, transféré à Popincourt.

Fallet, bourgeois, rue S.-Pierre.

Vandermonde, de l'acad. des sciences, rue de Charonne.

Chuppin, conseiller au châtelet, rue S.-Pierre, Pont-
aux-Choux.

Le Masle, marchand épicier, rue de Charonne.

Dugué, bachelier en Droit, rue de Popincourt.

Sainte-Marguerite.

Maison-Neuve, nég., grande rue du fauxbourg S.-Antoine.

Guibout, négociant, grande-rue du fauxbourg S.-Antoine.

Lambert de Sainte-Croix, procureur au châtelet, place
& porte S.-Antoine.

Taillandier, av. au parl., grande rue du fauxb. S.-Antoine.

Damoye, négociant, place & porte S.-Antoine.

QUARTIER DES SS. INNOCENS.

Sainte-Opportune.

Desmousseaux, avocat, place du Chevalier du Guet.

Rousseau, négociant, rue S.-Denys, vis-à-vis le Sépulchre.

L'abbé Didier, avocat au parlement, chanoine de Ste-
Opportune, cloître Sainte-Opportune.

Quatremère, fils, marchand de draps, rue S.-Denys,
Apport Paris.

Herbaut-Despavaulx, avocat au parlement, rue de l'Ai-
guillerie, cloître Sainte-Opportune.

S.-Jacques-l'Hôpital.

Plaisant, avocat, rue S.-Sauveur.

François de Chaumont, bourgeois, rue du Petit-Carreau.

De la Voyepierre, ancien conful , rue Mauconfeil.
Luillier , bourg. de Paris , rue du Petit-Lion-S.-Sauveur.
Le Roy , horloger , rue S.-Denys.

Bonne-Nouvelle.

Guignard , chirurgien , rue de Bourbon-Villeneuve.
Cheret , ancien orfévre , rue de Cléry.
Fréron , bourg. de Paris , rue Notre-Dame de Recouvrance.
Bourdon , bourgeois , rue de Cléry ,
Gifors , architecte , rue de Bourbon-Villeneuve.

S.-Lazare.

Leprince , marbrier , rue du fauxbourg Poiffonniere.
Deftort , rue du fauxbourg S.-Denys.
Lepefcheux , négoc. , fauxb. S.-Deays , rue de l'Echiquier.
Vaudichon , banquier , grande rue fauxbourg S.-Denys.
Buob , banquier , rue baffe-porte S.-Denys.

QUARTIER DE L'HOTEL-DE-VILLE.

S.-Jean en Gréve.

Lefevre de Gineau , profeffeur-royal , rue S-Jacques de la
   Boucherie.
Dofmont , avocat au parlement , quai Pelletier.
Dameuve , fils , avocat au parlement , rue du Mouton.
Grandin , commiffaire au Châtelet , quai de Gefvres.
Dameuve , père , procureur au parlement , rue du Mouton.

S.-Gervais.

Daugy , avocat aux confeils , rue Géoffroy-Lafnier.
Pantin , procureur au bureau de la Ville , rue du Monceau-
   S.-Gervais.
Cholet de Jetphor.
De Souche , docteur en médecine , rue de la Mortellerie.
Porriquet , avocat au parlement , cloître S.-Jean-en-Grêve.
Caftillon , avocat au parlement , rue de la Tifferanderie.

S.-Louis la Culture.

De S.-Martin , chevalier de S.-Louis , rue S.-Paul.
Devouges , bourgeois , rue de S.-Paul, hôtel de la Vieuville.
Ameilhon , de l'académie des belles-lettres , bibliothécaire
   de la Ville , rue des Prêtres-S.-Paul.

Q 2

Lavoifier, de l'académie des fciences, à l'Arfenal.

Thuriot de la Rozière, avocat au parlement, PR. rue des Prêtres-S.-Paul.

Enfans Trouvés.

Sauvigny, chev. de S.-Louis, rue de la Barrière du Trône.

Barbier de S.-Hilaire, marchand de bois, rue S.-Antoine, au chantier de la clef d'or.

Lamy de la Croix, ancien fecrétaire de l'artillerie, cul-de Sac S.-Claude, rue de Bercy, fauxbourg S.-Antoine.

Santerre, le jeune, braffeur, grande rue fauxb. S.-Antoine.

De la Chaume,

QUARTIER DE S.-MÉRY.

S. - Méry.

Davouft, négociant, gentilhomme fervant du Roi, rue S. Méry.

Louvet de Villiers, ancien confervateur des faifies-oppofitions du tréfor-royal, rue de la Poterie.

Charpentier, procureur au châtelet, rue S.-Méry.

Gorneau, agréé pour porter la parole aux confuls, cloître S. Méry.

De S. - Amand, ancien négociant, rue de la Verrerie, près celle des Arcis.

Sépulchre, actuellement les Carmélites.

Vermeil, av. au parl. PR. rue Géoffroi-Langevin.

Cahier de Gerville, av. au parl. rue beaubourg, hôtel de Fere.

Robin, av. au parl. rue Beaubourg, hôtel de Fere.

Ravault, proc. au parl. rue Ste-Avoie.

Chanlaire, av. au parl. rue Géoffroi-Langevin.

S.-Martin-des-Champs.

De Montaleau, maître des comptes, rue de Bondy.

Foreftier, bailly de S.-Martin, au baillage de S.-Martin-des-Champs.

Langlois, ancien receveur-général des domaines, rue de la Croix, n° 13.

Jallier de Savault, archit. ingén. national. r. Mélée, n° 19-

Grouvelle, av. au parl. rue Aumaire.

Les Recollets.

Le Roux de la Ville, ancien directeur des salines du roi, faubourg S.-Martin, hôtel des Arts.

Kornmann, ancien magistrat de la ville de Strasbourg, rue du Carême-prenant.

Adelin, ingénieur des mines de France, rue du Faubourg S.Martin, vis-à-vis S.-Laurent, n° 41.

Du Perreux, ancien receveur-général, rue du faubourg S.-Martin, n° 2.

Charton, manufacturier, rue des Recollets.

QUARTIER DES HALLES.

S.-Jacques-la-Boucherie.

Bonvallet, rue des Ecrivains.

Arnoult Quinquet, maître en pharm. marché aux poirées.

De la Rivière jeune, négociant, rue de la Cordonnerie.

Gibert fils, marchand d'étoffes de soie, rue S.-Honoré.

Vurfel, marchand papetier, rue S.-Honoré.

S. - Leu.

Le Couteulx de la Noraye, rue Montorgueil.

Trudon de Tilleul, av. rue du Bout du Monde.

Mercier, av. rue du Petit-Careau, n° 34.

Grandet, maîttie des comptes, rue Mont-martre.

Cavagnac, proc. au châtelet, rue Montmartre.

S.-Magloire.

Vigée, ancien contrôleur de la caisse d'amortissement, rue de Cléry, n° 95.

Pourfin de Grand-Champ, chevalier de l'ordre du roi, rue Poissonnière.

Poujard fils, administrateur des domaines, rue S.-Jacques, n° 177.

Raffeneau de l'Ifle, notaire, rue Montmartre.

Fiffour, agent de change, rue de Cléry, n° 66.

S.- Joseph.

Du Vaucel, fermier-général, rue Cadet.

Marganiin, ancien notaire, rue Richer, faub. Montmartre.

Le Scène des Maisons, bourgeois, rue Papillon.

Hermard, ancien sculpteur, rue Poissonnière.

Duret, gref. au châtelet, rue du Faub. Montmartre.

LISTE

DES REPRÉSENTANS DE LA COMMUNE,

*Nommés depuis le 18 Septembre 1789, en rem-
placement de ceux qui ont donné leur démiffion,
ou dont les pouvoirs étoient limités & n'ont
pas été continués.*

Diftriét de S.-André-des-Arcs.

M M.
Debure, libraire, rue Serpente.

Cordeliers.

Saintin, avocat, rue du Théâtre François.
Danton, avocat aux confeils, rue des Foffés-S.-Germain
& près la Cour du Commerce.
Teftulat, procureur au parlement, rue S.-André-des-
Arcs, n° 38.
Legendre, maître boucher, rue des Boucheries.
Lablée, avocat, rue de Condé.

S.-Honoré.

Baron, avocat, rue de Grenelle-S.-Honoré, vis-à-vis
celle des Deux-Ecus.

Jacobins-S.-Honoré.

Georges d'Epinay, fermier-général, rue S.-Honoré, n° 361.

Petits-Auguftins.

Offelin, avocat, rue de Bourbon, n° 161.
Couart, maître boucher, rue Taranne, n° 4.

Jacobins-S.-Dominique.

Sabathier, rue de Bourgogne, n° 13.

Théatins.

Defmoulins, avocat, rue du Bacq, n° 142.
Lépidor, rue S.-Domjnique, au Gros-Caillou.

S.-Louis en-l'Ifle.

Koetlofquet, rue du Jardin du Roi, n° 16.
Lefevre, quai d'Orléans, n° 11.

S.-Victor.

M M.

Leprince.

Dumay , rue S.-Victor , près le corps-de-garde.

Blancs-Manteaux.

Filleul, rue des Blancs-Manteaux, près celle de l'Homme-
Armé.

Broussonnet , de l'académie de sciences, secrétaire perpétuel de la société royale d'agriculture, rue des Blancs-
Manteaux.

Gattrez , avocat au parlement , rue de la Verrerie.

Godard, avocat au parlement , PR. rue des Blancs-Manteaux , n° 56.

De la Marnière , conseiller au châtelet , rue des Blancs-
Manteaux.

Enfans-Rouges.

Lacorbinay , rue de la Marche, n° 15.

Dumoussey , négociant, rue d'Anjou , n° 19.

S.-Etienne-du-Mont.

Le Tellier , avocat, rue S.-Etienne-des-Grés, n° 47.

Ballin, au collége de Presle , rue S.-Jean-de-Beauvais.

Durouseau , avocat au parlement , rue des Noyers , n° 24.

Val-de-Grace.

Cézerac , rue Neuve-S.-Etienne.

Du Tertre , notaire, rue d'Orléans , faubourg S.-Martin.

S-Marcel.

Guillaume , avocat , hors la barrière de Fontainebleau.

Santerre , l'aîné, rue Censier , faubourg S.-Marcel.

Filles-Dieu.

Giraud , Architecte, rue du Faubourg S. Martin , n° 57.

Bileu , conseiller au grand-conseil, rue Neuve-d'Orléans.

Renouard le jeune, ancien consul, faubourg S.-Denys,
vis-à-vis celle la rue de l'Echiquier.

Notre-Dame.

Lenormand , architecte , parvis Notre-Dame.

Oudet , ancien avocat, cloître Notre-Dame.

Gillet , avocat , cloître Notre-Dame.

Oratoire.

M M.

Houffemaine, rue des Mauvaifes-Paroles, n° 5.

S.-Euſtache.

Giraud, avocat, rue plâtrière, hôtel de Bullion,

Capucins d'Antin.

Balleux, rue Taitbout, n° 14.

Sorbonne.

Le Blanc, rue S.Hyacinte, n° 51.

S.-Jacques-du-Haut-Pas.

De Beaubois, rue du Noir, près celle d'Orléans.

Minimes.

Labouloy, rue des Tournelles, n° 47.
Cunelier, médecin, rue S.-Louis, au marais.

S.-Lazare.

Deſtor, rue du Faubourg S.-Denys, n° 39.

S.-Gervais.

Cholet, avocat, rue des Nonaindières, n° 31.

Enfans-Trouvés.

Lachaume, aux manufactures des glaces.

Carmélites.

Chanlaire, avocat au parlement, rue Geoffroi l'Angevin.

Recolets.

Odlin, rue du Fauxbourg S.-Martin, n° 41.
Grandin, rue du Faubourg S.-Martin, n° 56.
Vilain, rue du Faubourg S.-Martin, n° 41.

S.-Magloire.

Fiffour, agent de change, rue de Cléry, n° 66.

S.-Joſeph.

Barbier, rue Bergère, n° 9.
Thirart, rue Bergère, n° 24.

FIN.

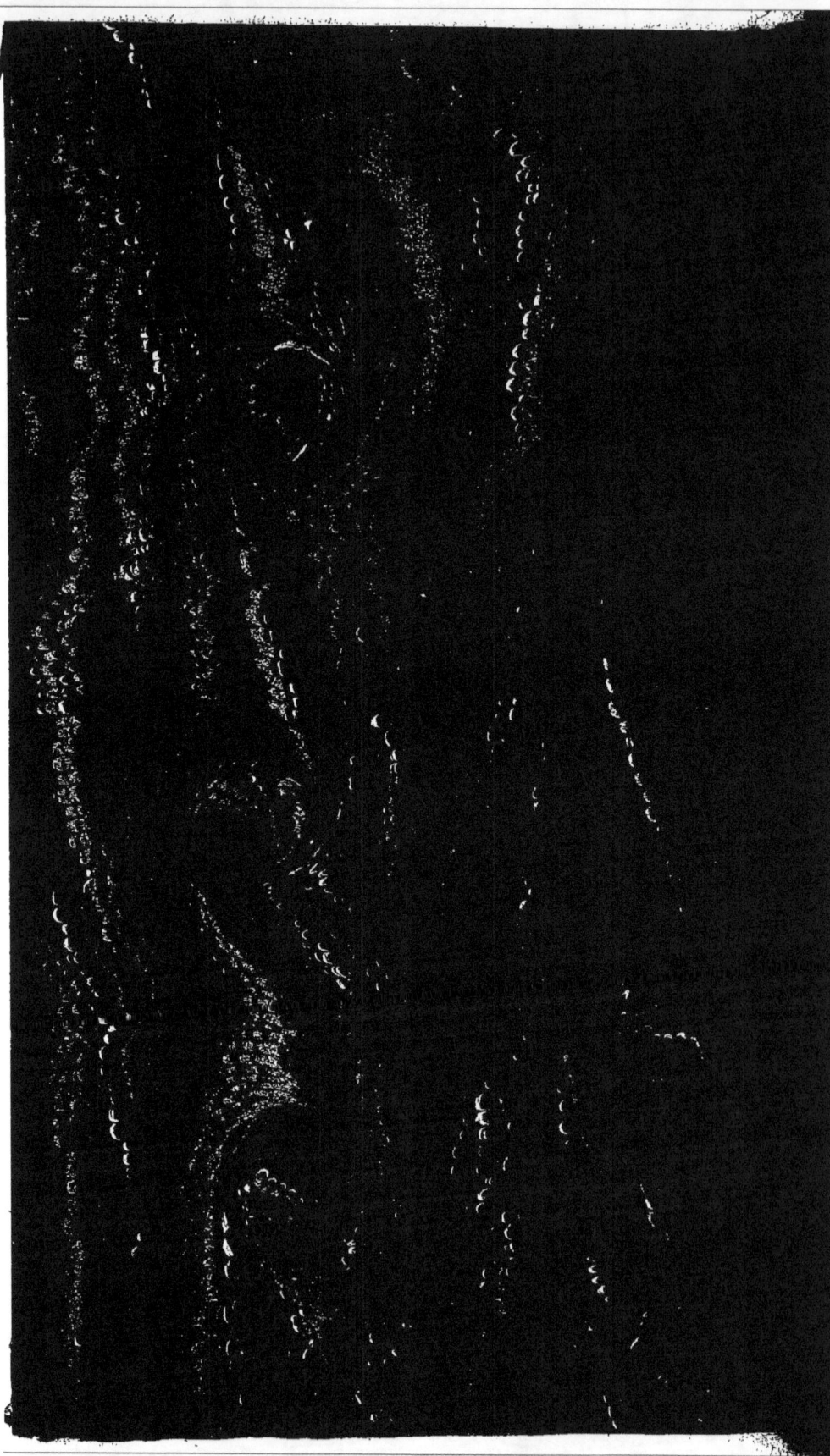

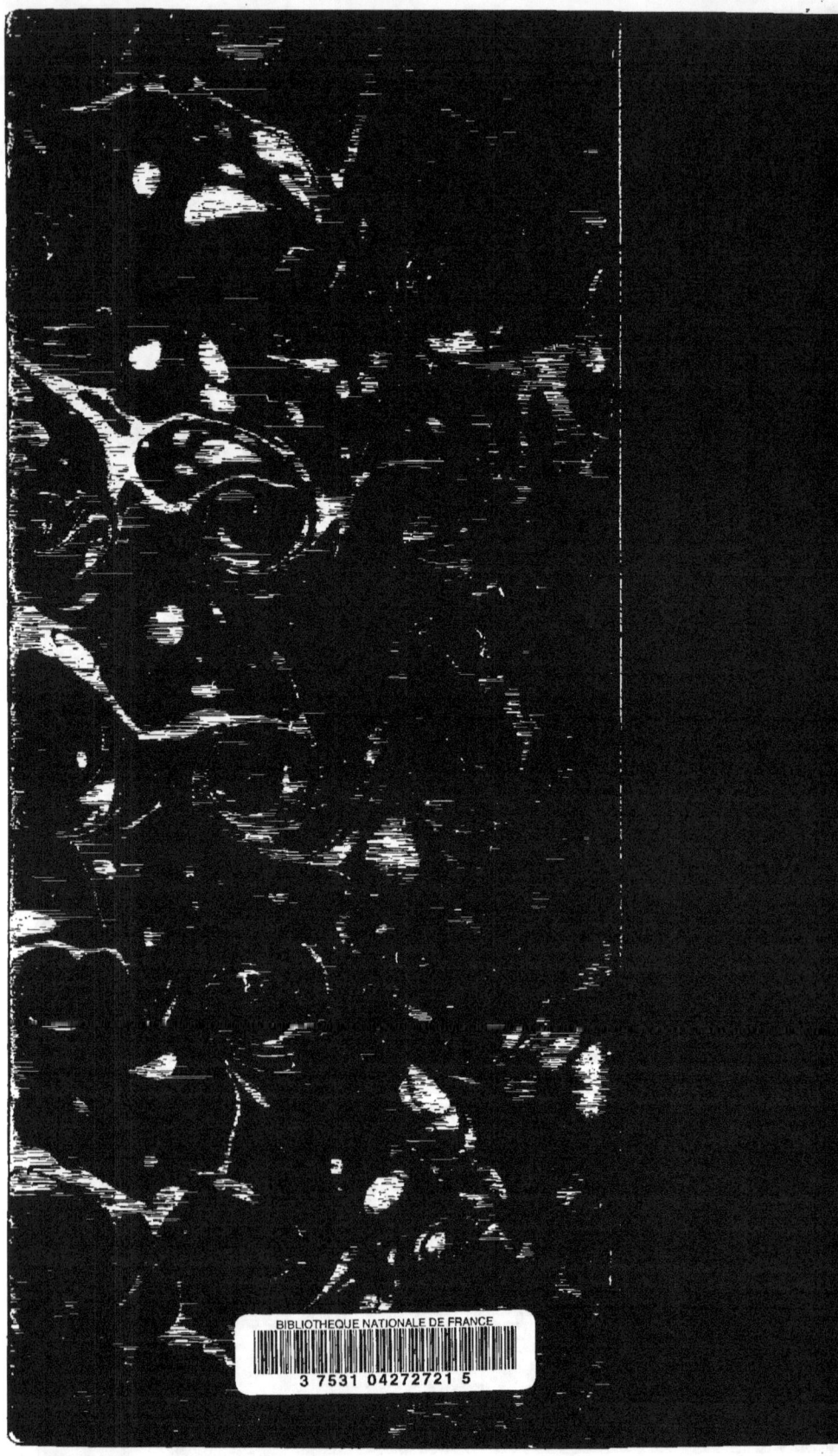